诺贝尔文学奖获奖者小说坊

田园交响曲

[法] 纪德 著

翟国欣 译

江苏凤凰文艺出版社
JIANGSU PHOENIX LITERATURE AND ART PUBLISHING, LTD

图书在版编目（CIP）

田园交响曲 /（法）纪德著；翟国欣译 . -- 南京：江苏凤凰文艺出版社，2018.8（2024.2重印）
（诺贝尔文学奖获奖者小说坊）
ISBN 978-7-5594-2340-5

Ⅰ . ①田… Ⅱ . ①纪… ②翟… Ⅲ . ①中篇小说－小说集－法国－现代 Ⅳ . ① I565.45

中国版本图书馆 CIP 数据核字 (2018) 第 130205 号

书　　名	田园交响曲
著　　者	（法）纪德
译　　者	翟国欣
责任编辑	王　青
出版发行	江苏凤凰文艺出版社
出版社地址	南京市中央路 165 号，邮编：210009
出版社网址	http://www.jswenyi.com
印　　刷	三河市双升印务有限公司
开　　本	880 × 1230 毫米　1/32
印　　张	9.5
字　　数	215 千字
版　　次	2018 年 8 月第 1 版　2024 年 2 月第 4 次印刷
标准书号	ISBN 978-7-5594-2340-5
定　　价	69.80 元

目　　录

背　德　者

我要称谢你，因我受造，奇妙可畏。

——《诗篇》第 139 篇，第 14 句

序

本书价值何许，我如数奉上。它宛如一枚饱含苦涩滋味的药西瓜，生长在最贫瘠的荒漠之中，非但不能解渴，反而让喉咙更加燥热难当。然而，它在金色沙地的映衬之下确是实实在在的美丽。

若说我想把主人公写成人中楷模，那么也许我并不成功。即使有少数人对米歇尔的故事偶有眷顾，也无非是因为深恶痛之，想有的放矢地羞辱他。如此看来，我把玛瑟琳写得十全十美就显得很有帮助了，人们因此愈发难以原谅米歇尔遇事总把自己摆在第一位的做法。

若说我把这本书当成对米歇尔的一纸状书，也不见得更成功。因为人们对主人公产生了愤慨之情，却不会归功于我。显然，他们认为怒气的成因与我无关，而怒气本身却殃及我本人。在有些人的心目中，我和米歇尔完全被混为一谈。

但是，这本书既不是起诉书，更不是辩护词，我对此不作评论。现今的读者总想在听完故事之后得到作者在道德上的明确

表态，甚至要作者在讲故事的同时就表明立场。他们要求作者说清楚他更拥护谁，阿尔赛斯特还是菲兰特，哈姆雷特还是奥菲利亚，浮士德还是玛格丽特，亚当还是耶和华。我并非妄言中庸之道（我差点说成了犹豫不决）是智者的标志，但是我相信不少智者会拒绝妄下结论，毕竟一个问题被踢出来并不意味着它已经预先有了答案。

此处用到“问题”一词，其实我有点不情愿。老实说，艺术无问题而言，艺术作品本来也不足以解决任何问题。

如果把“问题”理解为“戏剧冲突”，那我想说的是，书中的冲突虽然只在主人公的内心展开，却有不小的普适性，并不局限于他特殊的个人经历。我无意声称自己发明了这个“问题”，它在本书成书之前早就存在了。米歇尔胜也好，败也罢，这个“问题”仍将存在，不会止步于作者对胜败结论的一己之见。

如果诸位高评仅将这出戏剧视为一则极为特殊的古怪案例，把主人公看成病态人格的典型代表，未曾看出他恳切的内在思想和具有普遍意义的重大想法，那么过错既不出在这些想法身上，也不能怪这出剧，而应归咎作者。我的意思是，是本人笔拙，虽然他为此书已然倾注了满腔热情，付出了全部泪水和心血。但是，一部作品真正意义的大小和特定时代的读者对其兴趣的多少是截然不同的两回事。宁愿写点有价值的东西，甘心忍受一时的冷落，也不肯目光短浅，为了眼前利益去迎合世俗浮躁的风气，我认为这种想法算不上多么的自命不凡。

眼下，我无意证明什么，惟愿描出我的画卷，将它呈现在明晰的光影之中，让你看见。

致 Dr. R. 议长先生
希迪 b.M.
189×年 7 月 30 日

亲爱的哥哥，是的，你猜得一点不错，米歇尔和我们谈过了。他的故事附在后面。你要求知情，我也曾经应允过你，但在寄给你那一刻我还是犹豫了一下。这个故事我读了几遍，每读一遍都让我更害怕。啊！你会怎样看待我们的朋友呢？而我自己又是什么想法呢？难道我们要对他下定论，否定冷酷的性情也许可以改好吗？恐怕现今有相当一部分人敢于从这个故事中看到自己的影子。人们应该怎么做？是设法利用其中的智慧与力量，还是拒绝它存在的权利？

米歇尔这样的人要怎样才能对国家有用？我承认我不知道。他得找点活儿干。你位居要职，大权在握，又充满智慧，你能不能利用这些便利给他寻个差事？这事得抓紧点。米歇尔是个很有热情的人，目前是这样。但过不了多久，他的热情就会只属于他自己了。

我给你写这封信的时候，头顶是湛蓝的天空。我和德尼、达尼埃尔来这儿已有十二天了，却从未见过一片云朵。太阳的光芒直射大地。米歇尔说，两个月以来这里的天空一直碧青如洗，宛如水晶般澄澈。

我既不忧伤，也不快乐。空气中有一种朦胧的兴奋感，难以言说，却把人心填得满满的，远离世间苦乐纷扰。我想，也许这就是幸福吧。

我们守在米歇尔身边，谁都不愿意离他而去。你读完就会明白个中原因了。我们就在这里，在他的家里，等待你的回音。故请勿拖延。

米歇尔、德尼、达尼埃尔和我在中学时代有多么要好，这你是知道的。随着时光的推进，我们之间的情谊有增无减，这你也亲眼见证了。我们四人之间达成了某种契约：如果哪个人发出召唤，另外三个一定响应。正因为这个缘故，我一收到米歇尔神秘的求助信号，就立即通知德尼和达尼埃尔，我们三个人把一切事物抛在身后，马上就启程了。

算起来，我们和米歇尔分别已有三年光景。在这段时间里，他结了婚，还带着妻子出去旅行过。他上次途径巴黎的时候，德尼在希腊，达尼埃尔在俄国，而我呢，你知道的，正在病榻边守护我们的父亲。西拉和维尔最近见过他，虽然我们几个朋友之间一直互通音讯，但是，从他俩那儿听来的消息还是令我们大吃一惊。他变了。这变化我们一时无法解释。他已不再是从前那个学识渊博的清教徒，因为执着而略显呆板。他的目光曾经如此干净，以致我们都无法在他的注视下放纵谈笑。那时候的他啊……他的故事会把一切告诉你，我又何必多说呢。

我把德尼、达尼埃尔和我听到的故事原原本本地讲给你听。当时星光璀璨，树荫清凉，米歇尔在露台上说着他的故事，我们紧挨着他躺着。不知不觉间，故事要讲完了，我们看到天边现出黎明第一丝曙光。米歇尔的房子俯瞰着这片平原和不远处的村庄。田里的庄稼已经收割，天气很炎热，整块土地看起来就像一片沙漠。

米歇尔的房子虽然又破又怪，却别有一番迷人之处。这房子到了冬天一定冷得要命，因为窗户没装玻璃，或者可以说它根本没有窗户，只在墙上开了几个大洞。天气不错，我们就睡在露天的席子上。

我还想和你说，我们这趟旅行相当惬意。我们是傍晚抵达这里的，一路上只在阿尔及尔和君士坦丁稍作停顿。沿途酷热的天气使我们疲惫不已，但美丽的景色又令人沉醉。在君士坦丁，我们搭上了一列去西迪的火车，之后有一辆小马车接上我们。公路在离村庄还有一段距离的时候就没了。村庄坐落在一片岩石高地上，就像翁布里亚的某些小镇一样。我们徒步上山，行李由两头骡子驮着。我们沿着这条小路走着走着，米歇尔的房子就出现了，他是村头第一户。花园周遭筑起一道矮墙，其实更像围栏，里面生长着三棵七歪八扭的石榴树，还有一株亭亭玉立的夹竹桃。一个卡比尔人家的小孩正在附近晃悠，他瞄见我们走近，轻而易举地翻过墙头跑掉了。

米歇尔迎接我们的时候平平淡淡的，十分温和，似乎在刻意避免感情的流露。但是在进门之前，他还是神色庄重地给了我们一人一个拥抱。

直到天黑时分，我们都没怎么交谈。晚餐摆在客厅里，菜色相当清淡。相比之下，客厅的富丽堂皇倒让我们吃了一惊。不过，关于这件事，你读了他的故事就会明白。饭后他亲手为我们煮了咖啡，随后我们登上露台，那里视野辽阔，了无边际。我们三人就像约伯[1]的三个朋友那样，一边静静等待，一边用赞叹的目光膜拜着这块土地——这片正渐渐被白昼的余烬烧得通红的广袤平原。

暮色四合，米歇尔讲起了他的故事。

---

① 约伯，《圣经》中的人物，因具有隐忍的精神，最后经受住了神的考验，在困难时期曾受到朋友的帮助。

第一部分

一

亲爱的朋友，我知道你们忠于友谊，值得依靠。一听说我有需要，你们立刻就赶来了。正如我听到你们的召唤也会义无反顾地赴约一样。然而，转眼间我们已经阔别三年，我多么希望这份友谊能经受住我接下来这番话语的考验，就像它能够经受住时间考验一样。我如此急迫，让你们千里迢迢来找我，不为别的，只因我想见你们一面，想让你们听我说说话。除此以外，我别无所求。如今我正站在生命的紧要关头，我感到无力逾越。这并非因为厌倦，我自己也说不清楚，我需要……这么说吧，我需要一吐为快。一个人懂得如何争取自由不算什么，难的是懂得如何享用这份自由。请允许我谈谈我自己。我会说到我的生活，如实相告，既不夸大其词也不故作谦虚，比我自言自语的时候还要坦率自然。听我说吧。

在我的印象里，我们上次见面是在昂热郊外的一个乡村小教堂里。那天是我的婚礼。我们邀请的人不多，正因为到场的都是至交好友的缘故，小小的典礼变得格外动人。我看到大家那么感动，自己也跟着感动起来。从教堂出来，我们又一起到新娘家里吃了顿简餐，那是一顿没有嘈杂声的家常便饭。饭后，我们登上了一辆租来的车子。婚后旅行可不能少，那分别的场景完全符合人们脑海里传统婚礼的画面。

我对我新婚的妻子知之甚少，估计她也不怎么了解我。这么一想，我就不难过了。这桩婚事无关乎爱情，我娶她完全是为了抚慰我父亲的心，当时他病得厉害，惟一放不下的就是我，怕我在世间孤孤单单，没个亲眷。我深爱着我的父亲。在他弥留之际，在那段伤感的日子里，我惟一的愿望就是要让他走得了无牵挂。因此我就这样完成了自己的终身大事，一头扎进完全陌生的婚姻生活里。我们在父亲床边举行了订婚典礼，那时的他已经奄奄一息了。虽然婚礼上没有人们的欢笑声，却别有一份庄严的快乐，这快乐来自老人家内心深处的平和。我暗自想，我也许从未爱过我的未婚妻，但至少我亦从未爱过其他女人。在我看来，这足以确保我们婚姻的幸福了。我并不了解我自己，却深信已把全部身心都献给了她。和我一样，我妻子也是孤儿，她和两个兄弟一起生活。她叫玛瑟琳，时年刚满双十年纪，比我小四岁。

我之所以说不爱她，是因为我在她身上找不到所谓爱情的那种感觉。不过我对她有一种类似温情、怜惜甚至敬重的意味。如果这也算爱的一种，那我是爱她的。她是天主教徒，我是新教徒。其实，我压根不像个教徒！神父接受我，我也接受神父，我们两头相安无事而已。

我父亲是个“无神论者”，至少我这么认为，我和他从未深入探讨过信仰问题。这可能因为我太过腼腆，容易害羞，而他比我好不了多少。我母亲给予我的胡格诺[①]教派的教育，和她美丽的形象一道，早已在我心中淡去。你们也知道，她年纪轻轻就过世了，那时我还很小。对我来说，孩童时期的伦理教育到底能有多少规束意义？我对此毫无概念，也不知道它是否曾在我心中留下了些许难以察觉的痕迹。不过，母亲谈到做人规范时那种一板一眼的严肃劲，我在做学问的过程中却全都给发扬光大了。在我十五岁失去母亲以后，父亲不仅照料我的生活，还满怀热情地传授给我知识。当时，我已经通晓拉丁语和希腊语，很快又跟他学会

① 16—17世纪法国天主教派对加尔文派的称呼。

了希伯来语、梵语、波斯语和阿拉伯语。到了二十岁时，他见我学业小有所成，竟放手让我参加他的研究工作。父亲更乐意将我看成他的同事而非晚辈，并给我机会去证明自己的当之无愧。以他的署名发表的论文《论弗里吉亚人的宗教崇拜》，实际上出自我的手笔，他甚至没怎么审校。这篇论文给他带来了前所未有的赞誉，他简直开心得不得了，我却因为有欺世盗名之嫌而感到些许不安。但是，从那以后我就出名了，就连最渊博的学者都把我当成同道中人。现在，对于别人赐予的荣誉，我已经能够含笑相与。就这样，我活到了二十五，整天围着古代遗迹和书本打转，对生活一无所知。我把全部感情都倾注在工作上。我有几个真心喜欢的朋友（包括你们在内），但我喜欢的是友情本身，而非朋友们。我对朋友推心置腹，也只是为了不违背我高尚的品格。我非常看重自己身上的美好情感，然而，我既不了解我的朋友，也不了解我自己。人不一定非要这样活着，人可以选择不同的生活方式，这些想法我从未有过。

我们父子二人生活简朴。因为花销太少，直到二十五岁时，我还不知道我们其实相当富有。我对这些事不怎么上心，总以为我们只是勉强维持生计。在父亲身边呆久了，我便养成了节俭的习惯，在知道家底殷实之后，颇有点无所适从的感觉。直到父亲去世了，我也没往这方面想。作为惟一的遗产继承人，直到签订婚约那一刻，我才得知自己有多少钱，同时也发现玛瑟琳几乎没给我带来什么嫁妆。

另外一件事情也是我不知道的，恐怕这件事更加要紧，那就是我的体质不好。可是，不曾经过考验，我又从何得知呢？我经常会发感冒，却没上心治疗过。生活平静如斯，在保护我的同时也削弱了我的身体。玛瑟琳则不然，她看起来相当健壮——不久我们就发现，她的身体的确比我好。

新婚当晚，我们就睡在我在巴黎的公寓里，那里早有人打点好了两个房间。我们在巴黎只作短暂停留，买了些必需品，之后就动身前往马赛，再从那里坐船去突尼斯。

那段时间，各种事务接踵而至，诸多变故快如走马，使我片刻不得空闲。父亲病危时的殚精竭虑，再加上后来的红白喜事，这一切把我弄得身心交瘁。上得船来，我这才松了口气，一下子觉得疲累无比。此前事情太多，足以占据一个人的全部心力，叫人无暇他顾，此时身在船上，才让我偷得浮生半日闲。心情平静了，思想也跟着活络起来。这对我来说还是生平头一回。

这也是我头一回允许自己长时间离开研究工作，在此之前我最多也就休个短假，也有几次时间稍微长些。母亲离世不久后，我陪父亲去过一趟西班牙，那次旅行走了有一个多月。还有一次，我们在德国逗留了一个半月。其他几次外出都是科考性质，我父亲的研究态度端正，纵然出游，其意也不在山水之间。不陪在父亲身边的时候，我便与书为伴。然而，这一次刚刚离开马赛，有关格拉纳达[①]和塞维利亚[②]的种种回忆便涌上心头。那里的天空更湛蓝，树荫更浓密，大节小节不断，还有那些笑声、歌声……我想，我们又要看到这些了。我登上甲板，目送马赛渐行渐远。

我突然发觉自己可能有点冷落了玛瑟琳。

她正坐在船头。我走近她，第一回真正地端详她。

玛瑟琳长得很美。这你们是知道的，你们见过她。我后悔没

---

① 格拉纳达（Granada），西班牙地名，格拉纳达省的省会，位于内华达山脉北麓。

② 塞维利亚（Sevilla），西班牙地名，安达鲁西亚自治区和塞维利亚省的首府，位于伊比利亚半岛南部。

能早点注意到这一点，相识太久，使我失去了发现美的眼睛。我们两家是故交，我看着她长大成人，对她的美丽早已视若无睹。这是我第一次为她的美丽发出惊叹，她的风姿实在太出众了。

她头戴一顶简约的黑色草帽，长纱微动，覆着一头金发，却无娇弱之感。她的裙装和紧身上衣质料相同，用来裁这套衣服的苏格兰布料是我俩一起挑的。我虽在服丧之中，却不愿让她也一身缟素。

她感觉到我在看她，便向我转过身来……在那以前，我对她是殷勤周到的，但多少带点刻意的成分，看得出，我这种用冷淡的礼貌代替爱情的做法令她有些困扰。我第一次用完全不同的目光打量她，她是不是注意到了？她深深地看向我，报以温柔一笑。我无言地在她身边坐下。此前我只为自己活着，至少按照自己的意志活着，即使结婚了，也仅仅把妻子看成生活伴侣。我从未仔细想过，这种结合会给我的人生带来什么变化。直到此时此刻我才明白，我人生的独角戏结束了。

甲板上只有我们两个人。她把头靠过来，我轻轻地拢住她。她抬起眼睛，我把吻落在上面。一吻过后，心头掠过一种全新的怜悯之情。这种情绪是如此猛烈，瞬间席卷了我，令我的泪水不受控制地滑落下来。

“你怎么啦?”玛瑟琳问。

于是我们打开了话匣子。她说起话来温柔动人，使我深受触动。我以前总是对女人有成见，认为女人很傻。那一晚在她身边，我觉得自己才是笨拙的那个。

原来，这个和我结合的女人也有自己的生活啊！这个想法沉沉坠在心头，让我彻夜难以安睡。几次醒转，我从床铺上坐起身来，俯看睡在下铺的玛瑟琳。我的妻子。

次日天空清亮，海面平静无波。我们又随意聊了一会，使彼此之间的拘束感又淡去不少。婚姻生活真正开始了。

十月最后一天的早晨，我们在突尼斯上岸了。

我原本只想在突尼斯小住几天。我不怕和你们说说我有多蠢——对于这个刚被征服的国家①，我只对迦太基和罗马的几处遗迹有兴趣。比如奥克塔夫跟我提过的提姆加德，苏塞的镶嵌画艺术，尤其是杰姆的露天竞技场，都是我想先睹为快的景点。我们首先得去苏塞，从那儿搭乘驿车，我不想在途中有所耽搁。

可是突尼斯却让我大吃一惊。我身体里沉睡着的某种感官，虽然一直不曾得到开发，却依然保持着神秘的活力，一旦接触到新鲜事物就会振奋起来。这已经不仅是感兴趣，而到了惊诧和愕然的地步。即使如此，这些感受都比不上我看到玛瑟琳快活样子时心里涌出的愉悦。

不过，随着日子一天天过去，我也越来越疲惫，但若是不坚持下去又觉得不好意思。我时常咳嗽，胸腔内有种奇怪的不适之感。我们一路南下，我想，也许日渐温暖的天气能让我好起来。

斯法克斯的驿车晚上八点离开苏塞，半夜一点经过杰姆。我们订了半个车厢的座位。我本以为会遇到一辆东摇西晃的破车，没想到事实上座位十分舒适。但是天很冷！我们俩曾天真地认为南方气候比较温和，因此两个人都穿得十分单薄，只带了一条披肩。车驶出苏塞城，刚刚脱离了丘陵的天然屏障，风就刮了起来。大风穿过平原，呼啸着，怒吼着，从每一丝车缝里钻进来，防不胜防。等到了目的地时，我们都冻僵了。我路上折腾得厉害，又咳嗽个不停，实在是撑不住了。这一夜真惨！杰姆没有旅店，

① 突尼斯自 1881 年成为法国殖民地。1956 年 3 月 20 日法国承认突尼斯独立。

只有一个简陋的土堡供我们落脚。要不还能怎么办？驿车已经开走了。整个镇子沉睡着。黑夜漫无边际，隐约能看见周围废墟突兀的暗影，还有阵阵犬吠。我们来到土堡的小屋里，里面搭着两张破床。玛瑟琳冻得发抖，但至少在这里我们可以躲避寒风。

第二天的天气阴沉沉的，我们出门看时，没想到竟是灰蒙蒙的一片。风还没停，不过没有昨晚刮得厉害。驿车要等到晚上才能再次经过……就像我说的，那天真够惨的。露天竞技场几分钟就逛完了，实在令人失望，在灰暗天空的衬托之下，我甚至觉得它很丑。可能是疲劳的缘故，我格外无精打采。临近中午，我闲极无聊，又回去寻找石头上的铭文，结果无功而返。幸运的是，玛瑟琳带了一本英文书。我回来的时候，她正坐在避风处读书。我坐到她身边。

“今天太糟了！你不觉得无聊吗？”我问她。

“不会啊，你瞧，我看书呢。”

“我们到底来这儿干什么呢？但愿你没受凉。”

“我不太冷，你呢？你的脸色好苍白。”

“没什么……”

晚上又起风了。驿车终于来了，我们重新上路。

车子一颠簸起来，我就感到全身跟散了架似的。玛瑟琳又困又乏，很快就靠在我肩头睡着了。我怕咳嗽起来会吵醒她，于是轻轻地、轻轻地抽开身子，让她倚在车厢壁上。可是这回我没再咳嗽。我吐痰了。这是以前没有的。我咳得并不费劲，痰也不多，隔一会就咳出一些来。这感觉挺怪的，起初我还觉得好玩。但是，没过多久我就因为嘴巴里的怪味恶心起来。我很快用完了自己的手帕，还弄得满手都是。要叫醒玛瑟琳吗？幸好我想起她的腰带里系着一条大帕子，我悄悄把帕子抽了出来。我只要不刻意忍着，痰就越咳越多，咳完之后还感到格外清爽。我估计感冒就快好了。只是突然之间，我浑身脱力、头晕眼花，就像要昏过去一样。要叫醒她吗？……啊！不要吧！（小时候接受的清教派的教育使我始终憎恶软弱自弃的行为，对我来说那无外乎懦夫所为。）我稍稍镇定了一下，终于熬过了晕眩……我仿佛又来到海上，车轮阵阵，幻化作涛声滚滚……我不咳痰了。

接着，我陷入某种昏睡之中。

等我再度醒来时，天空已经布满黎明的曙光。玛瑟琳还没睡醒。我们快到站了。我手里攥着的大帕子是深色的，之前没看出什么异样来。当我把自己的手帕从口袋里掏出来时，我不禁大吃一惊。那上面全都是血。

我的第一反应是瞒着玛瑟琳。但是怎样才能做到呢？我身上到处都是血迹，尤其手上……我肯定流过鼻血吧……对，她要是问起，我就说我流鼻血了。

玛瑟琳一直没醒。我们到站之后，她忙着先下车，什么都没看到。我们预定了两个房间，我冲进自己的房间把血迹洗掉。玛瑟琳根本没有察觉。

我的身体十分虚弱，吩咐伙计给我们送茶过来。玛瑟琳脸色虽然也不大好，可她安安静静的，倒茶的时候还带着笑容。我突然因为她的一无所知而感到恼火。我心里明白，这种情绪是不公平的。还不都因为我掩饰得太好，她才没有察觉的嘛。尽管这样想着，我心里还是不舒服，情绪本能地膨胀起来，到了无法克制的地步……直到后来我实在忍不住了，看似漫不经心地说了句：

“我昨天夜里吐血了。”

她没出声，脸色刷地白了，身体摇晃起来。她努力想站稳，却一头往地上栽倒下去。我有点抓狂，冲上去大喊：“玛瑟琳！玛瑟琳!”这下可好了！我是怎么了！我一个人有病还不够吗？可是，我说过，我自己身体也很弱，差一点也跟着晕了过去。我打开门求救，有人跑过来了。

我想起我箱子里有一封写给当地官员的引荐信，我叫人拿着这封信去请军医。

没多久，玛瑟琳就醒过来了，她坐在我的床头，我因为高烧而浑身发抖。军医来了，给我们两个人都做了检查。他肯定玛瑟琳没事，而且跌倒时也没受伤。而我，却着实病了，还病得不轻——他甚至不愿说出病因，但他承诺当天晚些时候还会再来。

军医又来了，他对我笑，话也多起来，还给我开了好几种药。我明白他是看我没救了。我要说实话吗？我当时没有惊讶得跳起来。我只是觉得疲惫，无计可施，索性听之任之罢了。“这世界上到底有什么值得留恋的？我这一生满腔热忱地扑在工作上，直到生命的最后一刻。除此之外……真的，还有什么可在乎的？”我这样想着，觉得自己斯多葛式的精神十分值得称道，倒是这个房间的破陋程度让我不堪忍受。“这房间糟透了。”我环视四周，猛地想起，就在隔壁一模一样的房间里，我的妻子玛瑟琳正在那里，我能听见她的声音。医生还没离开，他正在与她交谈，还尽量把声音放低。不知过了多久，我一定是睡过去了……

等我再次醒来的时候，玛瑟琳守在我身边。看得出她哭过。我不够热爱生活，所以不曾为自己惋惜。只是这地方的粗鄙简陋让我实在看不过眼。我注视着她，目光几近贪婪。

她坐得很近，正在写东西。在我眼里她总是那般美丽。我见她封上好几封信，然后站起身来走到床边，温柔地牵起我的手。

“你现在感觉怎么样？”她问道。

我笑笑，有点伤感地反问：“我会好吗？”

“你会的，”她的回答如此充满信心，我几乎也要相信了。我对将来的生活、她对我的爱情有了一种模糊的感觉，朦胧而凄美。我的眼中噙满泪水，怎么擦也擦不干，终于泪如泉涌，这一哭便哭了好久。

玛瑟琳凭着炽热的爱情力量劝服我离开苏塞。她无微不至地照料我，治疗我，护理我……从苏塞到突尼斯，再从突尼斯到君士坦丁。玛瑟琳是多么地了不起！我到了比斯克拉就会好起来的——她的信念从未动摇，她乐观的热情片刻未减。她打理着周遭一切事务，安排行程，预定旅店，惟一无法做到的是减少旅行的艰苦。有好几次我真想停下脚步，准备放弃了。我像个大限将至的人一样汗流不止，呼吸不畅，有几次还失去了知觉。第三天晚上抵达比斯克拉的时候，我离死也不远了。

二

为什么要谈及过往之事呢？那些日子还留下些什么？回忆无言，唯有痛矣。我不知道我身在何处，姓甚名谁。在我脑海中残留的景象里，当时的我危在旦夕，玛瑟琳，我的妻子，我的生命，依偎在我病榻旁边。我知道我之所以能够活下来，全靠她全心全意的爱和无微不至的关怀。终于有一天，如同迷航的水手发现陆地一样，我感到了新生命诞生之初的第一线曙光。我能对玛瑟琳微笑了。为什么要说这些呢？在一般人看来，我曾与死神擦肩而过。对于一个触碰过死亡之翼的人，每一天都是前所未有的体验，仅仅是活着本身就堪称奇迹。我想，以前的我从未真正活过，如今要去发现生命的冲动让我激动不已。

脱离病榻的那天终于到了。我完全被我们的家迷住了。整个房子的构造有点像一个平台，但那是怎样一个平台啊！我和玛瑟琳的房间都对着它。从平台一路延伸开去，直达房子的屋顶。登高而望，能看见屋顶的棕榈树，越过棕榈树便是沙漠。平台的另一边毗邻公园，那里的肉桂树枝蔓延开来，遮蔽了平台的半边。接着，它横贯整个庭院，一直长到连接它与庭院的台阶为止。庭院不大，修建得齐齐整整，院中生长着六棵棕榈树。我的房间宽敞通风，墙壁是纯白色的，别无装饰。墙上有一道小门通往玛瑟琳的房间，落地窗正对着平台。

时光如斯流逝，无忧之人不问朝夕。尔后我在孤寂之中，多少次怀念当时那些悠闲的日子……玛瑟琳在我身边，或看书，或写字，我则什么都不做，只是观察她。啊！玛瑟琳……我观察过许多的人和事：日光，影子，日光下影子的推移。观察，我只需要细细品味这一切，不需要思考。我还是那么脆弱，连呼吸都成了负担。一切都让我精疲力竭，甚至看书都没有力气。不过我有什么可读的呢？仅仅活着，已然足矣。

一天早上，玛瑟琳笑眯眯地走进来，对我说："我带了位朋友来见你。"我看见她身后跟着一个褐色皮肤的阿拉伯男孩。

这个名叫巴希尔的孩子，用一双大而安静的眼睛看着我。这种不自在的感觉足以令我劳神。我一言不发，面露不悦之色。男孩见我态度如此冷淡，有点不知所措。他向玛瑟琳转过身去，像一个灵巧的小动物那样，靠在她身上，拥着她的手臂。这样一来，他赤裸的胳膊就露在外面，我注意到，在那单薄的白色无袖长衫和满是补丁的斗篷下面，他完全光着身子。

"过来坐吧，"玛瑟琳注意到我不自在的样子，对他说，"自己玩，别出声。"

男孩坐在地板上，从斗篷帽子里拿出一把小刀和一片木头，开始削了起来，我猜他是想做个哨子。

没过多久，我就不再因为他的存在而不舒服了。我看着他，他似乎已经对周围的环境浑然不觉。他光着脚丫，脚踝和手腕的弧度都很优美，那把破刀在他的巧手之下显得灵活自如，还挺有意思……我真感觉有意思吗？他的发型是阿拉伯式的平头，戴着一顶破旧的小圆帽，流苏的部位有个破洞，无袖长衫低垂着，露出小而可爱的肩膀。我真想摸摸看。我俯身凑过去，他扭头对我笑了一下。我示意他把哨子拿给我看看，并大肆称赞了一番。接着他想告辞了。玛瑟琳给了他一块蛋糕，我则给了他两个苏。

次日，我第一次感觉闲得慌。我在等着什么，我到底在等什么呢？我无聊至极，总是惴惴不安。终于，我再也憋不住了。

“今天上午巴希尔不来了吗？”

“你要是喜欢，我这就去把他接来。”

她撂下我出门去了。过了一会儿，又独自一人回来。这场病到底把我怎么了？看见她没把巴希尔带来，我难过得直想哭。

“我去得太晚了，”玛瑟琳说，“孩子们都放学回家了。要知道，有几个孩子可真漂亮啊。我想现在大家都认识我了。”

“至少想办法让他明天过来吧。”

第二天，巴希尔又来了。他像前天那样坐在地上，拿出他的小刀，费劲地削一块坚硬的木头，结果被刀锋划到了拇指。我吓得一抖，他却笑起来。他向我展示他泛着血光的伤口，还饶有趣味地观察着手指淌血的样子。他朗声大笑，不经意间露出雪白的牙齿，用粉色的、小猫一样的舌尖顽皮地舔舐着伤口。啊，多美身体呀！健康——这正是他身上令我着迷的东西。这小小的、健康的躯体多么令人称羡。

接下来的那一天，他带了一些弹珠过来。他想和我一起玩。玛瑟琳并不在场，要不然她可能会阻止我。我犹豫不决地看着巴希尔，他抓起我的手臂，把弹珠塞到我手里，非让我玩不可。虽然弯腰的姿势会使我呼吸困难，但是我还是勉强玩了一会。直到后来，我实在坚持不住了，浑身汗如雨下。我丢开弹珠，倒在椅子里。巴希尔看见我这个样子，不禁慌了。

“病啦？”他柔声问道。那声线美丽极了。玛瑟琳走了进来。

“带他走吧，”我说，“这一上午我太累了。”

几个小时后我又咳出一口血。当时我正在平台上艰难地散步。好在玛瑟琳在房中忙她的事情，没有看到什么。当时我觉得有些气短，就作了个深呼吸，突然之间就涌上来一口血，弄得满嘴都是。但是，那血的颜色不像第一次那么鲜红，而是一个肮脏的大血块。我把它厌恶地吐在了地上。

我踉跄走了几步，心里七上八下，又惊又恼。在这之前，我还以为自己的病情因为医治得当，已经见好了，痊愈只是时间问题。这一下子无疑是前功尽弃。真是奇怪，第一次咳血时我并没有这样害怕过。如果没记错的话，我当时还挺镇定的。那么，为什么现在怕成这样呢？天啊，我开始热爱生命了。

我往回走，弯下腰，找到吐出的那口血块，用草棍挑起来放在手帕上。我观察它，发现它近乎黑色，黏糊糊的非常吓人。我想起巴希尔那美丽的、鲜艳的血来。我突然冒出一种希冀，一种欲望，这种感觉比以往任何时候都要强烈：活下去！我想活下去。我想活下去。我咬紧牙关，握紧拳头，竭尽全力，伤心欲绝地朝着生活的方向走去。

此前一天，我收到T的一封信。为了回应玛瑟琳因为焦虑而提出的种种疑问，信中写满了医疗建议。T甚至还附上了几本普及医学知识的小册子，外加一本专著。我对那本专著比较上心。我大致浏览了信的内容，对那些小印刷品毫无兴趣。首先，这些小册子和童年时期使我不胜其扰的大量道德小读物非常相似，完全无法引起我的好感；其次，上面的医嘱也让我心烦；另外，我也不相信诸如《结核病患者须知》、《结核病实用治疗法》之类的读物对我的病情适用。我认为我不是结核病患者，我宁愿把早先的咳血归结于其他原因。老实说，我不想把它归结于任何原因。我尽量回避去想，也不大去考虑这件事，坚信自己即便还没有痊愈，也离痊愈不远了。

我读了信，狼吞虎咽地消化了小册子和书里的内容。如大梦初醒般，我突然意识到，原来我之前的治疗一直不得要领。以前我一直得过且过，抱着侥幸的心理，把信念寄托在朦胧的希望上。现在我猛然感觉到，我的生命正在遭受重创，而且正中要害，避无可避。一支敌军正潜伏在我体内，无时无刻不在蚕食着我。我能听到那些细微的声响，感觉到敌人的异动。如果我不发出反击，是永远不可能打败他们的……就像为了说服自己一样，我还出声补充了一句："这是个意志问题。"

我在心理上进入了战备状态。

随着夜幕的降临，我已制定出一套对策。在一段时间以内，治好身体是我研究的惟一课题，我的目标是恢复健康。只要是和这个目标相一致的，就应该被认定是好的，凡是不利于病情的，就统统抛开，一概不要。晚饭之前，我已经在呼吸、运动和饮食三方面下了调整的决心。

我们在一个小亭子里用了晚饭。亭子周围被平台环绕着，静悄悄的，远离尘嚣，两人在这用餐颇有情趣。饭菜是一个上了岁数的黑人从隔壁旅店给我们送来的，还算可口。玛瑟琳负责制订菜谱，要这道菜，不要那道菜。一般说来，我食欲不强，少了哪道菜，哪道菜分量不够了，我都不怎么在乎。玛瑟琳食量不大，她没察觉到我今天会不够吃。在我的所有决策之中，吃饱每一餐饭是重中之重。我本想在决策当晚就付诸实践，不料却没能办到。摆在面前的，是一道完全无法下咽的意大利蒜味腊肠，还有一块煎得老得离谱的肉。

我火了，把气全撒在玛瑟琳身上，冲她说了一大堆不中听的话。我责怪她，用我的话来说，她早就该有所觉悟，没有安排好饮食完全是她的责任。我刚刚下了决心要好好吃饭，结果被耽误了，这后果是极其严重的。我把前段时间的情况抛诸脑后，一口咬定说，这一顿饭吃不好，往后就没指望了。玛瑟琳听我这样说，不得不出门去给我找吃的，罐头或者肉食什么的。

很快，她就带回来一小罐食物。我大快朵颐，几乎吞了个一干二净。我以此来向她，同时也向我自己证明我有多么需要多吃。

当天晚上我们商量决定，往后要改善餐饮的品质，同时也要增加用餐的频次。每三小时安排一餐，早上六点半就吃第一顿。旅馆的菜品太一般，要有足够的罐头食品来补充所需营养。

夜里我难以成眠，完全沉浸在对新培养的种种好习惯的自我陶醉之中。我可能有点发烧，床头放着一瓶矿泉水。我先喝了一杯，接着喝了第二杯，第三次干脆对准瓶口，把剩下的水一口喝干。我重温了一下我的决定，就像复习功课那样：我要用敌意的眼光去面对一切事情，我必须向一切宣战，只有我才能拯救自己。

最后，我看到东方吐白，天快亮了。

这一夜，是我的决战前夕。

新的一天是礼拜日。必须承认，我从来没有过问玛瑟琳的宗教信仰，不知道是什么原因，可能是真的不关心，也可能是这个话题令我尴尬。反正这事与我无关，我也没重视。那天玛瑟琳弥撒回来时，我听说她为我祈祷了。我深深地看着她的眼睛，半晌，用最温和的语气说：

“没必要为我祈祷的，玛瑟琳。”

“怎么会呢？”她十分不解。

“我不喜欢寻求庇护。”

“你拒绝上帝的帮助？”

“要是这样的话，我肯定要对他感恩戴德。知恩就得图报，我不想亏欠别人。”

我们表面上谈笑风生，但彼此都清楚这几句话的重量。

“亲爱的，就靠你自己是不可能把病治好的。”她叹了口气。

“那就随它去吧，”我说完这句，看见她蓦地伤感起来，于是我又缓和了语气，补充说：“我还有你帮我呢。”

三

关于我的健康，我还会说上一阵子。这样喋喋不休地谈论身体，你们一开始可能会觉得我忽略了精神层面的问题。这看似疏忽之举，其实是有意为之，何况这在当时也的确是实际情况。我无力维持双重生活，我对自己说，生命和精神层面的问题，就等我好转以后再考虑吧。

恢复健康似乎遥遥无期。我动辄汗涔涔的，还经常全身发冷，就像卢梭说的“呼吸短促”，发热的情况也时有发生。清早起床时，我经常觉得十分疲惫。我蜷缩在扶椅里，对周围的一切都打不起兴趣，唯有眼观鼻，鼻观心，集中精神想让呼吸顺畅起来。我艰难地，有条理地，小心翼翼地吐纳气息，每呼出一口气都要分成两下。我竭尽全力也不能完全把气憋住。哪怕在经过很长一段时间以后，我也只能在非常刻意的情况下才能避免这种情况。

不过，最令我不堪忍受的是，我孱弱的身体对任何微小的气温变化都有一种病态的敏感。如今回想起来，可能是精神紊乱给我的病情雪上加霜了。针对那一系列症状，我找不到其他解释。如果我仅仅把它们归因于结核病是说不通的。我要么热得要命，要么冷到不行。冷的时候添衣加被，把自己层层包裹起来，样子夸张得可笑。刚刚不发抖了，就又开始出汗。脱掉几层衣物之后，终于不出虚汗了，却又开始打寒战。我的身体有些部位冻僵了，尽管出着汗，摸上去就像大理石一样冰凉，怎么也暖和不起来。我对低温极度敏感，洗脸时不小心滴落在脚面上的水都会让我得上一场感冒。怕热的程度也与此相差无几。后来，这种对温度的敏感被我保持下来，至今依然如此，只是现在对我来说纯粹是种享受了。我深信，感官的放大可以给人造成极度的痛苦，也可以导致极度的快乐，至于到底倾向于哪一头，那要取决于自身机体的强弱。于我而言，昔日折磨我的种种，如今都让我乐在其中。

在那以前，我向来都是关着窗户睡觉的，真不知道我是怎么办到的。听了 T 的建议，我开始敞开窗户睡。起初只是开个小缝，不久以后就全敞着了。很快我就养成了这个习惯，窗户必须都开着不可，不然我就喘不过气来。久而久之，我开始贪恋晚风的惬意味道，月光照在身上，多么美妙啊！

我讨厌缠绵不愈的状态，恨不得能一下子好起来。多亏坚持不懈的治疗、清新的空气和营养丰富的饮食，不久我的身体就有了起色。以前我因为气喘不能上下楼梯，不敢离开平台。到了一月底，我终于敢走下楼梯，试着去花园里散散步了。

玛瑟琳陪着我，她带着一条披肩。当时正好下午三点钟。当地常见的大风天气让我连续遭了三天的罪，直到那天终于停歇了。天气温和可人，令人舒畅无比。

镇子里的公园被一条宽阔的道路隔成两块，路边长着两排高大的含羞草科树木，当地人管这种树叫做合欢树。树荫下有排座椅。一条人工开凿的小溪几近笔直地沿着道路流淌。水面不宽，但是很深，流到远处分作细流，浇灌着园中花木。水质不甚清澈，看上去带着点浑浊的土色，那是红色黏土或者草木灰的颜色。园中几乎没有外国人，只有几个阿拉伯人。每当他们走出阳光地带，身上的白色长袍就染上了光影的斑驳色彩。

我走进这片诡谲的树荫的世界，感觉到一种异样的震颤。我用披肩把身体裹住，非但没有任何不适，反而舒服得很。我们在一把长椅上坐下来。玛瑟琳始终安安静静的，不说话。几个阿拉伯人从我们面前经过，接着又来了一群孩子。玛瑟琳认出好几个，还招呼他们过来，把他们的名字告诉我。一问一答之间，他们时而微笑，时而嘟着嘴，欢喜嗔怒，互相逗趣，乐此不疲。这一切让我有点烦，不舒服的感觉又来了。我感到很累，汗跟着就流了下来。说实话，使我感到厌烦的不是那些孩子，而是她。没错，不管怎么说，是她横在中间，让我不痛快。我站起身来，她就跟着我；我取下披肩，她就接过去拿着；要是我又把它披上，她就会问："你冷了吗？"还有，我不敢在她面前和孩子们交谈，因为我看得出来，她对其中一些孩子很关爱。而我呢，我不由自主地，也多少有点存心地，对其他孩子感兴趣。

"我们走吧。"我对她说，心里暗下决心，下次定要一个人来公园。

第二天将近十点钟的时候，她要出去办事。我充分地利用了这个机会。小巴希尔几乎每个早上都会过来，帮我拿着披肩。我精神抖擞，身体十分爽快。园中的林荫路上几乎只有我们两个人。我慢慢走着，走上一阵子，就坐下来歇一歇。巴希尔紧紧跟在我后面，叽叽喳喳说个不停，像条小狗一样灵活和忠诚。我一直走到水渠旁，那里时常有洗衣妇来干活。水流中间横着一块扁平的石头，此时有一个小女孩正趴在上面，俯瞰水面，手在水中拨弄着，时而捡起漂来的小树枝，时而又把它们扔回水里。她光着的腿上还留有湿漉漉的水印，把肤色衬得越发深了一些。巴希尔走上去，跟她说了几句话。她转过头来，对我笑笑，然后用阿拉伯语与巴希尔聊了起来。

“她是我妹妹。”巴希尔对我说。他还进一步解释说，他们的母亲就要来洗衣服了，妹妹正在这儿等她。女孩儿的名字叫做艾德拉，在阿拉伯语里是“绿色”的意思。他说这些话的时候，声音清澈悦耳，天真无邪，让我也不由得孩子气起来。

“她想跟你要两个苏。”他又加了一句。

我给了她十个苏，正准备离开，这时他们的母亲——那位洗衣妇来了。那是一个爽利的女人，身体结实丰满，宽阔的额头上刺满了蓝色的花纹，头顶着洗衣筐，像极了头顶祭祀篮子的古希腊女人。她也正和古希腊女人一样，身上只围了一块深蓝色宽布。布料在她的腰间高高束起，倾泻而下，垂至脚面。她一见巴希尔，就大声说了他一顿。巴希尔怒气冲冲地回嘴，态度很不好。接着女孩儿也加入进去，三个人争吵不休，讨论得异常激烈。最后，巴希尔服了软，他走过来和我说，他母亲今天上午需要他，然后愁眉苦脸地把披肩还给我。我只好一个人上路了。

还没走出二十步的距离，我就觉得身上的披肩有千斤重。我浑身汗如雨下，只得在离我最近的椅子上坐了下来。我盼望能有个孩子突然过来搭把手。这时一个高个子男孩走了过来，有十四岁的样子，肤色黑得像个苏丹人。他非但没有半点羞怯，还自告奋勇地提出要帮我。他叫阿苏尔，要不是他只有一只眼睛，我肯定会把他归为美少年一类。他很爱说话，他告诉我这水的水源在哪里，流出公园之后会直接流进绿洲。听他说着话，我忘记了自己的疲惫。尽管我非常喜欢巴希尔，但正是因为对他太熟悉了，才想换个人说说话。为此，我甚至打定主意改天一个人到公园来，在长椅上坐等一场美妙的偶遇。

我和阿苏尔一路走走停停，终于来到我家门口。我想邀请他上楼去，但是终究没敢开口，因为我不知道玛瑟琳会作何反应。

玛瑟琳在餐厅里，正围着一个小男孩打转。那是一个病弱不堪的幼小孩子，我对他的厌恶超过了怜悯。

"这孩子病了。"玛瑟琳对我说，语气多少有点怯怯的。

"最好别是传染病。他怎么了?"

"我还没确定病因，他好像浑身发热。这孩子的法语说得不好，昨天巴希尔在这儿的时候，还得给我们当翻译呢……我给他弄了点茶喝。"

我闻言只是站在那里，不置可否。或许是为了解释什么，或许是为了回应我的态度，她又补了一句:"我和他认识有一阵子了，之所以没带他过来，是怕累着你，或者惹你不高兴。"

"那又怎么样!"我吼道，"把你认识的孩子都带来得了，只要你喜欢!"其实我完全可以把阿苏尔领回家来，一想到这里，我就大为光火。

此时此刻，我看着我的妻子，她浑身散发着母爱的温情。她的呵护是那么的温柔可亲，那个小孩走的时候看上去好了不少。我把散步的事和她说了，用比较婉转的方式告诉她我为什么宁愿一个人出去。

那段时间我夜里睡觉时还是会忽然醒来，时而盗汗，时而冷得要命。可是那天夜里不同，我一觉睡到天亮。第二天早上我九点钟就准备好出发了。天气不错，我精神头很足，一点不觉得虚弱。那种感觉远非开心可以形容，简直到了兴致高昂的地步。风不大，也很暖，但我还是带上了披肩，以便需要的时候可以请人帮我拿着，这样就能顺理成章地和别人制造认识的机会。我提到过，公园和我们的平台相毗邻，所以我很快就走到了。怀着近乎狂喜的心情，我步入公园的树荫里。空气清透无比，弥漫着合欢树的香味。合欢树的花期已至，开花之后便会散叶。除却树香，好像还有一种若隐若现的、陌生的香气从四面八方散发出来，铺天盖地，席卷了我全部的感官，让我十分惬意。我的呼吸越发顺畅，步履也轻快了许多。不过，我还是忍不住在遇见的第一个长椅上坐了下来，不是因为疲乏，而是完全陶醉在曼妙的景色之中，有些心醉神迷了。树影悠悠地移动着，轻得仿佛未曾碰触地面，又好像只是掠下点点轻吻。啊，阳光！我竖起耳朵。我听见什么了吗？一片空无，万物有声。每种声音都是那么的有趣。我记得当时有一株小树，树皮的纹理很奇怪。我不禁起身走过去，想亲自摸摸看。我的动作宛似爱抚，打心眼里觉得欢喜。我还记得……难道那天上午我得到重生了吗？

我已经忘却自己是孤身一人。我坐在那里，没有期待任何人的到来，忽略了时间的流逝。那天以前，我似乎一直耽于思考而极少去感受，如今竟然惊奇地发现，我的感官和思想是一样的强烈。我用了"似乎"这个字眼，因为从我孩提时代的深邃回忆中，终于射出千百道灵光。失而复得的感觉。我重又意识到感官的存在，这真是又不安，又美丽。是的，我的感官苏醒了，前尘旧事重见天日，遗失的往昔被重新编织起来。我的感官，它们还活着！还活着！它们从未消弭，只是在我潜心研究学问的这许多年里，默默地存在着。

那天我没有遇见谁，但是依然很开心。我从口袋里掏出一本袖珍版的《荷马史诗》，自从离开马赛之后我还是第一次翻阅它。我重新读了《奥德赛》中的三行诗，把它们记在心里。然后，我发觉自己可以从诗的节奏中得到滋养，享受到从容的韵味。我合上书页，坐在那儿，身子在微微发抖，思想沉浸在幸福之中，没想到原来一个人可以如此地生机盎然。

四

看到我的病终于有了起色，玛瑟琳非常高兴，开始与我谈起了绿洲里的美丽的果子林。她爱极了外面的广阔天地。我生病的时候，她有足够的时间外出远足，每次都走得很远，回来时满是兴奋。以前她不敢和我说起这些事。我当时无法享受那样的乐趣，万一我产生了兴趣却不能前往，那该多么令人沮丧啊。可是现在，我的身体慢慢好了起来，她想用那些美好的景物来帮我痊愈。我重又爱上了散步和观赏风景，也十分向往。就在第二天，我们一道上路了。

她领着我走上一条我从未见过的奇怪小路。它夹在两堵高墙之间，慢吞吞地向远处延伸开去。高墙把院子切分成各种形状，也把道路挤得歪歪斜斜，时而曲折，时而断裂。你刚一进去，拐个弯就忘记了方向，不知来时之路，也不辨前方去向。古泉忠实地顺着小路，贴着高墙流淌。墙是就地取土堆砌起来的。在整片绿洲里，这种红色或浅灰色的泥土四处可见。泥土被水浸透颜色还会显得更深一些，烈日晒过便龟裂变硬，一场急雨过后，又会变得软绵绵的，赤脚踩在上面会留下串串脚印。墙头上探出棕榈树的枝叶。我们走近时，惊飞了三两只斑鸠。玛瑟琳回头看了看我。

我把疲劳和拘束都抛在脑后，忘情地走着，只觉得感官和肌肤都惬意无比。无声的愉悦。这时忽然吹起一阵微风，棕榈树满树的枝叶摇动起来，树顶的枝条弯下身段。随后风停树止，世界又归于一片平静。我清楚地听见墙后响起阵阵笛声，于是，我们在墙上找到一个豁口，钻了进去。

这个地方光影绰绰，静悄悄的，仿佛是一个远离时光的存在。寂静之中有些微的响动，流水在树与树之间流动的轻响，那是滋润着棕榈树的溪水，斑鸠低鸣，笛声悠远。笛声来自一个孩子，一个正在牧羊的小男孩。他几乎光着身子，在一棵倒地的棕榈树干上。我们的出现并没有令他惊慌失措，他没有跑掉，只是笛音间断了一下。

在这短暂的沉寂中，我听到远处有笛声遥相呼应。我们多走了几步，玛瑟琳说道："没有必要再往前走了，这些园子都差不多，只是绿洲另一头的面积更大一些。"她把披肩铺在地上，说："你歇会吧。"

我们在那儿呆了多久？我不知道。时间是长是短又有什么关系呢？玛瑟琳在我身边。我躺在地上，头枕在她腿上。悠悠的笛声仍在耳畔，时断时续。流水叮咚，不时传来山羊的咩咩叫声……我合上眼睛，感觉到玛瑟琳沁凉的手心覆在我的额头上。头顶的树叶滤掉了阳光的灼热，光线十分柔和。我放任大脑空白一片，思想又有什么意义呢？我有一种超乎寻常的感觉……

有那么一时半刻，我听见一种新的声响。我睁开眼睛，原来是清风掠过棕榈树间的声音，它吹不到树下的我们，只摇动着树梢的叶子。

第二天早晨，我和玛瑟琳故地重游，再次来到果园里。同一天傍晚我又一个人去了一趟。吹笛子的牧童还在那儿。我走到他身边，和他攀谈起来。他的名字叫做洛西夫，才十四岁，长相很俊俏。他把每一只羊介绍给我，告诉我它们的名字，还告诉我这条水渠名叫“塞吉亚”。他还说，水渠不是每天都流水，水源被精细而合理地分配，一旦解除了树木的旱情，就会停止供水。每棵树的树根底下都挖了一个细长的蓄水池，这是一道多么巧妙的灌溉系统啊。洛西夫一边解释，一边辅以动作，让我明白他们如何把有限的水引向最需要的地方。

又过了一天，我见到了洛西夫的哥哥。这个名叫拉什米的孩子，比他弟弟稍大一点儿，长得没有弟弟好看。他踩着树干上的被砍断的枝节，像爬梯子一样，攀上一棵修剪掉顶枝的棕榈树，之后又动作矫健地翻下来。他动作时衣角翩然飞起，露出金色的肌肤。他从树上摘下一个小瓦罐。小瓦罐挂在新截断的树枝下面，从树木的创口处收集棕榈汁液，作为酿酒的原料。阿拉伯人非常喜欢这种酒的甘洌醇厚。在拉什米的邀请下，我尝了一口，却不大喜欢那味道。我只觉得甜甜的，辣辣的，没什么酒味。

那以后的几天，我又走得更远了一些，遇见了别的牧童和他们的羊群。正像玛瑟琳所说的那样，这些园子看上去都一个样，但是每个又有其独到之处。

玛瑟琳还经常陪伴着我。不过，我们到果子林后，我就同她分开走。我说我乏了，得坐下歇会，让她不必等我，这样她能走得远些。于是，她就一个人去散步了，我留下来和孩子们在一块。没过多久，我就结识了好多孩子。我同他们长时间地耗在一起，谈天说地，学习他们的游戏，也教给他们我会的游戏，直到我把兜里的零钱都输掉为止。有几个孩子会陪我走上一段路。我每天都增加一些路程，他们把回去的路线指给我，帮我拿着外套和披肩，因为有时我两件都带在身边。到了临别之际，我分给他们每人几块钱。他们走着，一路欢笑玩耍，有时驻足在我家门口，有时会进屋来。

不单是我，玛瑟琳也时常把一些孩子领回家来。那些孩子是她从学校带来的，她鼓励他们好好念书。每到放学的时候，表现好的孩子就可以来家里玩。这和我带来的孩子们可不是一派的。不过，他们倒是能玩到一起去。我们总是特意准备一些果子露和糖果来招待他们。用不了多久，甚至不用我们邀请，别的孩子也主动跑来了。他们每一个人我都记得，他们的样子时常浮现在我眼前……

快到一月底的时候，天气情况急转直下，外面刮起了寒风。我的身体马上受到了影响。对我来说，绿洲和市区之间的那片空旷地又变得不可逾越了。我只能在公园里走走，以此来满足自己。之后又下起雨来，雨丝冰冷，北方天边的群山被大雪覆盖起来。

在这些沉闷的日子里，我守在火炉边上，神情低迷，竭尽全力地同病魔缠斗。而此时病魔借着恶劣天气的优势，再度占据了上风。那段时间愁云惨淡，我无法正常看书或者工作，稍一动作就浑身虚汗，集中精神也让我极为疲倦，只要不努力呼吸就会有窒息之感。

在如此凄风苦雨的日子里，唯有跟孩子们在一块才能消遣我抑郁的心情。下雨时只有混得最熟的孩子才会上门。他们的衣裤上满是雨水，团团围坐在炉火旁边。过度的疲倦使我除了看着他们，无法做什么别的。然而，只是看着他们健康的体魄，对我的病也有好处。玛瑟琳宠爱的孩子们都身材瘦小，又太过顺从，我对她大为光火，对他们也非常生气，终于把他们赶了出去。老实说，他们让我很不爽快。

一天早上，我对我自己有了一个新奇的发现。当时，我和莫克蒂尔单独呆在一个房间里。在我妻子的宠儿之中，只有他让我看了不觉得反感（可能是他长相俊美的缘故）。我站在壁炉前，双手撑着桌子，面前摆着一本书，我佯装专心看着书，实际上却在镜子的映像里窥视身后莫克蒂尔的活动。可能是出于好奇心吧，我也说不上到底因为什么，我一直在暗中观察他的一举一动。莫克蒂尔对此毫不知情，他还以为我在全神贯注地看书。我发现他轻手轻脚地走近一张桌子，桌上放着玛瑟琳做活时用的剪刀。他伸出手去抓住剪刀，迅速塞进他的斗篷里。我的心一度极速地跳动起来。但是，即使再睿智的道理也无法解释，我为何竟然没有对此产生一丝抗拒的情绪。不仅如此！我甚至无法向自己证明此时没有感到一阵欢喜。直到我给莫克蒂尔足够的时间偷了我的东西之后，才转过身来同他说话，就好像什么事也没发生过一样。玛瑟琳很爱这个孩子。当我见到她的时候，我没有揭发莫克蒂尔的偷窃行为。不仅如此，我还胡诌了一套鬼话，解释剪刀是如何不翼而飞的。我认为，我并不是怕说实话会令她难堪。从这一天起，莫克蒂尔成了我的宠儿。

五

我们在比斯克拉不会逗留太久了。二月份的阴雨天一过，天气骤然变热。在熬过了几个暴雨天之后，一天早晨我醒过来，突然看到了碧绿色的天空。我一起床就飞跑到最高的平台上。天空万里无云，太阳突破雾霭，绿洲蒸腾着水汽，远处传来河水暴涨的阵阵轰鸣声。空气是那么明晰清澈，我的精神为之一振。玛瑟琳走上来，我们想出去走走，只是碍于那天满地泥泞，无法出门。

过了几天，我们又走进洛西夫的果子林。枝叶和花木都喝饱了水分，一片湿重之下，更显柔软。我不知道这块非洲的土地在等待什么。它在漫长的冬季里沉睡，如今苏醒过来，柔润可人，饱含新鲜的汁液，在狂热的春光中欢笑。我听见了这春天的和弦，宛似心中也绽开了一个春天。起初，阿苏尔和莫克蒂尔陪着我，我仍然很享受他们的淡淡情意——那种每天只需要我付出半个法郎就能交换得来的情谊。没过多久，我就感到厌烦了，因为我已经不那么虚弱，不必把他们当成健康的榜样，他们的游戏也无法再为我提供任何快乐的养分。我把感官和精神的激情倾注到玛瑟琳身上。从她表现出的快乐情绪上，我才发觉她以前是忧伤的。我像个孩子一样，对她说尽了好话，请她原谅我对她的冷落。我把对她的种种不好归因于病中的喜怒无常，我身体太弱了，无暇顾及爱情。这些都是实话。随着身体的好转，一个多月之后，我对玛瑟琳开始有了欲望。

天气一天比一天热。比斯克拉的确有其迷人之处，要不后来也不会时时召唤我回来，只是当时我们已经没有什么可留恋的了。我们从决定到离开非常仓促，只用了三个小时就把行李打点好，要坐的是第二天凌晨的火车。

我还记得启程前的那天晚上。月亮将圆未圆。月光穿过敞开的窗户，洒了一地。玛瑟琳可能正在酣睡之中。我躺在床上，却迟迟无法入睡。我感到一种亢奋和热力，那不是别的，是生命……我起身，在水里沾了沾手和脸，推开玻璃门走了出去。

夜深人静，四处静谧，就连空气都沉睡了。我隐约听见远处传来声声犬吠，那些阿拉伯犬像豺狼一样，在漫漫长夜里不住地嗥叫。我面前是一个小院子，对面墙上印着一片斜影。整齐的棕榈树没有颜色，亦没有生命，似乎会永恒地静止下去。即使人们能在睡梦中发现生命的悸动，然而此情此景，好像一切都没在睡，都死了。这种宁静让我的恐惧油然而生。突然之间，对于人生的悲痛感又侵入了我的心，它们仿佛在静夜之中争辩不已，想要表达自己，为自己叹息。这种感觉来势汹汹，让我极度痛苦。要是我能像野兽那样嘶吼的话，我一定会嘶吼出声的。我用右手抓住左手，要把它们举到头顶上，而且我真的那么做了。为什么？我那样做的目的就是要昭显自己还活着，要感受到活着的美好。我抚摸自己的额头和眼睛，不禁全身一震。我心想，到头来这一天总会来的——我渴得要命，却连把水送到唇边的力气都没有。我折回房间里，这次没有马上躺下。我想把这一夜留住，把它镌刻在我的记忆之中，永不忘怀。我不知道该做些什么，随手从桌子上拿起一本书，是《圣经》。我随便打开一页，借着月光读了起来。我读到基督对彼得讲的一段话。这段话啊！我之后再也无法忘记：“趁你正值大好年华，系好行囊，想去哪里就去哪里吧；若是待到你年老之时，你就要伸出手来……”你就要伸出手来……

第二天凌晨，我们动身了。

六

我就不去细说旅途的各个阶段了。有的阶段只给我留下了些许模糊的记忆。我的身体时好时坏，冷风使我步履蹒跚，乌云让我心里发闷。这种脆弱的神经反应给我带来很多不便。不过，起码我的肺部有了好转。犯病的时间短了一些，病情也减轻不少，虽然来势仍然不弱，但抵抗力却增强了。

我们从突尼斯抵达马耳他，又到了锡拉库萨，最后回到语言和历史都为我所熟悉的古老土地。得病以来，我的生活少了许多规矩和规律，就像动物或婴儿那样，只是一心一意地活着。随着病情的减轻，生活又回到了自觉而有意识的状态下。经过这些日子与病魔的缠斗和为了活下去而作的垂死挣扎，我原以为自己在重新夺回生命之后，很快就会把现在和过去联系起来。在客居他乡的时间里，在别国的奇风异俗之中，我可以想当然。不过，回到这里则大为不同了。这里所有的一切都在向我诉说着一个让我惊异的事实：我已经变了。

在锡拉库萨以及那以后的人生旅程中，我想重新回到我的研究领域，像从前那样一头扎进考古工作里。然而，我却意识到，即使我没有失去对它的全部兴趣，至少也发生了兴趣上的改变。这就是我此时此刻的感受：现时性。如今，历史在我眼中静止不动，就像昔日比斯克拉小庭院里那片暗影的沉寂、那种濒临死境的氛围，恒久不变，叫人害怕。以前的我喜欢恒久与静止，因为那使我的思想清晰明确。在我眼里，过往历史种种，宛如博物馆中的陈列品。或者打个更贴切的比方，历史事件就像蜡封的植物标本。那种干枯和静止的状态使我忘了它们也曾经饱含生命的水分，在阳光下生机满满地活过。现在，我在思考历史的同时，总要联系当下的情况。重大的历史事件就算能够引起我的感动，也远远不及诗人或某些行动家那般能点燃我身上的激情。在锡拉丘兹，我重读了忒奥克里托斯[①]的田园诗，对他笔下拥有优美名字的牧羊

---

① 忒奥克里托斯（约公元前 310—前 245），古希腊田园诗人。写作田园牧歌共三十篇，2701 行，对西方诗歌影响甚大。忒奥克里托斯的作品往往以牧人为主要角色，三三两两彼此对歌。他笔下的牧羊人谈吐优雅，吟唱优美的歌谣，充满了诗情画意。

人心驰神往。正如我在比斯克拉爱上的那些牧童们。

我脑海中的经典渐次苏醒，它们正在阻碍我的步伐。我每参观一座古希腊剧场、一座古典神殿，就要在想像之中重新建构它们。在那些古代废墟上曾经有过的节日盛景，都会引起我对那逝去的欢乐的叹惋。我为这一切死亡伤怀，我憎恶死亡。

后来，我开始对废墟避而远之。我不再钟情于古代雄伟的建筑神迹，转而流连于人称大石牢的下沉果园和库亚纳河畔。那里的柠檬像橙子一样酸甜可口，那里的河水就像莎草纸上记载的那般，如它为冥后普洛塞尔皮娜哭泣之日那样清澈碧蓝。

我逐渐开始轻视以往让我引以为豪的学识。当初被我视为全部生命的学术研究，现在对我来说只剩下一种偶然的因果关系。我发现我不再是以前的自己，我活在了研究以外。多么快活啊！作为学者，我觉得我不怎么高明。作为人，我又有多了解自己呢？我刚刚降临到整个世界上，我无法预知我将来会成为什么样的人，这是我必须解答的谜题。

对于一个曾经与死亡擦肩而过的人，没有什么比向着健康跋涉的漫长路程更悲惨的了。被死神之翼触碰过之后，我发现以往被我视为重要的事物失去了重要性，它们的位置被有些原本不重要的事情取而代之，后者中的一些，我甚至都不曾意识到它们的存在。包裹着我的知识积淀开始崩裂，当粉饰纷纷剥落，真正的皮肉露出，深藏在里面的人终于得见天日。

从那时起，我立志要发现的那个人，那个真实的人、“古老的人”，那个《福音书》里遭到弃绝的个人，也是我周遭的一切——书籍、导师、父母，那些我曾经压抑的人。在过去，这个人周身涂满伪装，歪曲难解，因而发现他变得更有价值、更有必要。我开始轻视那个“第二人”，那个被教养的伪装标记过的人，我必须除去他的矫饰。

我把自己比作隐迹纸本，品尝到了辨认真迹的那种快乐。那便是在同一份手稿上，透过近代添加的文字下面，发现珍贵得多的远古文字。这篇隐藏在下面的文字究竟是什么呢？为了阅读它们，不正要先抹去覆盖在上面的文字吗？

因此，我不再是以前那个病弱而勤奋的人，也不再恪守先前的刻板观念。这不仅是康复的问题，还附带着生命的提升和重新整装出发。那是更加充沛的、更加沸腾的血液循环，这血要浸透我思想中的一切，撼动我体内最久远、最细微、最隐秘的神经纤维。因为无论身强体壮还是羸弱多病，人总要学会适应。人体根据自身的力量来集结自己，一旦力量增大，就能提供更多的可能性……当时我并没有完全形成这些想法，因此这里的描述不免有些夸张。实话实说，我根本不多加思考，也根本不反省自己，任凭宿命的指引。我只怕仓促的审视会打乱我那缓慢而神秘的蜕变，须得让隐去的人格从容地再写，不应横加干扰。我放任我的头脑休憩，并非令其荒废，而是要充分地享受自己，享受事物，享受我觉得神圣的一切。我们离开了锡拉丘兹，我奔跑在连接塔奥尔米纳和莫勒山的山路上，大声召唤着我心中的那个人：一个新人！一个新人！

当时惟一需要我努力做到的，就是系统性地、逐一地排斥一切因袭和受制于幼年道德教育的部分。出于对学识的鄙夷，出于对学者情趣的蔑视，我拒绝去游览亚格里真托。几天之后，在通往那不勒斯的大路上，我也没有在壮丽的波斯图姆神庙前停留，那是一个仍然与古希腊共呼吸的圣所。两年之后，我又去那儿不知朝拜了不知哪位神祇。

为什么要说那是惟一需要我努力做到的呢？若是不能把自己培养成焕然一新的人，我能引起自己的兴趣吗？我对这种美好没有什么见地，只有模糊的想像。但是，我仍旧怀着无限的神往，怀着异常强烈的欲望。我定要让我的身体强健起来，晒出健康的黑色皮肤来。我们在距离萨莱诺不远的地方离开海岸，到达拉维洛。那里的空气更加清爽，四处布满奇峰，怪石造化天工，山谷幽深莫测。如此美景点燃了我的热情，让我感到身体充满力量，步履轻快无比。

拉维洛坐落在峭壁之上，朝向波斯图姆平坦的海岸，离天比离海还要近。在诺曼底人的统治时期，这里是座战略要塞，而今却不过一座狭长的小村庄。我们的到来，恐怕为村庄带来了惟一的外国游客。我们住在一所由教会建筑改造的旅馆里，它位于山崖顶上，平台和花园都好像凌驾于碧空之中。人们目光所及之处，除了爬满葡萄藤的墙头，就是大海。走近围墙，还能看到自斜坡绵延而下的庄稼地，正是这些梯田把拉维洛和海岸连接起来。拉维洛之上，山势拔地而起。山间空气新鲜，生长着大片的栗子树和北方乔木。中间地带是橄榄树和粗壮的角豆树，树荫下长着仙客来。地势再低些，到了近海处星星点点地长满了柠檬树。这里的果园被打理成小块的梯田，样子比较相似，几乎没什么区别，中间有小径通连。人们偷偷溜进去，在遮天蔽日的绿荫下孕育梦想。柠檬芳香满溢，犹如一颗颗蜡丸泫然欲滴，在树荫之下白绿相间，口渴的话触手可及。那果实甘甜，略含青涩之味，入口十分清爽。

树荫浓密，我走路走出了汗，不敢在下面多作停留。不过，攀登阶梯不再让我感到精疲力竭，我有意紧闭嘴巴锻炼自己，每一口气都能走得更远。我告诉自己要到达最后的目标，自尊心获得的满足就是对我努力的报偿。我大口呼吸，好像这样能使空气更加顺畅地涌入我的肺部。我是那样勤奋地护理我的身体，终于见到了进展。我时常惊讶于身体康复的速度，以至于怀疑当初自己夸大了病情，实际上没有病得那么重，还会嘲讽自己一度吐血，甚至为没有康复得更加艰难而感到遗憾。

起初我不懂自己身体的需要，因此乱治一气。经过耐心的考察，我疗养的手段更加谨慎精妙，并且像做游戏一样乐在其中。最令我感到痛苦的还是身体对气温变化的病态敏感。由于肺部已经痊愈，我认为这种敏感来自神经虚弱，属于疾病的后遗症。我决心克服它。我看见农人们袒露胸膛在田间干活儿，看到他们那晒得黝黑的漂亮皮肤，仿佛被阳光穿透般的美丽，让我好生羡慕。一天早晨，我脱光了衣服，观察自己的裸体。我的肩膀和双臂瘦得出奇，即使用尽全力也无法向身后挺直，尤其是皮肤苍白毫无血色，我见了不禁羞愧难当，流下泪来。我急忙穿上衣服，冲出门去，我并没像以往那样跑去阿马尔菲，而是直奔覆盖着浅草和青苔的山岩。那里远离人家和大路，不会被人发现。走到那里，我慢慢脱下衣服。风微凉，阳光灼热。我把全身献祭给这光焰。我坐下，躺倒，翻身拥抱身下坚实的地面。野草轻轻拂过我的身体，虽然在避风处，我感到气息的掠过还是会打寒战。但是没过多久，全身的气流涌上皮肤表层。随着热流涌过，我周身一阵酣畅。

我们在拉维洛逗留了半个月的时间。每天上午我都到岩石上去晒太阳。没过多久，我厚厚的衣服开始变得多余了，我的皮肤开始富有弹性，不再频频出汗，可以调节自身的热量。

到了最后几天，时间是四月中旬，我又做出了一个大胆的尝试。在我提到过的那些山中，有一股山泉流出，奔流汇集最后形成了瀑布。瀑布的水量虽然不大，却在下面冲出了一个深潭，潭水颇深，水质清澈。我去过三次，每次都躺在水边，心里充满渴望。我长时间地凝视着光洁的岩石，那里真是纤尘不染。水流没有丝毫草叶的羁绊，阳光洒入水中，波光粼粼，绚丽多姿。第四天，当我再次来到这无比清澈的泉水前的时候，我便下定决心，不假思索地一下子跳了进去。我全身没入水中，瞬间感到凉意直达心底。而后我从水里出来，躺在草地上晒太阳。那里生长着几株薄荷，香气扑鼻而来。我摘下几片叶子，用手团作一团，在湿淋淋却又发热的身子上揉搓。我端详了自己好一阵子，心中非常愉快，再无一丝羞愧之情。虽说我的身体还不够健壮，但以后会更好的。眼下我身材匀称，几乎称得上美丽。

七

由此可见，我的一切行为、一切工作就是锻炼身体。这虽然也包含了我心态的变化，但在我看来仅仅止步于一种训练、一种方法，再也不能满足我了。

还有一个行为，你们知道了可能会笑我，不过我还是要说出来。它可以表现出我有多想在外形上宣告我内心的转变，而且这种心理迫切到了多么幼稚的程度——在阿马尔菲，我把胡子剃了。

以前我一直蓄着胡须，头发很短，从没想过换发型。我第一次在岩石上光着身子那天，突然感到胡子就像是我无法脱掉的最后一件衣裳，非常碍事。我的胡子不是尖形的，而是梳理得很齐整的方形。我觉得它很假，既不好看又十分可笑。回到旅店房间里，我对镜自照，还是觉得它碍眼——那是我一贯的老学究模样。午饭后我立刻去了趟阿马尔菲，我已经下定主意了。那个镇子很小，只在广场上开有一家理发铺，我也只好将就一下了。这一天碰巧是赶集的日子，理发铺里人满为患，我只好遥遥无期地等下去。即便如此，无论是质量没底的剃刀、发黄的肥皂刷、店铺里的气味，还是理发师的谈吐，什么都不能使我退却。随着刀起须落，我就像摘下面具一样。当我再次看到自己的时候，我并不高兴，反而需要极力克制自己的恐惧之情。这有什么的！我没有批判这种感觉，只是在评说它。我认为自己这个样子很漂亮……不，我怕的不是这个，而是怕人们一眼就能看穿我的思想，我的内心从此暴露在世人面前。而在我看来，我的思想突然变得很可怕。

与此相反，头发却留长了。

这就是以新面貌出现的我。这个新人暂时还处于无所事事的状态，但以后会有所作为的。我相信他会做出一些让我吃惊的举动，不过不是现在，等等再说吧，等到他更加成熟的时候。我只好被迫在等待之中生活，就像笛卡尔说的那种暂时性的行为。玛瑟琳可能不会明白。是的，我的眼神变了，神情和从前不大一样，尤其是我剃掉胡子的模样，可能都使她感到不安。不过，她是那样的爱我，爱到极致近乎盲，她是无法看透我的。此外，我也尽量让她放心。为了不让她打扰我的重生，为了躲避她的视线，我只好把自己伪装起来。

玛瑟琳嫁的那个人，爱的那个人，并不是我这个“新人”。我时常提示自己这一点，以便时刻保持警惕。我只给她看到我的一个侧面，随着日子一天天过去，这一面显得越来越假了。

直到目前为止，我和玛瑟琳的关系基本保持原样，没什么变化。尽管我们的亲密程度随着同床共枕的增加而日益浓烈。我的伪装本身（如果伪装这个词语足够准确，可以描述我需要将她隔绝在我思想之外的行为）也催化了我的情欲。我是说，这种伪装的游戏需要我给予玛瑟琳更多的关注。也许这种出于无奈而说出的谎言让我起初不大好过，然而很快我就想明白了。众人口中所谓的卑劣手段（此处仅以说谎为例）之所以实践起来有难度，仅仅针对从来没做过的人而言，这事一旦开了个头，做起来都会又容易又有趣。它授人以甜头，让人忍不住再犯，久而久之也就合乎情理了。

所以说，万事开头难。在克服了最初的厌恶心理之后，我开始从伪装中得到乐趣。于是我延续着这场游戏，好像在赐予自己一个发掘自身未知能力的机会，每一天我都在朝着更加丰富充实、幸福美满的生活前进。

八

从拉维洛到索伦托，一路上山光水色美不胜收。这天早上，我真不指望能在陆地上看到更美的景色了。山石嶙峋温热，空气清新舒畅，草色如烟，芳菲争艳。如此人间美景让我享尽生活之美好，心满满地被巨大的喜悦占据着，以致神态飘然，只余一种恬淡的情绪萦绕在心头。过往种种，回忆与遗憾，期许与欲念，未来与过去，统统都销声匿迹了。我只感受到此时此刻，现实的迎来送往。生命仿佛只是这一瞬间带给我又离开我的东西。“肉体的欢乐啊！”我高呼出声，肌体的节奏铿锵有声！健康！

一大早我就出发了，比玛瑟琳先走一步。这个女人过分安静的快乐会抑制我的快乐，正如她慢吞吞的脚步会拖累我的脚步一样。她坐车到波西塔诺来找我，我们将在那里用午餐。

快到波西塔诺的时候，伴随着隆隆的车轮声，我忽然听到一阵怪里怪气的歌声，引得我立刻回头去看。因为刚好山路绕着山崖拐了个弯，我起初什么也没瞧见。紧接着，一辆马车突然歪歪斜斜地撞了出来，正是玛瑟琳乘坐的车子。车夫在座位上坐得笔直，一边扯着嗓子大声唱歌，一边手舞足蹈地扭动身体，还狠狠地用鞭子抽打着本来已经受惊的马。这个莽汉！他在我面前呼啸而过。我朝他吆喝，他没停下来，还差点从我身上碾过去。我堪堪避开，冲上去想要追赶他们，但是没能成功。车跑得太快了。

我既怕玛瑟琳摔出车来，又怕她留在车里也不安全，我担心极了。那马一受刺激就会把她抛到海里去的……突然，马失蹄跌了个跟头。玛瑟琳跳下车来，正要跑开，我已经赶到她身边。车夫一看见我便破口大骂。我火了，他脏话刚一出口我就扑了上去，粗暴地一下把他从座位上扯下来。我和他滚倒在地，扭作一团。经过这一摔，他好像给摔懵了，我却仍然保持着先攻的势头。我见他想张口咬我，朝他劈头盖脸就是一拳，打得他越发天昏地暗，不辨东西。我仍不解气，膝盖抵住他的胸脯，用力扭住他的双臂。他那张本来就丑陋无比的面孔，被我这么一顿打，显得更加难看了。啊！这个坏蛋！他口吐白沫，满脸口水，血流披面，嘴里还絮絮叨叨地说着脏话！说真的！就算把他当场掐死在那里也是情理之中的事。也许我真能干得出来。至少我觉得我能做到，估计是顾及警察，我才住了手。

我费了好一番力气，才把这个怒气冲冲的疯男人结结实实地捆住，像扔口袋一样丢进车里。

嘿！接下来，玛瑟琳和我四目相望，紧紧拥抱，那种情形当真无法形容！当时虽然算不上什么大危险，但是我毫不含糊地显示了自己的力量，而且我做的一切都是为了保护她。我立即意识到，即使让我把生命献给她我都会义无反顾的……马已经站了起来。我们把车夫丢在车厢里，两人坐上驾车的座位。我的驾车技术虽然称不上娴熟，好歹抵达了波西塔诺，接着又到了索伦托。

这天夜里，我完全占有了玛瑟琳。

你们能理解吗？我在情事上焕然一新。或许我需要再强调一遍，也许爱情有了新意，我们真正的洞房花烛才显得如此缠绵。哪怕今天回想起来，我还觉得那一夜是独一无二的。对情欲的期待和惊奇，让乐趣成倍增长。若要宣告一份爱情的刻骨铭心，一夜足矣。而这一夜是如此深深地镌刻在我心底，唯有它让我时常忆及。欢笑，欢笑，响彻在我们灵魂交融的片刻，那欢乐的时光。但是我认为爱情总有一个极致，在那以后，唉！灵魂再怎么样也无法超越它。而灵魂为了重现这种幸福，只会在尝试中消磨幸福。幸福的最大阻碍，莫过于沉湎于对幸福的回忆。可惜的是，我始终对那一夜难以忘怀。

我们居住的旅店位于城郊，四周为花园和果园所环绕。我们客房前面延伸出一个宽阔的阳台，在那里，抬起手来就可以触到树枝。晨光穿门过户，照在人身上。我从床上轻轻撑起身子，深情地俯视着玛瑟琳。她依然睡着，好像在梦中还带着微笑。较之我的强壮，她更显柔弱。她的风韵是多么的脆弱易逝啊。我思绪纷乱，心中暗自想着，若说我是她的一切，那绝不是假话。随即我立刻又想道："我为她的快乐到底付出过什么呢？我差不多终日冷落她。她把一切寄托在我身上，我却弃她于不顾！啊！可怜的，可怜的玛瑟琳！"一想到这里，我就满眼泪水，泫然欲泣。从前，我是以身体衰弱为理由为自己开脱的，但是那无非是借口罢了。直到现在我还只顾自己，处处从休养身体出发，这又是什么道理呢？如今的我难道不比她强壮吗？

她脸上的笑容尽褪，曙光把一切镀上一层晕红，却使我发现她的面庞苍白而凄苦。可能是黎明的降临让我无限怅惘吧："玛瑟琳，是不是有朝一日你也需要我的照料呢？也要我为你而愁容满面呢？"我从心底发出呼喊，感到一阵战栗。于是，我带着满满的情意、怜惜和柔情，在她紧闭的双目之间落下一吻。极尽温柔，极尽深情，极尽笃诚。

九

我们在索伦托度过的几天愉悦且平静。我何曾享受过这种恬静的幸福？以后还会有这样的福气吗？我日夜厮守在玛瑟琳身边，对她的照顾更多了，而不是处处只顾自己。我发现跟她聊天很有趣，不比前些日子沉湎于自己的世界得到的乐趣少。

四处游荡的生活对我来说相当幸福。但我觉察到，尽管玛瑟琳也很享受眼下的闲适，却没把它视为长久的选择。起初我有些惊讶，然而没过多久我自己也看到了这种生活的无聊。我意识到，这样的日子只能偶尔体验一下。在我的身体康复之后，我终日闲庭信步，终于第一次在无所事事之中萌生了工作的愿望。我认真地提出回家的建议，只需通过玛瑟琳那喜悦的神情就能看出，她早就盼着这一天的到来了。

可是，当我重新审视几个历史课题的时候，却发现自己已经失去了往日的兴趣。我跟你们说过，自得病以来，我觉得抽象而空洞的古代知识一无是处。我以前从事语言符号学的历史研究，譬如要试图说明哥特语在拉丁语变迁中起到的作用，我无需在意西奥多里克①、卡西奥多鲁斯②和阿玛拉丝温特③等人物及其为人称颂的激情，只钻研一些符号化的东西就足够了。然而现在，还是这些符号，还是语言符号学，在我看来却不过是一种手段，一种为了洞悉摆在我面前的蛮族国家的高贵与伟大的工具。我决心

① 西奥多里克大帝(455—526)，东哥特国王。

② 卡西奥多鲁斯(480～575)，古罗马政治家、学者、僧侣、拉丁语作家。

③ 阿玛拉丝温特(？—535)，西奥多里克大帝的女儿，继承父位成为女王。

进一步研究那个时代，先拿出一段时间集中精力考察哥特帝国的末日年代，刚好我们下一站要去拉文纳——哥特帝国最终走向灭亡的历史舞台。

不过，说实话，在所有人物中，最吸引我的还是少年国王阿撒拉里克[①]。在我的想像中，这个十五岁的孩子受到哥特人的暗中教唆，同他的母后阿玛拉丝温特作对。他就像脱缰的马儿一样摒弃拉丁文化，反对文明的束缚，轻视过于明智的老卡西奥多鲁斯的世风，偏爱未开化的哥特人社会。他年少轻狂，骄奢淫逸，过了几年纵情声色的生活，才十八岁就离开人世了。我在这种追求野蛮和原始生活的悲剧行为中，发现了被玛瑟琳戏称为“我的危机”的东西。既然身体不再构成阻碍，我力求在精神层面获得另外一种满足。我在阿撒拉里克的早逝中尽力吸取教训。

在匆匆游览了罗马和佛罗伦萨之后，我们在拉文纳逗留了半个月。后来我们没去威尼斯和维罗纳，提前结束旅行，返回巴黎。我和玛瑟琳谈到未来，谈到以后的安排。我感受到一种从未体验过的乐趣。至于如何度过夏季，我们还没什么想法。对旅行已经厌倦了的我们，不想再多走一步了。我希望静下心来从事研究。于是，我们想到了一处坐落在诺曼底林区的房产，它位于利兹安与主教桥之间，从前是我母亲的产业。童年时我跟我母亲在那里住过几个暑假，自从她去世之后，我就再没去过。我父亲把它全权交给一个老管家来打理。老管家年事已高，他从地租中把自己的佣金扣除，按时把盈余寄给我们。这是一个非常舒适的庄园，拥有一座有活水经过的花园，在我印象中相当美好。庄园名叫莫里尼埃尔，我觉得到那住着挺不错。

---

① 阿撒拉里克（516—534），东哥特国王，西奥多里克大帝的外孙，阿玛拉丝温特的儿子。

我还说过，那年冬天我要去罗马，不是去旅行，而是去做研究。不过，后来这项计划很快被取消了，因为我在那不勒斯收到一大堆过时的信件，突然得知法兰西学院有一个代理讲师的职位空缺。他们好几次提到我的名字，虽说只是招代理讲师，却正好可以让我享受更多的自由。通知我的那位朋友态度十分热忱。他告诉我，如果想要这份工作的话，我都需要办哪些手续。他极力赞成我留下来。我怕受到拘束，先是迟疑了一阵子。接着我想到，若是能在课堂上分享我对卡西奥多鲁斯的研究成果，那应该会很有趣。何况玛瑟琳会为我高兴的。于是我下定了决心。决心一旦下定，就只能往好处想了。

在罗马和佛罗伦萨的学术界，我父亲积累了不少人脉，我也曾与他们互通信件。这些人为我在拉文纳和其他地方的研究工作提供了不少方便。除了工作，我心无旁骛。玛瑟琳以其一贯体贴入微的照顾和持续不断的关怀默默地支持着我。

在旅行后期，我们的幸福平淡无奇，没有什么好说的。人类最优美的作品往往诞生于极大的痛苦之中。幸福有什么好说的呢？除却幸福初露端倪之时和最终毁灭的那一刻以外，剩下的一切都太过平庸，简直乏善可陈。

而我遇见幸福的故事，到这里就都讲完了。

第二部分

一

我们在巴黎停留了一段时间。在这短暂的几天里，我们添置了几件物品，拜访了几位故交，终于在六月上旬到达莫里尼埃尔庄园。

就像前面我提到的那样，莫里尼埃尔庄园坐落于利兹安和主教桥之间。据我所知，那里是植被最多、雨量最大的地方。山峦有着狭长而柔美的曲线，连绵起伏，一直延伸到奥吉大河谷。河谷在此形成平原，又毗邻海岸线。地平线是看不到的，充满视野的只有散发着神秘气息的低矮树林，再加上寥寥几块田地、大片的草场和栖息在斜坡上的牧场。草叶长势茂盛，一年需要割两次。除了这些，庄园里还有不少苹果树。散养的牛羊群在牧场上自由自在地吃草。每当落日时分，树影就会连作一片。水流到低洼处，或变成小池沼和小水塘，或汇聚成溪流，水声潺潺，不绝于耳。

啊！我怎会忘记这幢房子！那蓝色的屋瓦，那石头砌成的墙壁，那水潭，那水中的倒影……这是一幢古老的房子，可以住下十二个人。在玛瑟琳和三个仆人的拾掇下，在我偶尔的帮忙中，房子的一些地方终于恢复了生机。我们的老管家博卡奇，费尽力气为我们收拾出来了几个房间。沉睡二十年的老家具苏醒了，一切还是我记忆中的样子。墙面破损不算太严重，房间还能住人。为了欢迎我们，博卡奇把所有能找到的花瓶都翻了出来，个个插上鲜花。在他的安排下，主院和花园附近的几条小径也已经锄掉杂草，打理妥当了。我们抵达的时候，房子正沐浴在最后一抹夕阳之中。雾气凝聚在对面的山谷上方，溪流在淡白色的雾霭中时隐时现。我还在路上就分辨出了那草叶的清香，重又听见绕梁飞舞的燕子的鸣叫。回忆铺天盖地席卷而来，就像它一直在等着我，认清我，只待我走近的那一刻，蓦然将我围拢在它的怀抱之中。

几天后，房子变得相当舒适了。本来我已经可以工作了，但我却迟迟不肯开始，仍然沉浸在回忆中甘之如饴。接下来，一件新鲜事又俘获了我的注意力：我们到达这里一周后，玛瑟琳偷偷告诉我，她怀孕了。

从那一刻起，我觉得我欠玛瑟琳的更多了。我应该用更多的照顾和怜爱来补偿她。至少在她说出怀孕的秘密之后，我几乎每天都守在她身边。我们来到树林边，坐在我和我母亲从前曾经坐过的椅子上。在那里，时光的流逝无声无息，每寸光阴都酝酿着浓郁的情意。如果说在我人生的那段日子里不曾留下任何清晰的回忆，那绝不是因为它的色彩不够鲜明，而是因为，所有岁月的片段交织融合，化作一片完整的幸福，宛如在和美的晨昏交替中，日与夜不分彼此地紧密相连。

我逐渐重拾了学术研究。我觉得思想平静，精神饱满，对自己的能力胸有成竹。我不过分狂热，也不急于求成。在这片温和的土地上，人的意志好像也舒缓了。

我想，这一点是毋庸置疑的。在这块土地上，播种的一切皆有收获，这种精神不可能对我没有潜移默化的正面影响。牧场水草丰茂，宁静谦和，公牛健壮，奶牛成群，苹果树在斜坡上整齐地排列成行。人们可以预见夏天的丰收情景。我幻想着这些枝头缀满果实的醉人景象。这里井然有序的富饶，辛勤但不辛苦的劳作，茁壮成长的作物，都呈现一种因果相循的和谐、一种节奏、一种巧妙地融合了人工雕琢和浑然天成的美。应该赞美哪一方面呢？真的很难说。上天的生机盎然，人顺应和调节自然的聪慧巧妙，已经息息相关、浑然一体了。我想，如果没有这种需要被征服的野生蛮力，人的聪慧又会用在哪里呢？反过来说，如果没有限制它，并含笑将它引向繁荣的人的智慧，这种野生蛮力又将怎样呢？

我的思维不受拘束，飞向遥远的陌生大陆。在那里，一切力量都处于最佳状态，一切交换都分毫不差，一切损耗都得到补偿，所有细小的缺失都暴露无遗，因此容不得一点误差。然后，我又把这种想法推演到现实生活，自创了一种伦理学，我要让这个有关制衡的科学能够发挥作用，让个体在实现自我完美的方面具备更多可能。

我之前的冲动哪去了？隐藏到哪里去了？我的内心是如此平静无波，就像那股冲动从未发生过一样。爱情来势汹涌，已经把它全部淹没了。

老博卡奇非常殷勤，每天围着我们打转。他里外忙活，指挥这个，支使那个，还经常蹦出一些点子。他这种急于向人证明没他不行的做法，让人觉得有点过火。为了不扫他的兴，我必须核对他的账目，听他没完没了地解释。即便如此，他还没完，还要拉着我陪他去巡视土地。他那神气的长者态度、滔滔不绝的高谈阔论、掩饰不住的自命不凡以及对自己诚实的炫耀，不久就把我惹火了。他变得越来越缠人，为了能重得安静，我用尽了一切办法。就在这时，一桩始料未及的事情改变了我们之间的关系。一天晚上，博卡奇对我说，第二天他的儿子夏尔要来这里。

我“哦”了一声，一副无动于衷的样子。在那以前，我才不关心博卡奇有没有过孩子，有几个孩子。然而，我看得出来，我漠然的态度让他难受了。他本以为我会感兴趣或者表示惊讶的。于是我又问道：

“他本来住在哪里啊？”

“一个模范农场，在阿朗松边上。”博卡奇回答。

“若论年龄的话，他今年大概有……”我接着说。我根本不知道他有这个儿子，很难估算他的年龄，所以我故意慢悠悠地说着，好给他打断我的机会。

“快十八了，”博卡奇接上话，“老夫人去世时，他才四岁多。哈！现在已经是个大小伙子啦！要不了多久，都要比他爹高了……”博卡奇话匣子一开，就会一个劲地说个不停，完全无视我不耐烦的表情。

第二天，我就把这件事忘了个一干二净。傍晚时分，夏尔刚一到家就来向我和玛瑟琳请安。他是个英俊的小伙子，精神焕发，身材柔美匀称，即便是那套为了见我们而特意穿上的难看衣服，也没有让他看上去太过可笑。他看上去有点害羞，这给他的脸上更添了几分滋润的淡红色。一双纯洁明亮的眸子稚气未脱，宛如驻留在十五岁的少年郎。他言辞清楚，说起话来毫无做作之感。而且他跟他父亲刚好相反，不会废话连连。如今想来，我早已记不得初次见他那天晚上我们都说了些什么。我极少言语，目光在他身上逡巡。从头到尾都是玛瑟琳在和他聊天。次日，我第一回没等老博卡奇来接我，自己就去了山坡上的农场。我知道那里正有一项工作在进行之中。

农场里有一个急需修理的水塘，像池塘一样大，总是渗水。破洞已经找到了，要想用水泥把漏洞堵上，必须先得把水排干，这已经是十五年来都没做过的工作了。水塘里生活着好多鲤鱼和冬穴鱼，它们都潜伏在水底。我想留一些养起来，剩下的送给工人。这下子农场变得热闹极了。人们在干活之外，又添了捕鱼的乐趣。孩童们纷纷从附近跑来，混在工人中间跟着忙活。没过多久，玛瑟琳也会前来帮忙。

我到那儿的时候，水位已经下降不少了。有时动静大了，塘水撩起波纹阵阵，惊到水中鱼儿，露出它们棕色的脊背。孩子们站在水边洼地上，捉起一条条亮晶晶的小鱼，把它们扔进盛着清水的大桶里。鱼儿惊慌失措，四处游窜，把水色越搅越浑，塘水中已经尽是泥沙。鱼比预料的多得多，四个工人随便把手伸进去捞上一把，就能抓到好几条。可惜玛瑟琳迟迟不来，我正要回去找她，忽听有人大叫，说是发现了鳗鱼。但是鳗鱼滑不溜秋，不容易被抓住，转眼就从指缝间溜走了。夏尔本来一直站在岸边陪着他父亲，这时再也忍不住了。他突然踢掉鞋袜，又甩开外衣和背心，把裤腿和衬衣的长袖高高挽起，毅然跳进水塘里。我也立刻跟着他跳了下去。

“瞧！夏尔！”我喊他，“你这次回来正赶上好时候吧？”

他笑而不语，已经开始忙着抓鱼了。我马上让他帮忙围堵一条大鳗鱼，我们两人四手紧紧围拢才把它擒住。接着又是一条。有时泥水会溅到我们脸上，有时身子会突然陷下去。塘水一直没到大腿，没多久就全身湿透了。我们玩得相当起劲，互相只顾着大叫大笑，都没说上几句话。可是到了日落时分，我发觉自己对夏尔已经用“你”来称呼了，都不知是从什么时候开始的。这次抓鱼联盟增进了我们对彼此的理解，远比进行一次长谈得到的还多。玛瑟琳还没到，她恐怕是不会来了。可她来与不来，我已经觉得无所谓了。反而觉得她的到来会让我们不能玩得尽兴。

第二天一早，我就跑去农场，找到了夏尔。我们两人朝小树林走去。

我对自己的土地一无所知，也没有进一步了解的兴趣。然而，看到夏尔对土地和租金的事情如数家珍，我感到十分惊讶。他对我说，我有六家佃户，本来可以收一万六千到一万八千法郎的租金。可是我只能收到一半。损失的部分主要花在各种修理费和中间人的报酬上了。这些情况我事先确实不知道。他在巡视庄稼过程中不时露出的微笑，很快使我产生了怀疑——也许我的土地经营并不如我想像中那样出色，也不像博卡奇对我描述的那样好。我非要让夏尔和我说个明白不可。这种现实事务从博卡奇嘴里说出来只会惹我生气，而这个年轻人却知道用什么办法说出来才能让我乐意听。一连几天，我们在地头兜兜转转。我的地产很多，在把各个角落都看了个遍之后，我们开始有条不紊地从头展开工作。夏尔看到有几块地没得到很好的耕种，其中一些长满了染料木、蓟草和野草。他在我面前毫不掩饰自己的气愤之情，还会促使我跟他一起痛恨这种搁置土地、任其荒芜的做法。

“不过，”起初我还这样问他，“经营不好，吃亏的是谁呢？难道不是佃户自己吗？农场的收成是好是坏，与租金无关啊。”

“您什么也不懂，”夏尔一着急，语气毫不客气，反倒惹我笑起来，“您只看到眼前收入，却看不见资本正在遭到破坏。您的土地耕种不良，会慢慢失去价值的。”

我说：“如果能种得更好，收获也能更大。在我看来，佃户会卖力干活的，他们也看重利益，斤斤计较，不会不想增加收益的。”

“您这种算法，是没有把劳动力的增加计算在内，”夏尔继续说，“这种土地有的离农舍很远，即便种了东西也收不来什么，但起码不会让田地荒芜。”

谈话就这样一直继续下去。有时候，我们在地里来回走，能走上一个钟头，一再对同一件事情进行反复的估量。他讲我听，听得多了，我就渐渐明白了。

“说到底，这些是你父亲的事。”有一天，我对他说，语气很不耐烦。夏尔脸红了。

“我爹他年纪大了，”他说，“制定租契，修理房子，收租……这些就够让他老人家操心了。他在这里的使命不是进行改革。”

“那么你呢，你有什么建议？”我反问道。

可他却闪烁其词，一直对这个问题避而不谈，还推说自己并非内行。在我的一再催促之下，他才把自己的想法说了出来。

“把闲置的土地从佃户手里收回来，”他终于开了口，“佃户能让一部分租种的土地休耕，这就说明他们的收成足够，还了租金之后还绰绰有余。要是他们不想交出土地，那就提高租金——这地方的人都很懒。”末了，他又加上一句。

在我的六个农场中，我最喜欢的是瓦尔特里农场。它坐落在山丘之上，俯视莫里尼埃尔山。管理农庄的佃户并不令人讨厌，我很喜欢同他聊天。还有一个农场离莫里尼埃尔更近，名叫“城堡农场”，用对半分成的制度租出去了一半。由于主人不在当地，一部分牲口就归博卡奇管理了。现在我心里生出了芥蒂，开始疑心博卡奇的诚实。即使他没有骗我，至少他放任我被好几个人欺骗，视而不见。确实，他给我保留了一些马和牛，但我很快就发现这些东西形同虚设。它们的存在，只是为了支用我的燕麦草料去喂养佃户的马和牛。以前博卡奇经常向我报告一些诸如牲口死亡、畸形和发病的情况。虽然他的话漏洞百出，我却一直以宽容的态度听着，并且选择对他的话深信不疑。原先我根本想不出会有这种情况——佃户但凡有一头奶牛病死，就算在我的名下，我只要有一头奶牛长得健壮，就归佃户所有。夏尔不经意中提到的几点个人看法叫我如梦初醒。我一点即通，很快就大彻大悟了。

经我提醒，玛瑟琳仔细彻查了每一笔账目，竟没有挑出一点毛病。从账面上看，博卡奇十分老实。怎么办？让他继续干。但我心里很窝火。不过至少我可以在不露声色的情况下，多留意一下牲口的状况。

我有四匹马、十头奶牛，这已经非常让我头疼了。其中有一匹仍叫“马驹”，虽然它已经三岁多了。现在正到了该训练它的时候。我对这件事挺感兴趣。有一天，驯马人突然对我说，这马性格太野，根本驯不好，最好牵出去卖掉。他们好像怕我不信一样，故意让马撞坏一辆小车的车头，马腿也流了血。

这一整天，我一直尽量保持冷静。我如此隐忍，无非是为了不让博卡奇难堪。我心想，这件事归根结底还是要怪博卡奇性格软弱可欺——他倒不至于存着多少坏心眼。错在那些仆人们太过自以为是，以为谁也管不了他们。

我去院子里看望那匹叫做马驹的马。一个仆人正在抽打它，一听见我走近，他赶紧装模作样地抚摩它。我假装什么也没看见。我虽然不懂得鉴别马匹，却觉得马驹很好看。它是一匹枣红色的半纯种马，身材健秀，双目灵动，鬃尾近乎金色。我检查了一下，幸而马没有伤得太重。我吩咐仆人把它的伤口包扎起来，也没多说什么就离开了那里。

当天晚上，我一见到夏尔，立刻就问了他关于马驹的意见。

“我看它温驯得很，”他说，“只是那些人无知，弄得它很狂躁。”

“换了是你，你会怎么办？”

“先生愿意把它交给我吗？一个星期的时间，我保证能办好。”

“你要怎么驯它？”

“等着瞧吧。”

第二天，夏尔把马驹牵到草场的一角。那里有一片茂密的核桃树荫，旁边有一条小溪流过。我带玛瑟琳去过那里。那是一次印象鲜明的美丽回忆。夏尔用一条几米长的缰绳把马驹拴在一根固定的木桩上。马驹起初躁动不已，疯狂地挣扎了好一阵子，最后终于因为疲惫而安静下来。它平静地绕着圈子小跑，步伐平稳，富有弹性，姿态优美，就像舞蹈一样吸引人。夏尔站在圈子中心，马每跑一圈，他就原地腾地跳起，跃过缰绳。他时而大声吆喝，时而柔声安抚。虽然他手中拿着一根长鞭，可我自始至终都没见他挥过一下。他浑身洋溢着蓬勃的朝气，神情快活无比。他让驯马这件事变成了一件愉悦的好差事。我一眨眼的工夫，他忽地翻身跃上马背。马驹逐渐放慢脚步，直到最后停了下来。他轻轻抚摸着它。过了一会儿，又是在一个刹那间，我看见稳坐在马背上的他唇边展露微笑，显得那么自信。他手里抓着一簇鬃毛，俯下身去，继续着抚摸的动作。马驹举起前蹄，几度俯仰之后，又步履平稳地小跑起来。它是那么的轻盈优雅。我难以抑制自己的羡慕之情，把心中想法都告诉了夏尔。

“这样驯几天，就算带上马鞍也没有问题了。再有半个月，它会变得像小羊一样温驯，就连夫人都能骑。”

他说的没错。几天后，马驹就由着人打理，让人抚摸，不再存有敌意。要是身体状况允许，玛瑟琳都可以骑上去了。

“先生应该骑上试试。”夏尔说。

我是不会答应独自去骑马的。但是夏尔说他会和我一起，他骑农场的另外一匹马。听说有他的陪伴，我又来了兴致。

我真感谢我的母亲！早在我童年时期，她就经常带我到马场来。有关骑马的遥远记忆对我还是有帮助的。我坐在马鞍上，并不感到特别害怕。不一会儿，我的恐惧感就全然消失了，整个人放松起来，姿势也轻巧了许多。夏尔骑的那匹马品种不纯，跑起来要略显笨重，但是外型并不难看。我们每天骑马出去跑上一小圈，慢慢养成了习惯。我们喜欢迎着晨光出发，马蹄踏着晶莹的露珠，一直跑，一直跑，直到树林边际。沿途碰到湿漉漉的榛树枝，水珠打湿了我们的衣衫。到了宽阔的欧日山谷，视线又忽地开阔起来。我们坐在马上极目远望，可以看到苍茫的大海。旭日初升，给晨雾晕染上一层红色，接着雾气扩散开来，消散在空气中。我们没有下马，只是驻足片刻，便掉转马头，原路疾驰而归，一直跑到城堡农场才稍作停留。那里的工人们才刚刚开工。我们赶在他们前面，指挥他们工作，心里又自豪又快活。然后，我们又马上离开那里。当我们回到莫里尼埃尔时，玛瑟琳刚好起床。

我骑马回来，吸够了新鲜空气，身心都陶醉着。我的四肢许久不运动，有点酸麻，但精神饱满，食欲更好了，也更有工作的兴头。玛瑟琳对我这项偶然培养起的兴趣表示赞同，鼓励我继续下去。我刚一到家，还没来得及换衣服就跑去看她，身上沾着潮湿树叶的味道。她迟迟不起床，就是为了等我回来。她说她很喜欢这种清新的味道。她听我说着那马背上的痛快淋漓，那大地初醒时分美丽的雾中田野，还有清晨田间的种种情景。她看起来好像能体会我的生活，打心眼里为我感到高兴，就好像那是她自己的生活一样。不久，我就滥用了她的快乐，外出骑马的时间越来越长，有时将近中午才回来。

尽管如此，我还是会尽量留出下午和晚上的时间用来备课。我的工作进展顺利，我颇为满意。我还考虑到，等以后课讲得多了，把讲义集结成书也不是不可能的。然而，我有一种天生的逆反心态。一方面，我的生活开始有规律了，我也比较倾向于把身边的事务都安排得井然有序；而另一方面，我越来越推崇哥特人的古朴伦理学。一方面，我在讲课过程中赞美和宣扬反文化的愚昧状态，这些论述是如此的大胆，后来给我招来不少非议；而另一方面，我极力控制甚至完全摒弃着自己内心深处可能唤起这种原始状态的一切。我这种明智，或者说癫狂，要到什么时候才能结束呢？

在我的管辖范围内，有两个佃户的租约到圣诞节就要期满了。他们想续约，来找我办理此事。按照以往的做法，双方只要签署一份“土地租约”就算成事了。在和夏尔交谈之后，我心里却有了别的打算，并且在等待佃户上门的时间里已经下定了决心。而佃户方面，又暗自觉得农场主人更换佃户没那么容易，于是一张口就要求降低租金。当听到我宣读了亲自撰写的续约协议之后，他们不由得惊得目瞪口呆。续约里不仅写明拒绝降低租金，还要收回他们闲置的几块土地。开头他们还故作镇定，以为我在开玩笑。这几块地我收回来能干什么呢？这些地一文不值，他们放着不用，是因为它们根本派不上用场……后来，他们发现我是认真的，便执意要坚持自己的看法，而我也同样不肯松口。他们以退租相威胁，以为会把我吓倒。我巴不得听到他们说出这句话呢。

“哦！要走就走吧！我可没拦着你们。”我说道。我拿起协议，当着他们的面撕了个粉碎。

这样一来，我手里忽然多了一百多公顷的土地。我已经计划着要把经营土地的权利交给博卡奇了。我心里盘算着，交给他，就间接等于交给夏尔管理。我甚至还打算自己保留一部分。在这一点上我没多犹豫，因为经营必然要冒风险，只要想到这一点我就跃跃欲试了。佃户在圣诞节之前不会搬走，我们还可以从长计议。我把这事告诉了夏尔，看到他那难以掩饰的喜悦之情，我感到十分不快。确实，他还不能做到喜怒不形于色。这提醒了我，他年纪还小呢。时间所剩不多了，在一年之中，当下正是头茬庄稼收完、土地空出来的时节，也是预备第一次耕种的时节。按照往年的惯例，续约和不续约的佃户的活计是同时进行的。庄稼成熟后，租期满了的佃户每收完一块，就交出一块。我担心那两个被辞退的佃户会有意报复，而实际情况却恰恰相反，他们很乐意对我装出一副笑脸。后来我才知道，之所以这样，是因为他们从中有利可图。我从早到晚往外跑，察看不久就要归还给我的土地。已经入秋了，必须多雇佣一些人手来帮助加快耕种的速度。我们已经添置了不少钉齿耙、压土器和铁犁。我骑马四处巡视，监督并指挥人们干活——我一发号施令，他们就一呼百应，真是太过瘾了。

与此同时，附近果园里的佃户正忙着采摘苹果。这一年是苹果的丰收年，成熟的果实纷纷落下，滚到厚厚的草地上。人手不够用了，人们就从邻村找来一些临时工，工期为一周。我和夏尔也觉得有趣，经常去帮忙。有的人用长竿子打下枝头晚熟的果子，有的人把熟透的、自己掉落的果子搜集起来。果子往往会掉进深草堆里，摔扁了不少，也给人踩烂了一些。四处弥漫着酸酸甜甜的气味，同翻耕的泥土气息混在一块。

秋意浓浓，不知不觉已到深秋了。晴天的早晨格外清新。有时，潮湿的空气使远处的天空呈现一片蓝色，显得更加遥不可及。土地仿佛延展开去，散步就像远游一样。有时则刚好相反，空气近乎透明，地平线好像近在咫尺，似乎只需一个展翅的工夫就能抵达天际。我说不清在这两种天气中，哪一种更缠绵悱恻，更叫人神情倦懒。我的课程基本上都准备好了，这样一来，我就更能理直气壮地撂下工作。不去农场的时候，我就陪在玛瑟琳身边。我们一起在花园里轻步缓行，她懒洋洋地靠在我的肩膀上。我们走累了就会找张椅子坐下，俯视着笼罩在晚霞中的小小山谷。她偎依在我的肩头，姿态极尽温柔。我们就这样坐着，不动，也不说话，静静等待黄昏的到来，夜幕的垂落，感受着一天的时光融化在我们身体里。

我们的爱情啊，已经晓得了大爱无声的道理。玛瑟琳爱得深沉，已经不能为言语形容，几乎令我感到刺痛。宛如微风会将一池静水吹皱，她内心每有细小的波动，就会显现在额头上。她在聆听体内一个新生命的神秘律动。我俯身望着她，犹如望着一泓澄澈的潭水，无论我看向多深的地方，能看到的也只有爱。唉！倘若这就是幸福，我相信，我从那一刻起就立刻想把它留住。就像紧紧合拢双手，渴望留住一捧清流。可是，我已经感觉到了，在幸福的旁边还盘桓着别样的东西。纵然它把我的爱情装饰得更加绚丽，却也同时使它遍染秋霜。

秋深了。清晨的草叶越发露重，长在树荫里的那些永远是潮湿的，于晨光中带着霜白色。水禽们鼓动着翅膀，躁动不安，有时成群飞起，一阵乱叫，在莫里尼埃尔上空呼啦啦地盘旋一周。一天早上，我没有再看见它们，是博卡奇把它们关了起来。夏尔告诉我，每逢秋天鸟儿迁徙的时节，就得把它们给关起来。几天后，天气骤变。一天晚上，突然狂风大作。大风裹挟着大海的气息，猛烈而集中，送来大量的寒流和雨水，把候鸟全都赶走了。玛瑟琳的身孕、为了新居所作的筹备工作和即将开始的教学，都在催促我们尽快回城。恶劣天气的提前降临，也加快了我们离开的速度。

本来为了农场的工作，我十一月份是要回去一趟的。但是，在听了博卡奇对冬季的安排之后我很不高兴。他跟我说，他要把夏尔打发回模范农场去，说是在那里他还有东西可学。我跟他谈了好久，把能想到的理由都说了，也没能改变他的主意。他顶多答应让夏尔缩短几天学习期，早点回来。博卡奇也不曾对我掩饰心中所想：同时经营两个农场相当费劲。不过，他已经相中两个十分可靠的农民，打算雇用他们。他们既可以算作佃农，也可以算作雇农，还可以算作长工。这种做法在当地还是头一遭，不是什么好兆头。但是他认为这是我一手造成的。说这些话是在十月底，十一月初我们就搬回巴黎了。

二

我们在帕希附近的S街住了下来。这套公寓是玛瑟琳的一个兄弟给我们找的。上次我们路过巴黎时来看过它，这房子可比我父亲给我留下的那套大多了。玛瑟琳有点担心，毕竟房租高了，各种开支也会随之增加。我向她表达了居无定所的感觉有多可怕，以此来打消她的顾虑。要想让别人相信你的话，你必须先让自己相信才行，我有意夸大了这种情绪。安家有各种各样的开销，所费颇多，我也许会出现入不敷出的情况。不过，我们的家产本来就不少，以后还会更多。我把教学收入、出书得来的稿酬都计算进去，就连农场将来的收益也没放过——这可真够荒唐的！以这种算法，再多的费用我也不怕。我还对自己说，我有一种流浪汉情结，赚钱的压力会给我约束感，帮助我克服内心深处对流浪生活的渴望。

在最开始几天里，我们从早到晚四处购买生活品。玛瑟琳的兄弟十分热心，主动提出帮我们采购东西。即便如此，玛瑟琳还是感到十分疲惫。然后，好不容易家里安置好了，按说终于可以休息了，她又不得不打起精神去接待络绎不绝的客人。我们过去一直旅居在外，这回听到了我们安定的消息，不少亲友闻讯而来。

玛瑟琳不大习惯社交生活，也不懂得如何减少应酬，更不敢对他们闭门不见。每到晚上我都能看出她的疲惫。虽然我知道她精神头不好跟怀孕也有关系，但我还是想让她少挨点累。出于上述考虑，我经常帮她接待客人，有时还替她回访。这些事没有一样是我喜欢做的。

我不是个善于交谈的人，也不喜欢沙龙里那些琐碎的谈话和故作风趣的姿态。从前我曾经是沙龙的常客，但那已经是从前的事了。这中间发生了什么变化？我发现我跟别人在一起时会感到无聊憋闷，心情低落。这样子的我，不仅使自己感到拘束，也使别人感到拘束。那时在我心里，只有你们是我真正的朋友。可不巧的是，你们当时都不在巴黎，而且一时半会也不会回来。如果有你们在我左右，也许我就能畅所欲言了吧。或许，你们可能比我更了解我自己呢。话说回来，我内心的潜移默化，以及现在我对你们讲的这些，当时的我又领悟了多少呢？那时候我觉得自己拥有光明而稳定的前途，对自己的人生有着前所未有的把握。

即使我有足够的洞察力，从于贝尔、迪迪埃和莫里斯身上，在其他许多人身上，我又能找到什么途径来帮助自己呢！你们最了解这些人了，我对他们的看法和你们一样。唉！这还不明显吗，和他们说话根本说不到重点，试图让他们了解我，不亚于痴人说梦。我才和他们交流过几次，就感到他们给了我一种无形的压力。在这种压力之下，我不得不戴上面具，去饰演一个虚伪的角色，假扮成另一个人——一个他们认为我应该一贯坚持的样子。就算我是装出来的也无所谓。为了不妨碍我的社交，我伪装成他们分配给我的理想角色，同时表演出那个假我的思想与情趣。可是，真诚与假扮的真诚永远不可能同时出现在同一个人身上。

这样一来，我更乐意去见见我的同行们，那些考古学家和语言学家。但是，同他们聊天也让我兴味索然，不比翻阅一本优秀的历史辞典来得有趣。起初，我还对几个小说家和诗人寄予希望，想从他们身上得到对生活较为直接的理解。然而，他们也许懂得生活的真谛，但却没有很好地表达出来。他们中的大多数人好像根本没有在生活，而是在假装生活，甚至还有那么点唯恐现实生活会阻碍他们写作的意思。我无法仅仅因为这个就对他们大放厥词，我又怎知自己是不是错的呢？再说了，我所谓的“生活”又是什么？这正是我渴望有人能来点醒我的。每个人都在口口声声地谈生活，但却没有人能够勘破其中微妙的因果关系。

至于哲学家们，赋予我们洞悉生活真谛的能力本来是他们的分内之事，我却早就不对他们抱有指望了。数学家和新批评主义者也都对动荡不安的现实避而不谈。他们高高在上，远离现实，就像代数学家只关心数字，却无视他们所测量的物体一样。

当我回到玛瑟琳身边的时候，从来也不掩饰我对这些拜访的厌倦之情。

“他们这些人都一副德性，”我对她说，“就像复制品一样。我跟他们一个人说话，就好像在跟许多人说话。”

“但是，我的朋友，”玛瑟琳回答说，“您总不能要求每个人都个性十足啊。”

“他们越是和别人相像，就越是跟我不一样。”我又悲伤地说，“没有人知道是哪里出了问题。他们那样活着，看上去好像在活着，却没有意识到自己活着。而我呢，我也一样，自从回到他们身边以后，我就不再有真正意义上的生活了。时间一天天地过去。就拿今天来说吧，我都做了些什么呢？我恐怕九点前就离开你了吧。出门前，我有一点读书时间，这是一天中惟一值得一提的美好时刻。你哥哥在公证人那里等我。公证人走后，他就不肯放我走了，拉我去了趟地毯商店。在商店里，他也没放我走。直到加斯东我俩才分道扬镳。然后我和菲利普在附近的餐馆吃了午饭。接着我又在咖啡馆和路易见面，跟他一起去旁听了泰奥多尔那莫名其妙的课程。听完我还恭维了泰奥多尔一通。为了推掉路易星期天的邀请，我只好陪他去了亚瑟家。然后，又跟着亚瑟去看了场水彩画展，去阿贝尔蒂娜家和朱莉家投了名片……我筋疲力尽地回到家，结果呢，看到你比我好不了多少。你接待了阿德莉娜、玛尔特、雅娜和索菲。现在，一到晚上我就会回顾这一切，感觉自己又白白度过了一天，我空虚极了，真想把这一天拽回来，再一小时一小时地重新过上一遍。我难过得都要哭了。”

可是我却不能说出我所谓的生活是什么样的，不能说出我向往着一个更宽阔、更自由、更无拘无束的天地。在那个天地里，我不受别人牵制，可以无须顾忌别人地生活下去。这不就是让我感觉到拘束的全部秘密么。我想这个秘密非常玄妙，是一种濒死之人重获新生之后才能获悉的秘密。因为我在旁人面前已经成了一个陌生人，一个从阴间走了一遭、死而复生的人。我的心情从最初的痛苦和彷徨，逐渐转变成一种崭新的心情。早年间，当我的研究成果得到发表的时候，盛誉之下的我没有半点得意的感觉。此情此景，才是真正的自豪之情吧！可能是。不过至少自豪里面没有虚荣心作祟。这是我平生第一次意识到自己的价值——能把我同世人区分开来的东西才是最重要的。除我以外，没有人说过或者能说出来的东西，这才是我要说的。

不久我就开始讲课了。我受到课题的启发，在第一堂课上就倾注了自己的全部热情，宣读了自己的崭新见解。我用艺术的观点阐述了盛极而衰的拉丁文明。拉丁文明从群众中兴起，正如一种分泌过程，起初显示出多血质的过分旺盛的精力。接着它便僵化了，阻止思想同自然的美妙结合。恰是这看似永恒不变的外表掩盖了生命的萎缩，做茧成缚，使被禁锢的思想萎靡不振，很快就衰竭了。最后，我把我的观点彻底阐明——文化来自生活，也扼杀生活。

历史学家指责我的推断有失轻率，带有一种极端的概括化倾向。还有人质疑我的研究方法。而那些赞扬我的人，又恰恰是最不懂我在说什么的人。

我讲完课出来，和梅纳尔克重逢了。我和他交往本就不多，我结婚前不久，恰逢他出远门了。他进行外出考察，往往一去就是一年多。过去我不大喜欢他，他则看上去一副不可一世的样子，也不曾过问我的生活。这次发现他来听我的第一堂课，我不禁感到非常意外。他那目空一切的不羁神态，我以前不喜欢，现在却很受用。他朝我微微一笑，我知道他很少对人笑，因此更觉难得。当时他正被一场荒唐的官司缠身。官司涉及丑闻，闹得沸沸扬扬。报纸乘机大肆丑化他的形象，那些曾经受到他的蔑视、被他那目无下尘的态度轻慢过的人，都纷纷借机报复。令他们大为恼火的是，他压根就不在乎。

“就让他们自以为是好了。他们得不到别的，只能抱着这些聊以自慰了。”他便是这样回应世人对他的诽谤的。

但是，所谓的“上流社会”却大为光火。那些号称“深谙尊重涵义”的人们认为必须对他报以蔑视，同时保持不屑一顾的态度。对我来说，这反而增加了我接近他的理由。我仿佛受到某种秘密力量的蛊惑，不顾公众的眼光，走上前去，拥抱了他。

最后几个迟迟不走的人，看见我在同什么人说话，也都离开了，只剩下我和梅纳尔克。

在受到刚才那些激烈的批评和不恰当的恭维之后，只要听他对我的课程点评几句，我的心情就舒坦了。

“您把原先崇拜的东西全都烧毁了，”他说，“这很好。虽说您烧得晚了点，不过，倒正是因为这样，火烧得更旺了。我还不清楚我是否领悟了您的要点。您真让我惊讶。我不是那种爱说话的人，但我想跟您聊聊。今晚和我一起吃饭吧。”

“亲爱的梅纳尔克，”我说，“您好像忘了，我已经有家室了。”

“哦，这倒是，”他说，“看到您敢于上前跟我说话，态度又那么真诚热情，我还以为您仍是自由之身。”

我不想拂了他的面子，更不想让自己显得懦弱，于是答应他晚饭后去找他。

梅纳尔克在巴黎没有固定居所，每次来了都住在旅馆里。便是只逗留几天，他也会让人专门备出好几个房间，布置成公寓的格调。他有几个仆人跟随他，侍候他。他平时总是独自进餐，独自生活。有时墙壁和家具不够美观，碍着他的眼，他就把从尼泊尔带回来的名贵布料挂上去。他说，等这布挂脏了，正好可以随便赠送给一家博物馆。我迫不及待地想见他，进门时正赶上他在用餐。我连声道歉。

“我还没吃完，”他说，“请等我吃完吧。要是您与我一同用餐，我就会请您喝设拉子酒，这是哈菲兹[①]诗歌中的佳酿。但现在太迟了，这酒要空腹喝才好。您至少喝点别的吧？”

我同意了，心想他会陪我一起喝，他却只拿来一只杯子，使我感到很意外。

“对不起，我极少喝酒。”他说。

---

① 哈菲兹（1320—1389），伊朗诗人，生于设拉子。

“您怕醉吗?”

“哦! 恰恰相反!”他回答,“在我看来,不饮而醉才是更深的醉,我在沉醉中保持着清醒。”

“您却给别人斟酒。”

他微微一笑。

“我不能要求每个人都具备我的高尚品德。我在他们身上发现我邪恶的一面,这就已经不错了。”

“您至少吸烟吧?”

“不。这是一种毫无个性的、消极的、极易达到的醉。醉要能激励我的生命,而不是让它凋萎。不说这个了。您知道我从哪来吗? 从比斯克拉。我听说您不久前去过那里,我本想循着您的足迹去走走。这个迷迷糊糊的学究,这个书呆子,他到比斯克拉干什么去了? 我有一个特点,别人告诉我的事情,我就随便听听,毫无兴趣。但是,只要是我自己想知道的事情,我的好奇心就会漫无边际地疯长。所以我竭尽全力地四处寻觅,能找的地方一个不落,该调查的也都调查过了。我这种不计后果的行为还真有点用,引起了我见您的欲望。以前我把您看做一个亦步亦趋的学者,如今我知道大不一样了,如今您是什么……我想听听您自己的说法。”

我脸红了。

“梅纳尔克,关于我,您都听说什么了?”

“您想知道吗? 您不用怕。我们两个人的朋友您都很了解,也清楚我不可能在任何人面前谈论您。您的课有人听得懂吗? 您比谁都清楚!”

“可是,”我有点不情愿地说,“您就能与我心意相通么? 我没有看到这种迹象。得了! 您到底听说过我什么了?”

“首先，你病了一场。”

“哦，可是这没有……”

“哦！这事已经很重要了。我还听说您喜欢一个人出去，不带一本书——我就是从这儿开始欣赏您的。有时候，当您不是一个人的时候，您更愿意让孩子们陪你，而不是叫上您的妻子……不要脸红呀，那我不说了。”

“您说吧，但请不要看着我。”

“有一个孩子，如果我没记错的话，他叫莫克蒂尔，长得是少见的漂亮。他喜欢小偷小摸，又爱说谎骗人。我看出他能提供很多情报，就用钱收买了他，设法让他信任我。您知道，能做到这点不容易。因为即便我认为他不再撒谎，他可能还是在撒谎。我从他那里听到的您的事，您来告诉我是不是真的。”

说到这里，梅纳尔克起身从一个抽屉里拿出一个小匣子，把它打开来。

“这把剪刀是您的吧？”他问道，一边说着，一边递给我一个锈迹斑斑的、弯曲变形的尖尖的东西。我不消细看就认出，那正是莫克蒂尔从我家偷走的剪刀。

“对，没错。这是我妻子的旧剪刀。”

“他说这是他趁您转过身去的时候偷藏起来的。当时在那个大房间里只有您和他两个人。不过，有趣的是，他说他把剪刀藏进斗篷里时，知道您在镜子里看着他，而且他还注意到了您那窥伺的眼神。您目睹了他的偷窃行为，却什么都没说！对您的这种默许，莫克蒂尔感到非常意外……我也是。”

“听您这么说，我也一样意外！怎么！他竟然知道我都看见了！”

“这些都不重要。您在耍小聪明，但在这方面，没有比孩子更厉害的了。您以为您逮住了他，却不知他逮到了您……这不是重点。请给我说说，为什么您一声不响。”

“我还想让别人告诉我呢。”

好一阵子沉默。梅纳尔克在屋里踱来踱去，心不在焉地点燃一支烟，然后又扔掉。

“这里面存在一种‘意识’。”他说，“就像人们常说的。而您好像缺乏这种‘意识’，亲爱的米歇尔。”

“也许是吧，‘道德意识’。”我勉强扯出一个笑容。

“哦！无非就是所有权的意识。”

“我看您自己的这种意识也没强到哪里去。”

“确实没多好。您看，这里没什么东西是属于我的。就连我睡觉的这张床也不是我的。我憎恶安逸，身外之物会让人滋生安逸的思想，使人堕入安全的梦乡。我热爱生命，因此更要清醒地活着。身处富足的生活之中，正是这种脆弱的感情刺激了我生活的热情。我并不是说自己热爱冒险，但我喜欢有挑战性的、漂泊动荡的生活，喜欢这种生活需要我付出全部勇气、全部幸福和全部的健康。”

“这样说来，您又为何要责怪我呢？”我打断了他的话。

“呵！您误解我了，亲爱的米歇尔。我想表达我的信念，结果差点做了蠢事！……如果说我不把世人是否赞同或者反对放在心上，我也不会想要费心去向别人表达赞同或者反对了。对我来说，这些词没有多大意思。刚才我谈自己谈得太多了，遇到一个能听懂自己的人，忍不住多说了几句……我只想对您说，对一个缺乏所有权意识的人来说，您好像拥有很多东西。这就严重了。”

“我拥有什么了？”

“既然您用这种态度谈论它，那您确实什么都没有……不过，您不是开始教课了吗？您在诺曼底不是有地产吗？您不是已经来到帕希来安家落户，住得相当阔气了吗？您结了婚，不是快有孩子了吗？”

“好吧！”我不耐烦地说，“这不过是证明了我特意为自己安排了生活。用您的话说，这比您的生活更‘危险’。”

“是啊，不过是。”梅纳尔克语带嘲讽地重复着我的话，接着突然回过神来，把手伸向我，“好了，再见吧。今晚上不要再说了，再多说也没什么意义。改天见吧。”

这一别之后，我好一段时间没再见到他。

我正忙着关注一些新事情。一位意大利学者通知我说，他有一批新文献已经出版。为了讲课，我花费了不少时间去研究那些资料。第一课没有被人听懂，这更激起我的渴望。我要换个方式，要把自己的理论用更加生动的方式阐述出来。我原先为了立论尝试性地提出过一些假设，如今都当成理论，并演化成学说。有多少论证者的力量，都来自于他们说话晦涩含蓄，别人不理解他们啊！老实说，我真说不清在我的论证中有多少刚愎自用的成分。我要讲述的新内容越是难以说清，越是难以被别人接受，我就越是急于把它讲出来。

然而，空谈者在行动家旁边显得多么苍白无力啊！梅纳尔克的举手投足，不比我在课上讲的东西雄辩千百倍吗？从那时起我才恍然大悟，古代圣贤的道德教诲，总是知行并重，甚至身教高于言教！

时隔三周之后，距离我和梅纳尔克上次见面已经很久了，我在家里又见到了梅纳尔克。他到的时候，我们家刚好在举行聚会，而且已经接近尾声了。为了避免每天有人上门打扰，我和玛瑟琳约定每星期四晚上开放家门接待客人。这样一来，其他日子就可以杜门谢客了。因此，每逢星期四，好多自称是我们朋友的人便纷纷登门造访。我们的客厅非常宽敞，能容纳很多人，聚会往往会延迟到深夜。我猜吸引他们到来的主要原因是玛瑟琳的风韵，以及他们从交谈中得到的乐趣。不过对我来说，从第二次聚会开始，我就觉得无话可说，也没什么想听的。我无聊之极，甚至难以掩饰烦闷的情绪。我从吸烟室走到客厅，又走到书房，偶尔听上几句，很少留意他们都在做什么。

安托万、艾蒂安和戈德弗鲁瓦斜倚在我妻子精美的椅子上，正在讨论议会最近的投票。于贝尔和路易正在乱动我父亲收藏的铜版画。吸烟室里，为了专心听列奥纳尔的高谈阔论，马蒂亚斯把未熄灭的雪茄放在玫瑰香木桌上。一杯柑皮酒泼在了地毯上。阿贝尔的一双沾着泥巴的脚肆无忌惮地搭在软榻上，弄脏了布料。满鼻子满肺部都充斥着这些不纯净的空气，我心头一股无名火起，真想这些人全撵出去。家具，布料，铜版画……一旦沾染污物，就像得了疫病一样，非死不可。我好想把这些东西都锁起来，唯我独享。我忽然想起，梅纳尔克是多么幸福啊！他什么都没有！而我，因为拥有，因为想要留住东西而痛苦。其实，这一切对我来说又有什么用呢？

在另一个小客厅里，灯光微暗，与外界之间仅有一面玻璃墙相隔。玛瑟琳在这里接待几个密友。她斜卧在靠垫上，小脸惨白。看到她疲劳至此，我不禁大吃一惊，心里暗自下了决心，这是我们最后一次接待客人了。夜色已深。我正要掏出怀表来看时间，却摸到了放在我背心口袋里的小剪刀。那把被莫克蒂尔拿走的小剪刀。

“这孩子，既然偷来剪刀就要弄坏它，毁掉它，那他又为什么要偷呢？”

这时，有人拍了拍我的肩膀。我猛一转身，是梅纳尔克。

满屋客人，唯有他一人身着礼服。

他刚到。他请我把他介绍给我妻子。若他自己不提起，我是绝不会主动引见的。梅纳尔克风度翩翩，容貌相当英俊。他灰白相间的胡须偏向两侧，把那张海盗般的面孔分开。他目光冷峻，看上去多了几分冷淡，仿佛冰凉的神色驱逐了他脸上所有的善意。玛瑟琳刚与他寒暄了几句，我就看出玛瑟琳不喜欢他。稍作停留之后，我便把他拉进了吸烟室。

当天上午我听说殖民部长交给他一项新任务。几份报纸刊发消息的同时，又追溯了他的冒险生涯。报道满篇都是溢美之词，早把不久前还肆意毁谤他的事情抛到九霄云外去了。人们争相夸奖他前几次探险过程中对国家、对全人类做出的卓越贡献，就好像他做的这一切全是为了人道主义目的。他们还赞美他不畏惧牺牲自我，一片赤诚，忠于职守，就好像他听了这些话之后会觉得自己受到褒奖一样。

一开始我也向他道贺了，可是刚开了个头就被他打断了。

“怎么！亲爱的米歇尔，您也来这套。您当初可没骂过我，”他说，“这些蠢话还是留给报纸去讲吧。一个伤风败俗的人，居然还有一些优点，真是奇怪。我是一个完整的人，优点和缺点在我身上融为一体，无法区分。我不能理解他们在我身上分辨瑕瑜。我顺着我的天性做事，不愿伪装自己。如果有一件事让我感觉到有趣，就等于给了我去做的动力。”

“这样会走得更远。”我说。

“我也是这么想的，”梅纳尔克又说，“唉！要是我们周围的人都相信这一点就好了。大多数人却认为只有强制和压迫才会让人有出息。他们都太爱装。人人抹杀自己，仿效别人，甚至对偶像不加选择，看到什么就是什么。可是我觉得，一个人的身上还有其他值得解读的部分。他们却不敢翻过这一页——模仿的法则。我管这叫畏惧法则。怕遗世而孤立，怕单独存在，怕无处立足。这种精神上的旷野恐惧症太可憎了，这是极度的懦夫行为。难道他们不知道，人总是在独自一人的时候才会有所创造吗？然而，这里又有谁想发明创造呢？洞悉了自己的与众不同之处，这才是最了不起的事，这才是使人具有价值的东西。人们却要千方百计地忽略它，千人一面，还号称这是热爱生活呢！”

梅纳尔克说着，我听着。我由着他讲下去。他说的这些，不就是上个月我对玛瑟琳说过的话么？我本来应该表示赞同的。但不知为什么，出于什么样的懦弱心理，我却打断了他的话，就像玛瑟琳曾经打断我那样。我一字不差地重复了玛瑟琳当时对我说的那句话：

“亲爱的梅纳尔克，您总不能要求每个人都个性十足啊。”

梅纳尔克突然缄默了，用一种奇怪的眼神打量着我。此时刚好欧塞贝走过来告辞，他毫不客气地转过身去同埃克托尔交谈了。

话一出口，我就觉得自己很愚蠢。尤其让我后悔不迭的是，梅纳尔克听了这话会怎么想？他可能会误以为我被他的话伤到了。夜深了，客人们陆续离去。等到客厅几乎空了，梅纳尔克又向我走来，对我说：

“我不能就这样离开您。毫无疑问，我肯定是误解了您的话。至少我希望是这样。”

“不，”我回答，“您没有误解我的意思。我那些话没有任何意义，实在是太蠢了。我刚说一出口就后悔了，尤其是，一想到我在您的心中就要被列入您谴责的那些人之列。但我不是那样的，我可以明确地告诉您，我跟您一样，我也憎恶那些循规蹈矩的人。”

“他们是世界上最可悲可耻的存在，”梅纳尔克笑道，“他们从来没有坦率的意识，他们永远只屈从于规则。他们做原则所允许的事，否则就自认行为超出法度。我稍微感觉到您有可能和那些人是一丘之貉，话到嘴边，就突然无语了。当时那种不期而至的忧伤感，让我意识到自己对您的感情是多么的深刻。我宁愿相信是自己犯了错，当然错的不是这份感情，而是我的判断错了。”

“确实，您的判断错了。”

“啊！真的吗？”他突然抓住我的手，“听着，不久以后我就要走了，但我还想多见见您。我这次出门比前几次都要久，祸福难测，也不知道什么时候才能回来。两个星期之后就动身，这里还没有人知道我走得这么早，我现在只对您一个人说。天一亮我就启程。每次动身前夜我总是非常不安。请您向我证明您不是个循规蹈矩的人吧，我走前最后一夜，您能来陪我度过吗？”

“在那晚之前，我们还会见面吧。”我有点意外，不禁问道。

“不会再见面了。这半个月我谁都不见，我甚至都不在巴黎。明天我去布达佩斯，十天后去罗马。离开欧洲之前我要和朋友们话别。还有一位故人在马德里……”

“好吧。您走前那个晚上，我来陪您度过。”

“真好，我们一起喝设拉子酒。”梅纳尔克说。

那次晚会之后，玛瑟琳的身体开始不舒服起来。我前面提到过她的身体状况，她时常感到疲惫，但她从不抱怨，只是默默隐忍。我把她这些不适归因于怀孕，也就没放在心上。最开始请来的那个老大夫，要么是太过糊涂，要么是不了解病情，他叫我们完全不必担心。可是，看见玛瑟琳又有了新的症状，还伴有发热的情况出现，我决定把 T 大夫请来，他是这一带声望颇高的医生。T 奇怪我们为什么不早点就医。他针对玛瑟琳的病情制定了一份严格的饮食规定，还说她早就该这么做了。玛瑟琳大胆有加，稍欠谨慎，不知道劳逸结合，经常把自己搞得疲劳过度。她的预产期是一月份，在分娩之前，她必须躺在椅子上休息。玛瑟琳也有点担心了，身体比她愿意承认的还要难过一些。她对那些极其苛刻的医嘱表现出绝对的服从。医生给她开的有些药里可能含有对胎儿不利的奎宁，她起初还硬撑了三天，发烧更厉害了。她心里是如此悲痛，好像未来一片灰暗，希望已不复存在，只剩下一种宗教式的听天由命。这样一来，几天后她的病情突然恶化了。

我对她万分呵护，还引用 T 医生的话来宽慰她。T 医生说她的身体没有多么严重。然而，她是那样的恐惧，最后让我也心里发慌了。啊！我们的幸福，就像水中月镜中花，建立在毫无把握的未来之上，这是多么的岌岌可危！当初的我日日沉浸在过去之中，现实突如其来的美好令我心醉神迷。但是未来摧毁现在的强度早已超过了现在消解过去的程度。自从我们在索伦托度过那美好的一夜之后，我的全部爱和生命，都是以假设未来为前提的。

说好要陪伴梅纳尔克的那个夜晚到了。尽管我不忍心撇下玛瑟琳让她独自度过整整一个冬夜，我还是尽量请她理解这次见面的必要性，以及千金一诺的重要。那天夜里，玛瑟琳情况要好一些，我还是不放心，找来一名女护士代替我在她身边守着。即便如此，我刚走到街上，又开始忍不住担心起来。我的内心在激烈地斗争，推拒，抵抗。我只恨自己无法驱逐它。我的神经逐渐进入一种高度紧张又异常兴奋的状态，和造成这种状态的痛苦既有相似之处而又截然不同。那感觉近乎幸福。天色不早了，我大踏步往前走着，大雪从天而降，雪片散落在四周。我大口呼吸着凛冽的冷风，跟寒冷斗争，跟风雪交加的黑夜斗争，从中体验到愉悦和爽快。我享受着自己的这份精力充沛。

梅纳尔克老远就听见了我的脚步声，走到楼道口迎接我。他等得有点不耐烦了，面孔苍白，带有紧张之色。他帮我把外套脱掉，又坚持要我脱掉湿透的皮靴，换上柔软的波斯拖鞋。火炉旁边的小圆桌上摆着各色甜食，屋里光线晦暗，两盏灯还不及炉子里的火焰明亮。梅纳尔克先是问起了玛瑟琳的健康情况。我回答说她很好，无需挂念。

“你们的孩子呢，快出生了吧？”

“还有一个月。”

梅纳尔克朝炉火的方向斜倚过去，仿佛要遮挡住他的面孔。他许久沉默不语。我有些尴尬，也沉默起来。我站起来走了几步，走近他，把手放在他肩膀上。他仿佛犹自沉迷在心事中，自言自语道：

“必须做出选择，”他说，“最重要的是，要知道自己想要什么。”

“啊！难道您不走了吗？”我脱口问道，不知道该怎么理解他这句话的意思。

“好像是的。”

“您这是在犹豫吗？”

“何必多此一问呢？您是有妻子有孩子的人，您可以留下来。生活纵然有千百种形式，每个人却只能经历其中一种。羡慕别人的幸福，那是徒增妄念。幸福不是千人一面的，幸福因人而异，就像量体裁衣。我明天就会走。我明白，我是根据身材设计属于自己的幸福。而您……您就继续在此地享受这份安静平和的天伦之乐吧。”

“我也是按照自己的身材剪裁幸福的，”我大声说，“但是，我又长高了。现在，我的幸福束缚着我，几乎勒得我喘不过气来！”

“哦！您会习惯的！”梅纳尔克说。他在我面前站定，我们四目相对，直到我无言以对。

他凄然一笑：“人恒以为占有外物，殊不知反为外物占有。”

“给自己倒点设拉子酒，亲爱的米歇尔，这酒您不会经常喝到的。再吃点这些粉红色的甜品，这是波斯人的下酒菜。今天晚上，我要和您喝个痛快。忘了我明天就要离开吧，我们想到哪里就说到哪里，让这一夜永远绵延下去。您可知道，现如今的文字为什么都死气沉沉？诗歌如此，哲学更甚。因为它们都脱离了生活。古希腊人把生活理想化，故而艺术家的生活本身就是一首诗，哲学家的生活就是哲学的身体力行。诗歌、哲学和生活三者彼此相和，不分你我。哲学让诗歌多姿，诗歌将哲学歌颂，两者互为昭彰，从而发出非凡的震撼力。时至今日，当行动不再以表达美为目的，智慧只好又变回了独行者。”

“但是您却仍在智慧地生活着，”我说，“为什么不写一本回忆录呢？要不然，”我见他微笑起来，又说，“或者就写份游记吧，这样不也很好吗？”

“因为我不愿意回忆，”他回答说，“回忆会妨碍未来，并且让过去有机可乘。我只有彻底地忘却昨天，才能让现在的每时每刻生动起来。曾经幸福过，对我来说远远不够。往事如过眼云烟，不复存在，去而不返和从未拥有对我来说没什么区别。”

他这番话超出了我能承受的底线，我开始被他激怒了。我很想把他争取回来，让他不要沿着自己思维的轨道越走越远，可我绞尽脑汁也不知该如何反驳他的思想。好吧，我承认，与其说我在生梅纳尔克的气，还不如说我在生自己的气。我只好继续沉默下去。梅纳尔克就像困兽一般，时而踱步，时而俯身看向炉火。在沉默了好一阵子之后，他突然又开口了。

“可惜我们平庸的头脑无法令回忆不朽！回忆是最短暂的存在，无法长久。最精美的也会枯萎变质，最香艳撩人的也会零落成泥，最甜蜜的到头来会变成最危险的。最追悔莫及的，往往却是最美妙的东西。”

又是一段许久的静默，然后他又说：“遗憾、懊恼、惋惜，这些都是昔日的快乐，只存在于回忆之中了。我不喜欢往身后看，就像鸟儿腾空后不会依恋它那一展双翅的倒影，我也要把回忆远远地抛在身后。啊！米歇尔，外面总有快乐在等着我们，但欢乐只青睐空巢。它必须是惟一的所在，除非我们了无牵挂，否则永远无法企及它的降临。啊！米歇尔，快乐就像沙漠中的吗哪[①]，一天之后就会变质。又像阿梅莱斯的神泉水，正如柏拉图所说，任何容器也无法承纳……就让每一刻的离开都带走它曾经带来的一切吧。”

梅纳尔克还说了很多，我如今不能把他的话一一复述出来。他的许多话都深刻在我的脑海之中，我越是想要忘个一干二净，它就越是清晰可闻。并不是说我认为这些话有什么新意，而是它

① 吗哪(manna)，古以色列人在经过荒野时所得的天赐食粮，又意精神食粮，天赐之物。

把我的思想暴露出来了。你要知道，我曾用多少布将它层层裹住，满以为早已让它窒息而亡了。一个不眠之夜就这样悄然流逝。

次日清晨，我把梅纳尔克送上火车。在与他挥手告别后，我独自一人走在回家的路上，走在回到玛瑟琳身边的路上。我一路情绪低落。我恨梅纳尔克那玩世不恭的快乐，我希望那快乐是伪装出来的，我极力否认它。可悲的是，我发现自已竟无法反驳他，我回答的那几句话，反倒使他质疑我的幸福与爱情。我牢牢抓住我这可疑的幸福，用梅纳尔克的话说，牢牢抓住我的“安静平和的天伦之乐”。唉！我有无法纾解的不安之情，却又故意把这份不安当成爱情的养料。我集中精神，朝着未来的方向看去，仿佛已经看见孩子那微笑的小脸。为了我的孩子，我的道德又得到了加强……我整理了一下思绪，迈着坚定的步履朝前走去。

天啊！那天早晨，我一回到家，刚步入前厅，只见家里一团凌乱。我不由得吃了一惊。护士走上前来，尽量委婉地告诉我说，昨天夜里我妻子突然感到特别焦虑，疼痛加剧。虽然她还没到预产期，但因为感觉非常不好，就派人去把大夫给请来了。大夫连夜匆匆赶到，直到现在还没离开病人。想必是因为看到我面如土色，护士安慰我说情况已经有所好转。而我已经朝玛瑟琳的卧室冲了过去。

房间里光线很暗。我刚进去的时候，只看清了大夫用手势制止我出声。然后我在暗影之中看见一个陌生的面孔。我十分不安，悄悄地走到床前。玛瑟琳双目紧闭，脸色煞白，我一度以为她已经死了。但是她闭着眼，向我转过头来。在房间那个黑暗的角落，那个陌生人正在默默地整理物品。我看见了发亮的仪器、药棉。我还看见，我觉得看见了一块满是血污的布单……我站不稳了，几乎直挺挺地栽倒在大夫身上。他及时扶住了我。我意识到了什么，为这个想法感到恐慌。

“孩子呢？”我惶恐地问道。

大夫怆然耸肩。我霎时失去了行动意识，一下子扑倒在床上，低声呜咽起来。天啊！这突如其来的未来！我脚下的大地忽然塌陷，眼前撕开一个大洞，我一头跌进去，在里面踉踉跄跄，东突西撞。

那段时间，我的记忆陷入一片黑暗，混乱不堪。不过，刚开始玛瑟琳的身体似乎恢复得挺快。年初的假期让我比较轻松，几乎一天到晚陪着她。我在她身边读书写字，或者轻声念书给她听。每次出门回来，我一定会给她带回一束鲜花。我记起我患病时她给我的关爱，我也以同样多的爱意对待她。为此她时常面带笑容，看上去很幸福。对于那件毁掉我们希望的悲惨往事，我们只字不提。

后来，玛瑟琳又得了静脉炎。炎症刚缓和，突发性血栓又把她推到了生死边缘。那是一个深夜，我还记得我俯下身子，深深地凝望着她，感到自己的心脏随着她的心脏跳动、停顿或者复苏。我一动不动地看着她，希望能用爱情的力量把我的生命注入她的病躯之中。当时的我已经不再对幸福多作幻想了。玛瑟琳时而浮现的一丝笑意，就是我忧伤日子中的惟一快慰。

我重新开始讲课了。我这份备课的力量从哪儿来的呢？那时的一切我都记不清了。一周接着一周，不知道是怎么走过来的。不过其间有一件小事，倒是可以说一说。

那是在玛瑟琳突发血栓后不久的一个上午。我守在她身边，发觉她似乎好了一些，但是医生说她必须静卧，就连胳膊也不要移动。我俯身喂她喝水，她喝完了，我还呆在那里。这时，她用目光把我引向一个小匣子。她求我把它打开，声音因为情绪波动而越发微弱起来。匣子就在桌子上，我打开来看，只见里面都是缎带、细碎的物品和不值钱的小首饰。她想要什么呢？我把匣子拿到床前，把东西挨个取出来。是这个吗？是那个吗？……都不是。搜寻还在继续，我感觉到玛瑟琳有点着急了。“哦！玛瑟琳！你是要这串小念珠吧！”她勉强笑了一下。

“你在担心我不能把你照顾好吗？”

“唉！我的朋友！”她轻声念道。我立刻想起我们在比斯克拉的那场谈话，想起当她听说我拒绝她所谓的“上帝的帮助”时所表现出的不满之情，那带着些许胆怯的责备。

我语气变得有点生硬：“我完全是靠着自己的力量才好起来的。”

“可是，我为你祈祷过多少回啊。”她回答道，声音里充满了温柔的哀伤。我注意到她眼中流露出一种祈求的不安神色。她的手无力地垂放在盖着被单的胸前。我捡起小念珠，使它滑落在她的手里。她向我投来饱含爱意的一瞥，眼中尽是泪水。我看着她，却不知道该说些什么。我又迟疑了半晌，觉得浑身不自在，最后终于忍不住了。

“再见。”

说完我便离开了那个满是敌意的房间，就像被人下了逐客令一样。

可是，就在那段时间，玛瑟琳的血栓引起了严重的并发症。从心脏排出的血块堵塞了肺部，令后者负担加重，造成呼吸困难，喘气发出嘘嘘声。病魔已经占据了玛瑟琳的身体，紧紧地攫住了她的生命，在她身上标记了不祥的符号，令她周身痼疾缠绕、病入膏肓了。

她已经毁了。像一件被毁掉的物品那样，千疮百孔，无法修复了。

三

天气渐渐暖和起来，气候宜人。我课程一结束，就带玛瑟琳去了莫里尼埃尔。医生说她已经渡过了危险期。为了让她得到最好的疗养，最要紧的是呆在空气新鲜的地方。而我本人也急需好好休息一下。几乎每日每夜的操劳和从头到尾的惴惴不安，尤其在玛瑟琳血栓发作的那段日子，我对她产生的那种同病相怜的身心感应，那种心心相连的感受，把我自己也弄得精疲力竭，就像大病了一场。

我比较想带玛瑟琳到山区去，但她向我表达出强烈的渴望，说要回诺曼底。她说那里的气候最适合她，还提醒我说，我应该去看一眼那两个刚刚接手的农场。谁叫我冒失出手，大包大揽了呢。她极力说服我，既然承担了责任，就必须做好才行。我们刚一到达那里，她就立刻催我去视察土地。我真搞不懂她执着的热情是不是包含了很大一部分自我牺牲精神。她是怕她拖累我，每天困在她身边照顾她，会因此而变得不自由吧……玛瑟琳的病情确实在好转，面颊泛起血色。最让我欣慰的是，她的笑容不再那么凄惨了。我可以放心地把她留在家里，自己出去走走了。

就这样，我又回到了农场里。人们正在收割第一茬牧草。空气中满是花粉和草香，把我熏得发晕，就像兜头灌下一壶醇酒似的。自去年以来，我好像不曾呼吸过，或者说，我呼吸的只是灰尘。这里的空气是如此的沁人心脾，我像个醉汉一样坐在山坡上，俯视着莫里尼埃尔。我看着蓝色的屋顶，静寂的水面，看着周围的土地。它们有的已经收割完了，有的还杂草丛生。视线顺着小溪蜿蜒而去，就到了那片树林。去年秋天我和夏尔曾经骑马去那里游玩。远处的歌声已经响起有一阵了，现在越来越近。那是割草工人们在唱歌。他们扛着叉子和耙子，收工回家了。这些工人我几乎都认识。这实在是一件很扫兴的事，使我想起了我是这里的主人，而不是一个在此地流连的观光客。我走上前去，对他们微笑，与他们交谈，仔细了解每个人的情况。早晨博卡奇已经向我汇报了耕种的进展，而且他还坚持定期给我写信，以便让我掌握农场发生的大小事项。如今我亲自看来，确实经营得不错，比他说的还要好上许多。可是，还有几件大事在等我做决定。几天来，我尽力操持一切事务，虽说兴致不高，但总算可以借此忙碌起来，让我深受重创的生活有个落脚点。

玛瑟琳的身体刚一好起来，就有几位朋友来家里做客了。他们热情却不聒噪，很讨玛瑟琳喜欢。我出门更方便了。相比之下，我还是喜欢和农场的人来往，与他们相处会让我学到很多。倒不是我总向他们讨教问题，而是我在他们身边能够感到一种说不清的快乐情绪。这些庄稼汉总让我有一种新鲜感。不像我那些朋友，不需要他们开口，我就知道他们想说什么。

起初，他们在回答我问题时表现出一种比我还要傲慢的态度，没过多久他们就跟我混熟了。我跟他们的接触越来越多，不仅跟他们一起下地干活，还和他们玩游戏。他们思想比较落后，这倒是不打紧，我只是看他们吃饭，听他们聊天，满是羡慕地看着他们开怀大笑。这有点像某种通感，我对他们的感觉会立刻产生共鸣，就像玛瑟琳的心跳会牵动我的心跳那样。这种共鸣一点都不模糊，它清晰而强烈。我的胳臂能感觉到割草工人胳臂的酸痛，我的身体能感到他们身体的疲劳，我还能感到他们口干舌燥时喝下苹果酒的那种液体流过喉咙的畅快。有一天，一个人在打磨镰刀时在拇指上割了一道深深的口子，我立刻感到了刺痛。

就像这样，对我来说观察景物不单单用到眼睛，还要用到无形的接触。正是这种奇异的感应加深了我对乡野的感受。

博卡奇的出现让我感到浑身不自在。对我来说，端着主人的架子实在没什么意思。当然，有时候我也不得不下一些指令，以便按照我的方式指挥工人务工。我不再骑马了，怕他们觉得我高不可攀。我小心翼翼地，好让他们跟我在一起时不再感到压抑和拘束。我还像以前那样，总想打听打听别人的隐私。我总觉得他们的生活神秘莫测，有一部分生活是藏而不露的。我不在的时候，他们都在做什么呢？我不相信他们没有别的快乐方式，我相信他们每个人都有秘密，我非得勘破它们不可。我四处溜达，跟踪侦查，特别要缠着那些性情最粗犷的人，期待他们蒙昧的天然状态能放出些光来把我照亮。

在他们之中，有一个人尤其引起了我的注意。他模样不错，身材高大，脑子不笨，但做事有点任性妄为，冲动起来什么都干。他不是本地人，偶尔会被农场雇来干几天活，头两天还有模有样，到了第三天就喝个烂醉如泥。一天夜里，我偷偷去粮仓里看他，只见他仰面朝天地醉卧在草堆里，睡得死沉。我看了他好一会儿！这人真是来无影去无踪，突然有一天他离开了。我真想知道他跑哪去了。当晚就听说是博卡奇把他给辞退了，我大为恼火，派人把博卡奇给叫了来。

“您是不是把皮埃尔给辞退了，”我单刀直入地质问道，“为什么？”

尽管我已经竭力压着蹿升的火气，他还是有点不知所措。

“先生，您总不能把一个醉鬼留在家里吧，他把最好的工人都给带坏了。”

“我想用什么人，我比您清楚。”

“那家伙是个流浪汉啊！我甚至都不知道他是从哪儿来的，他在本地的名声也不大好。等哪天夜里，他一把火把粮仓给烧了，也许您就高兴了。”

“这是我的事，农场还是我的。我想还是吧。我高兴怎么管理，就怎么管理。从今往后，您要开除什么人，请先问问我。”

我说过，博卡奇是看着我长大的，他非常喜欢我，哪怕我说话伤到了他，他也不会生气的，甚至都不怎么当真。诺曼底农民就是这种脾气，他们对看不到背后动机的事情，也就是说与切身利益无关的事情，常常不以为然。我这么闹了一场，博卡奇权当我是孩子脾气发作。

可我刚刚大肆责怪了他一番，不能就这样结束谈话。为了使自己的言语显得不那么激烈，我又找了个话头。

“您的儿子，夏尔快回来了吧?”我沉吟半晌，终于开了口。

“我看先生根本没把他放在心上，还以为您早把他忘了呢。”博卡奇答道，还带点不满的意思。

“我还能把他给忘了！博卡奇！这可能吗？去年我和他配合得多好啊！农场的事，我还要依靠他呢。”

“先生待人确实厚道，一星期后，夏尔就该回来了。”

“那好，博卡奇，我很高兴。”说完这些，我才让他下去了。

博卡奇说的也不是全无根据，我虽然没把夏尔全都忘了，但也没放心上。在早先那一段亲热的交往之后，我对他变冷淡了，这是怎么回事呢？如此看来，我的心性和去年大不相同了。说实话，我对农场里工人的兴趣已经远远超过了对两座农场的兴趣。

我要想和他们继续相处，夏尔的到来就会阻碍到我。他这个人太理智，让人不得不放尊重些。因此，尽管想起昔日与他相处的情景会让我心情有所起伏，但是眼见他归期将近，我还是有些担心。

他回来了。啊！我的担心不是没有道理的。梅纳尔克否认一切回忆的理论是多么的有见地！我看见进来的那人根本不是以前的夏尔，而是一位头戴圆顶礼帽、举止怪异又愚蠢得可笑的先生。天啊！他变了多少啊！我感到极其拘束不安，但是基于他与我重逢时所表现出来的那种喜悦，我也没法显得太过冷淡。就算是他的高兴的样子也让我心生厌恶。那种故作喜悦的模样太不真诚，在我看来就是做作。我在客厅里接待了他。天色已晚，已经看不清他长成什么样子。等上灯了以后，我见他脸颊蓄起了胡须，愈加反感起来。

那天晚上的谈话可以称得上无聊透顶。听说他要在农场停留足足有一个星期的时间，我干脆都不想去了。我又埋头于书本，忙于应对客人。后来，当我再次出门时，一件新工作降临了。

树林里来了伐木工人。这里每年都要出售一部分木材。整个树林被分十二个面积相等的伐木区，每年轮流提供一批有十二年树龄的树木用作柴薪，还有一些不会再长高的小树。

这项工作是在冬季展开的。根据合同，伐木工人必须在春天到来之前把伐取的树木清理干净。然而，指挥砍伐的木材商厄尔特凡老大爷非常拖拉，有时春天已经到了，木料还堆在那里。等到伐木工人再来清理的时候，难免要损伤穿过枯枝新长出的嫩枝。

今年，厄尔特凡老大爷本身是买家，他那马马虎虎的样子让我更加担心了。因为没有其他买家和他竞争，我只好用极低的价格把木材都卖给他。他得了这种便宜，无论怎么折腾都赔不了，因此他把工作拖了一周又一周，就是不急着把木材锯开运走。他拖延的借口层出不穷，一次推说没有工人，一次托辞天气不好，要么就是马病了，要么就是劳动力被叫去干别的活了……谁知道他在搞什么名堂！如此推拖，直到仲夏季节还是一棵树都没运走。

要换作是去年，我早就大发雷霆了。今年的我相当沉着冷静，但这并不代表我看不到厄尔特凡给我带来的损失。只是这砍伐过的树林别有一番凄美，我在林中开心地散步，东窥西探，偷偷观察小动物，有时遇到蛇。我长时间地坐在倒下的树干上，树干好像还有生命一样，从创口里抽出几根新枝。

时间到了八月份，厄尔特凡突然决定派人过来了。他们一共来了六个人，说是十天之内就能完工。采伐的林区与瓦尔特里农场相近，为了方便他们工作，我答应给他们送饭。负责送饭的人名叫布特，是个小混混，在军队里学得极坏，坏到稀巴烂之后被军队开除了。我说他坏，指的是他的思想，他的身体特别好。他成了我喜欢交谈的一个雇工，而且我不用去农场就能跟他见面。那几天刚好是我重新出来溜达的时候。一连好几天，我在树林里闲转悠，直到吃晚饭时才回莫里尼埃尔，还经常让家里人等我。我假装视察工作，其实只想观察那些干活的人。

有时，厄尔特凡的两个儿子也来帮这六个人干活。这两个孩子大的二十岁，小的十五岁。他们身材都算挺拔，脸部线条硬朗，有点像有外国血统的模样。后来，我果然听说他们的母亲是西班牙人。我还挺奇怪，那女人怎么会沦落到这个地方来？年少时的厄尔特凡四海为家，行踪飘忽不定，很可能在西班牙定下了这份亲。也正因为这一点，他在本地名声不大好。

至今我还记得初次遇见厄尔特凡小儿子时的情景。当时天正下着雨，他一个人孤零零地仰卧在大车上。大车装满了树枝，他在树枝里高声唱着一首不成调的歌，声调之高，几乎称得上吼。那首歌特别怪，我在当地从未听过。拉车的马匹认识路，不用人引导，自己就能往前走。我难以说清这首歌带给我的感觉，我只在非洲听过类似的调子。年轻人格外兴奋，有种微醺的感觉。我从他车旁经过时，他甚至看都没看我一眼。第二天我听说他是厄尔特凡的儿子，我在林区中逡巡逗留，想见见他。我在等他。木材很快就要运完了。厄尔特凡家的两个小子只来过三次。他们一副牛气哄哄的样子，一句话都不肯跟我多说。

布特就不一样了。我有意向他表明，跟我在一起时不必顾忌太多。于是他不再拘束，掏心挖肺地把所有秘密都倒了出来。我贪婪地听着他讲这些不为人知的事情。这些事既出乎我的意料，又不足以填满我的好奇心。难道这就是平静生活表面下的暗流汹涌吗？会不会是另外一种假象？那也没关系！我向布特提出各种问题，就像我以前修订哥特人那残缺不全的编年史时那样。他的叙述仿佛深谷中升起的一团迷雾，萦绕在我的脑海中。我不安地吸收着这一切。他一早就告诉我说，厄尔特凡和他亲闺女睡觉。我怕只要稍微流露一点评判的意味就会让他缄默不言，于是我付之一笑，好奇心驱使我接着问道：

"她母亲呢？也不闻不问吗？"

"哪有母亲！死了有十二年了……她活着的时候，厄尔特凡总打她。"

"他们家几口人？"

"五个。大儿子和小儿子您见过了。还有一个十六岁的，身体不大结实，老想着当教士。然后就是大女儿了，她跟她父亲已经生了两个孩子……"

我逐渐了解了厄尔特凡家的情况。那是一个散发着腐臭气息的是非之地。我自诩想像力还算丰富，却也无异于一只绕着肉团团转的苍蝇。一天晚上，大儿子企图强奸一名年轻的女用人。女用人不肯就范，大力挣扎，老爷子就上前帮他儿子，伸出两只粗壮的大手按住那女人。当时二儿子正在楼上不闻不问地兀自祈祷，小儿子就在一边看热闹。说到这起强奸，我估计他们也没费多少力气，因为布特还说没过多久，那女用人尝到了甜头，开始勾引小教士了。

“得手了吗？”我问道。

“他还撑着呢，但是估计快撑不住了。”布特回答。

“你刚才不是说还有一个女儿吗？”

“她是来一个跟一个，还不图人家什么报酬。一旦发起情来巴不得要倒贴呢。只是一点，她不能在家里胡搞，老爷子会揍人的。他放过话，在自己家里头关上门爱干什么干什么，可不许牵扯外人。就说皮埃尔吧，就是被您辞退的那个小伙子，他自己没声张，一天夜里他脑袋差点给人开了个洞。从那时起，他就跑到树林里去搞了。”

我又拿眼神鼓励他接着说：“你试过吗？”

他装模作样地垂下眼睛，嘿嘿一笑：“有过几次。”接着他又抬起眼睛：“博卡奇老头的那个儿子还不是也一样么。”

“博卡奇老头的哪个儿子？”

“阿尔西德呗，住在农场里的那个。先生不认识他吗？”

听说博卡奇还有一个儿子，我彻底惊讶了。

“没错儿，去年他还住他叔叔那里。”布特接着说，“这真奇了怪了，先生居然没在树林里见过他，他差不多天天晚上都跑去偷猎。”

布特说最后这句，放低了声音，同时注意观察我的表情。于是我立刻明白了，马上笑了一笑。布特这才满意地继续说起来：

“先生你心里明镜的，肯定有人在偷猎。嘿！林子这么大，能有啥损失。”

我没露出多少不满的表情，布特的胆子很快就变得更大了。在我今天看来，他那时也很高兴能说上几句博卡奇的坏话。他带我去看了阿尔西德在洼地里设下的套索，还指点我在篱笆的哪个位置蹲点差不多能逮住他。篱笆筑在一道斜坡上，中间有个小豁口。通常每到晚上六点钟左右，阿尔西德就会从那里钻进去。我和布特一时兴起，在等待的时间里拉了一条铜线，还巧妙地隐藏了起来。布特不想受到牵连，让我发誓不会把他供出来，然后就提前离开了。我一个人趴在斜坡后面守株待兔。

我白等了三个晚上都是徒劳无功。一开始我还以为布特在耍我。第四天晚上，我终于等到了轻轻的脚步声。声音越来越近。我的心怦怦乱跳起来，突然体验到了偷猎者般的邪恶快感。铜线套子下得很准，一下子把阿尔西德绊了个跟头。他猝然扑倒在地，脚腕被铜线缠住，还企图逃跑，马上又栽了个跟头，像困兽一样挣扎个不停。但是，我已经抓住他了。那是个长相狡猾的小子，绿眼珠，头发乱蓬蓬的。他朝我抬脚就踹，被我制住之后，又想张嘴咬我，看不能得逞就朝我破口大骂。他骂的那些脏话……其下流程度是我闻所未闻的。最后我实在憋不住了，放声大笑起来。他突然不骂了，愣愣地看着我，低声说：

“您真粗鲁，伤着我了。”

“让我看看。”

他把长袜一路褪到鞋面上，露出脚腕来，上面却只有一条清浅的红色勒痕。

“没事儿。”他嘿嘿一笑，又嘀咕着：

“我回去得把这事告诉我爸，您给我下绊子。”

“去你的！这绳套子是你放这的。”

“那是！自然不是您做的。”

“为什么不会是我做的?”

“您可做不到这么好。您再做一次，让我瞧瞧您是怎么弄的。”

“你教我吧。”

这天晚上，我很晚才回去吃饭。玛瑟琳不知道我去哪儿了，很是担心。我可没把我做套索的事情告诉她。我做了六个，不但没有责怪阿尔西德，还给了他十个苏。

第二天我跟着他去查看套索，发现逮住了两只兔子，我挺高兴，把兔子都让给了他。其时还没到狩猎季节，打到的猎物要怎样才能脱手，才能做到不惹祸上身呢？阿尔西德不肯告诉我。最后我还是从布特那里得知的。幕后的窝主是厄尔特凡，他让小儿子在他和阿尔西德之间牵线。通过这整件事，我是否已经一步一步打探到了这个荒诞的家族的底细了呢？我偷猎的劲头更足了！

我每天晚上都和阿尔西德碰面，我们捉到了一大堆兔子，还猎到过一只狍子，当时它还没有断气。每当我回想起阿尔西德杀死它时那欣喜若狂的样子，我总是感到不寒而栗。我们把狍子藏在保险的地方，到了夜里厄尔特凡的小儿子就会跑去把它取走。

自从采伐的树木都运走后，空荡荡的树林对我不再有那么大的吸引力了。白天我不常过去了。我开始安下心来工作。要知道，我在上学期结束的时候辞职了。对我来说，这索然无味的工作，既没什么前景，还费心巴力的。现在我坐在这儿，只要地里飘来一阵歌声、一点杂音，我就会随着它神游天外。这一声声响动像召唤一样，多少次让我撂下书本扑到窗口，却什么都没有捕捉到！我多少次突然冲了出去……现在惟一让我关注的，是我全部的感官。

天黑得越来越早了。夜幕刚一落下，我们的时间就到了。我像小偷一样溜出屋子。以前的我从未发觉这一时刻的美丽。我的双目一如暗夜中猫头鹰的双眼，在夜色中欣赏高处摇曳的青草，茂密粗壮的树木。黑夜使一切变得遥远而深沉，使脚下的土地更加绵长，周遭的事物越发深不可测，就连白日里最平坦的路径也充满了危险，好似无处不在的黑暗生命正在慢慢苏醒。

“这会儿你父亲以为你在哪儿呢？”

“他以为我在牲口棚里看牲口呢。”

我知道平时阿尔西德就在那里过夜，离鸽子棚和鸡窝不远。夜里门锁上了，他从屋顶的洞口爬出来，浑身散发着家禽热乎乎的气味儿。

忽然他收起猎物就走进了夜色之中，仿佛遁入黑暗的密道，还没来得及挥手告别，连一声再见都没说。农场里的狗认得他，见了他不会乱叫。但我知道他回去之前要先去找厄尔特凡家的小儿子，把猎物交给他。可是接头地点在哪呢？不管我如何打听都不会奏效的，威吓和哄骗都没用。厄尔特凡一家人对外人避而远之。事到如今，我也不知道自己这场疯狂荒诞的行为在哪个层次上算是赢了——是一直锲而不舍地追逐一个离我越来越远的、并没有多少吸引力的秘密，还是出于强烈的好奇心而编造了这个秘密？阿尔西德在与我分道扬镳之后究竟去了哪里？他真回农场睡觉去了吗？还是说，他只是假意睡着，以骗得农场主的信任？嗐！我什么目的都没达到，没有得到他更多的信任，反倒失去了他的尊敬，想到这里，我不禁又气愤又失望。

他的不告而别让我感到极度孤单，我独自一人穿过田野向家里走去。夜深露重，我沾了一身的泥浆和草木叶子，沉醉在夜色、旷野和无拘无束之中。莫里尼埃尔在沉睡。远处玛瑟琳卧房里的灯光，如静寂的灯塔一般为我指引着方向。我设法使她相信，我夜晚不出去走走就睡不着。这话倒是真的，我一想起自己的床就生出厌恶之情，我宁愿睡在粮仓里。

今年猎来的野味格外多，野兔和野鸡源源不绝。布特观望了三天，见一切平安无事，也参与进来。

偷猎的第六天晚上，我们设下的十二副套索只剩下两副了，白天几乎都被人缴获了。布特跟我要了一百个苏。他的理由是，要买就买更贵的铜丝，铁丝不管用。

第二天，我非常欣慰地在博卡奇家里看到了我的十副套索，我不得不对他的高昂劲头表示赞赏。最令人啼笑皆非的是，去年我想都没想，就答应他说，只要他每缴获一副套索，我就奖励他十个苏。于是，我不得不付给博卡奇一百苏。布特又用我给的一百苏买了新的铜丝套索。四天后，类似的事情又重新上演了一遍。我又给了布特一百苏，再给博卡奇一百苏。博卡奇听见我表扬他，他说：

"您该夸的不是我，是阿尔西德。"

"啊！"考虑到过分惊讶会坏事，我努力忍住了。

"可不是么，"博卡奇接着说，"还能咋办呢，先生，我年纪大了，光是农场的事就够我忙活了。那小子代我搜查林子，他熟悉地形，人又机灵，人们把套索埋在哪儿，他可比我清楚多啦。"

"这倒是不难相信，博卡奇。"

"所以，先生您每副套索给我十个苏，我都分给他五个。"

"这真是他应得的啊。呵！短短五天时间缴获了二十副套索！他干得真不赖。偷猎的人只能认栽了，我猜他们肯定是要消停一阵子了。”

“唉！先生，怕是要越抓越多的。今年野味卖得好，才损失几个钱……”

我被耍得好惨，差一点还相信了博卡奇是同谋。在这件事情上，最让我生气的不是阿尔西德的欺诈行为本身，而是他竟能如此欺骗我。而且，他和布特拿这些钱去干什么呢？我无从知道，也永远猜不透这种人。他们满口谎言，骗我的话张口就来。当天晚上，我给了布特十法郎，而不是一百个苏，同时警告他这是最后一次。我说，如果套索再被缴走，那就不用再做了。

第二天，博卡奇来了，他看上去很窘迫，我一看他这光景，立刻变得比他还要窘迫。发生了什么事？博卡奇告诉我说，头晚上布特喝了个酩酊大醉，直到凌晨时分才回到农场。博卡奇才说了他两句，他就破口大骂，还扑上来把他给揍了。

“事情到了这个地步，”博卡奇问我，“我来向您请示，先生是否允许（说到这个词时，他顿了一顿），是否允许我把他开除了。”

“让我再想想吧，博卡奇。他对您作出无礼的举动，我感到非常遗憾。这件事我心里有数了。让我自己考虑一下吧，两个小时以后您再过来。”

博卡奇走了。

留下布特，无异于驳了博卡奇的脸面。赶走布特，又会造成他对我的报复。罢了，听天由命吧，这都是我一个人的错。博卡奇再来的时候，我对他说：

“您可以去跟布特说，我们这里不想再见到他了。”

我等待着。博卡奇会怎么做呢？布特又会说什么呢？直到当天晚上，我才听说这件事闹大了。布特把真相公布于众了。我听见他在博卡奇屋里大吵大闹，心当下就了然了。小阿尔西德挨揍了。博卡奇要来了……他果然来了……听见他那老迈的脚步声越来越近，我的心跳得厉害，比偷猎时还要激烈。多么难堪的一刻啊！一切高尚的情操都要回来，我必须认真对待这件事。编些什么谎话来遮掩呢？我肯定会穿帮的！天！我真不想再装模作样了……博卡奇走进来了。他说了些什么，我一句话也没听懂。这真荒谬，我只好让他再说一遍。最后，我听清了他的意思。他认为一切都是布特一个人的错，他否认了那令人难以置信的真相。他还说，我怎么可能会给布特十法郎呢？他是个十足的诺曼底人，而一个十足的诺曼底人是绝不会相信这种事的。那十法郎肯定是布特偷的，偷了钱再撒谎。而撒谎无非是为了掩饰偷窃行为。这种小伎俩怎么可能骗得过他呢。再也不提偷猎的事了。博卡奇揍了阿尔西德，因为这小子夜不归宿。

好啦！我得救了！至少在博卡奇看来，一切是正常的。布特这家伙真是个蠢蛋！当然，那天晚上我再没有兴致去偷猎了。

我还以为这事了结了，没想到过了一小时，夏尔却来了。他可不是说笑话来的，离老远就能看见他的脸色比他老爹的还要难看。遥想去年……

"嗨！夏尔，好久不见了。"

"先生要想见我，到农场去就行了。看林子，守夜，又不是我的事儿。"

"哦！你父亲跟你说了……"

"他什么也没跟我说，因为他什么都不知道。他一把年纪了，有必要让他知道他的主人戏弄他吗？"

"注意点，夏尔！你这话太过分了……"

"呵！可不么，您是主人！您想怎样就怎样。"

“夏尔，你完全明白，我没有戏弄任何人的意思，我干我自己喜欢的事，这只是损害我自己。”

他轻轻耸肩。

“当您侵犯自己的利益时，又怎么指望别人来维护它呢？你不可能既保护守林人，又保护偷猎者吧。”

“为什么这么说？”

“因为那样做……啊！不说了。先生，这里面学问太多，我根本闹不明白，我只是不想看到我的主人和我们逮住的人同流合污，跟他们一起破坏我们为他做的事情。”

夏尔说这番话时的语气越来越理直气壮，一副大义凛然的模样。我发现他剃掉了双颊的胡须。何况他的话也有道理。我沉默了（我还能对他说什么呢？）。

他继续说：“一个人要对他拥有的财产负责任，这是先生去年教育我的。而您本人却好像忘了。如果不认真对待责任，就没有资格拥有财产。”

一阵沉默。

“这是你要说的话吗？”

“没错，先生，今天晚上我就说到这里。如果哪天先生把我逼急了，我要来对先生说的将是我和我父亲要离开莫里尼埃尔庄园的消息。”

他走上前来，朝我深深鞠了一躬。

“夏尔！”我不假思索地喊了起来。他说的当然是对的……啊！如果这就是所谓的拥有！……夏尔！我在他身后一阵猛追，直到在黑暗中追上了他。似乎为了让我仓促的决定作数，我极快地说道：

“你可以去转告你父亲，我要把莫里尼埃尔庄园卖掉。”

夏尔又严肃地行了个礼，一句话没说就离开了。

这一切，从头到尾，是多么荒唐可笑。

这天晚上，玛瑟琳没有下楼吃饭，叫人来和我说她身体不舒服。我感到不安，急忙上楼走进她的房间。她当即就让我放下心来："只是着了点凉。"她如是说。她但愿如此。

"你就不能多穿点儿吗?"

"我刚感觉到冷，就把披肩披上了。"

"应当在感到冷之前就披上，而不是在那之后。"

她看着我，勉强一笑。唉！也许这一天开头不顺，让我心烦意乱。那时她如果大声对我说上一句："我是死是活，你的关心能有几分?"我也会置若罔闻的。显而易见，我周围的一切在崩溃瓦解，从我的指缝间竞相流走。我向玛瑟琳冲过去，在她那苍白的脸颊上吻个不停。她再也控制不住自己的情绪，伏在我的肩头上啜泣起来。

"唉！玛瑟琳！玛瑟琳！咱们离开这里吧。我们去别的地方，我会像在索伦托那样地爱你。你觉得我变了，对不对？等到了别的地方，你就会明白，我们的爱情一点没变。"

我还没有治愈她的忧伤，她却已经重拾了希望！

还没到一年中最后的几个月份，天气已变得又湿又冷。最后一茬玫瑰花蕾不曾开花就烂掉了。客人们也早已离去。玛瑟琳身体不好，但还没到不能组织一个告别会的程度。五天之后，我们离开了。

第三部分

于是我再次试着守住我的爱情。可是，我需要宁静的幸福吗？玛瑟琳给我的幸福，那份她代言的幸福，就像在为并不劳累的人提供休憩。只是，我能感到她是多么疲倦，多么需要我的爱。我给予她关爱，并假装这也是我自己的需要。我无法忍受她痛苦，我是为了治愈她的痛苦才爱她的。

啊！这满是热情的无微不至的照顾啊！有的人以夸张的宗教仪式来加固他们的信念，我也这样来推进我的爱情。我和你们说，玛瑟琳又恢复了希望。她还年轻，而我兑现承诺的日子仿佛指日可待了。我们就像一对奔赴蜜月的新婚夫妇那样逃离巴黎。可是，在旅行的第一天，她就开始感到身体状态不好，我们不得不在纳沙泰尔停止前行。

我多么喜爱这里蓝绿色的湖泊！这里的湖水颇像沼泽水源，与土壤长期相融，在芦苇间流淌，看上去一点都不像阿尔卑斯山区。我找了一家很舒适的旅馆住下，给玛瑟琳要了一间面朝湖水的房间。我一整天都呆在她的左右，不曾离开。

她病得不轻。第二天我让人从洛桑请来了一位医生。他非要向我确认她家是否有结核病史，这实在是多此一举。我回答说有，其实我没听说过有这码事。但我不愿意说出我自己曾经差点因为结核病死掉的事。玛瑟琳在护理我之前从来不生病的。我把她的病全归因于血栓，可大夫说那只是偶然性的。他非常肯定地对我说，她的病已经潜伏很久了。他竭力劝说我们住到阿尔卑斯山上去，那里空气新鲜，玛瑟琳到了那里会痊愈的。这正合我意，我的愿望就是在恩迦丁过冬。玛瑟琳身体刚刚好些，禁得住旅途的劳顿，我们就又出发了。

那次旅途中的每一种感受我都记在脑海里，就像记录重大事件一样。那里的气温非常低，我们穿上了最暖和的皮衣。库瓦尔的旅馆极其吵闹，通宵嘈杂，我们片刻都无法入睡。我一夜不睡倒是觉得还好，没有如何疲劳，可玛瑟琳呢……让我生气的不是这些嘈杂声，而是在这种环境之下她无法入睡。充足的睡眠对她来说是多么重要啊！第二天天还没亮我们就出发了，我们预订了库瓦尔驿车的包厢。谢天谢地，中途车站接洽得好，只花一天时间我们就到了圣莫里茨。

蒂芬加斯坦·勒朱利、萨马丹……一小时又一小时，一切我都记得。我记得空气清冽非常，马儿铃铛叮咚作响。我记得我饿得饥肠辘辘，中午在小馆子里用餐，我打了颗生鸡蛋在汤里，就着黑面包和沁凉的、带着酸味的酒吃下肚去。这些粗糙的食物完全不对玛瑟琳的胃口，她只好草草吃了几块饼干。幸亏我随身带了些干粮以备路上不时之需。我还记得那里落日的景象。阴影迅速地爬上被森林覆盖的山坡，然后是短暂的停歇。气温更加寒冷刺骨。驿车到站了，夜色清澈如水，清澈如水……只有这个词足以表达当时的情景。在这片奇异的透明中，任何一丝响动都显得清透而响亮。又是连夜赶路。玛瑟琳在咳嗽……天，她怎么一直咳嗽？我想起当初在苏塞乘坐驿车时的事。我那时咳得还不及她厉害呢，她咳得太费劲了……她看上去多虚弱啊，就像变了个人！就着车中黯淡的光线，我几乎认不出她来了。她的面容多么憔悴啊！她的鼻孔从前有那么明显吗？……喔，她咳得喘不过气来了。这明明就是她护理我的后果。我讨厌同情，同情就像传染病一样。人应该和强者站在一边。啊，她真的不行了！我们怎么还不到啊？……她在做什么呢……她拿起手帕，捂着嘴，转过头去……太可怕了！难道她也要咳血了？我从她手中把手帕夺了过来，借着微弱的光线看了一下……什么也没有。但我暴露了慌张的情绪，玛瑟琳强作笑容，喃喃说道：

“没，还不至于。”

终于到地方了，就在她即将倒下的最后关头。我对房间很不满意，当晚权且住下，第二天才换了别处。在我看来，再好的房间也不满意，再贵的房间也不嫌贵。冬天还没到，偌大的旅馆几乎是空的，房间任我挑选。我要了两个大的。房间宽敞明亮，摆着简单的家具。两个房间之间有一个大客厅连缀着。客厅墙壁镶有宽大的凸形窗户，透过窗户可以看到一片颇不美观的蓝色湖水，以及我叫不出名字的山头。山坡上要么树木长得太密，要么一片光秃。我们在窗前开饭。这房间贵得离谱，但这又有什么关系！我虽然已经不开课了，但莫里尼埃尔庄园就要出手了。以后的事以后再说吧。而且，我要那么多钱干什么呢？我要这一切又有什么用呢？现在我变强了。我认为财产状况和身体状况的彻底改变都一样有好处……倒是玛瑟琳，她需要舒适优渥的生活，她很虚弱。啊！我丝毫不会吝啬为她花钱，我会一直花一直花……我对这种奢侈的生活又爱又恨。我的感官浸淫其中，同时又渴望着抽出深陷的泥足，重新走上流浪的道路。

玛瑟琳的病情有了好转，我不弃不离的照顾起了作用。她胃口不好，我为了让她多进食，特意预订一些美味可口的饭菜。我们喝的酒也是最好的佳酿。每天品尝那些外国当地特产的葡萄酒，我觉得很有趣，相信玛瑟琳也会上瘾的。这里有莱茵的酸酒，有香味四溢的托凯甜酒。我还记得有一种酒的味道很是特别，名叫巴尔巴格里斯卡，它只剩下一瓶了，因此我没法知道它的怪味是不是在同类酒里都有。

我们每天都出门，最开始是乘车出行，下雪以后改坐雪橇。我们用皮衣把全身上下裹得严严实实的。每次游玩回来，我的脸都热腾腾的，胃口大开，睡眠质量也特别好。不过我还是没有放弃学术研究，每天抽出一个多小时的时间用来思考我应该阐明的问题。我不再讨论历史问题了。我对历史研究的兴趣早已仅限于把它作为心理探索的一种途径。前面提过，历史总有惊人的相似之处。当我意识到这种情况的时候，我又重新爱上了逝去的时光。我敢于向死去的人发问，从他们留下的蛛丝马迹中获得生活的真谛。现在，年轻的阿塔拉里克正从坟墓中站出来与我交谈。我不再听过去的事，古代的答案怎么能解决我的新问题呢！人还能够做什么？这才是我想弄清楚的。迄今为止人类所谈及的一切可以代表他们能够企及的一切吗？难道人类对自己再也没有不了解的地方了吗？难道人类只能作老生常谈吗？……每一天这种感受都在我的心里滋长。我隐约觉察到人类现存的文化、礼仪和道德正在埋没、掩盖和遏制着种种未曾开掘的宝藏。

于是，我觉得自己就是为了寻觅宝藏而生的。我怀着说不清道不明的热忱在这条幽深的道路上执着前行。我知道身在这条路上的探索者必须摈弃文化、礼仪和道德。

我开始欣赏别人身上违背寻常道德规范的行为，为他们所受到的任何束缚感到惋惜。在所谓的诚实中，我只看得到拘束、世俗之礼或是畏惧之情。要是能把诚实看作一种难能可贵的品质，我自然是乐意为之的。问题在于，习俗早已把它变成了一种平庸的人际交往的契约关系。在瑞士，诚实是安逸的一部分。玛瑟琳是需要诚实的，这我明白，但我并没有对她隐瞒我的新思路。在纳沙泰尔，当地人面孔上流露出来的诚实味道无处不在，仿佛渗透在城市的一砖一瓦之中，玛瑟琳对此大加赞赏。当时我就修正了她这个观点：

“我自己诚实，这对我来说已经足够了。我讨厌那些诚实的人。我不敬畏他们，他们也教不了我什么。他们没什么东西可说的……诚实的瑞士人！身体健康对他们毫无意义，没有罪恶，没有历史，没有文学，没有艺术……他们就像一株茁壮的玫瑰树，既不开花也不长刺。”

这个诚实的国家让我厌倦，这我早就料到了。两个月后，厌倦的情绪日益加深，变成了深恶痛绝，我只想离开此地。

时间已到一月中旬。玛瑟琳的身体有了起色，见天折磨着她的低烧消退了，她的脸色又红润起来，不像以前那样总是带着疲惫不堪的神色。她又愿意出去走走了，尽管暂时还不能走得太远。我试着劝她说，山间新鲜空气的疗养作用已经在她身上发挥到极致，现在对她来说最好的选择是下山前往意大利——那里适逢春天，和煦的春光会使她痊愈。我没费多少口舌就把她说服了，我本人更是想都不用想，我对这些高山厌倦透了。

可是，在我无事可做的日子里，那些令人憎恶的往事卷土重来了。它们是如此有力地深植于我记忆的最深处：比如疾驰中的雪橇，四溅的雪花，北风呼啸着抽打着脸颊，如狼似虎的食欲；比如在浓雾中摸索着前行，诡谲的回响，不期而至的景物，在温暖如春的客厅里看书，透过窗户饱享外面冰天雪地的景色；比如苦苦地等待着大雪的降落；比如外界的一切陡然消失，倏地陷入默想……啊，还有和她在小湖面上滑冰，湖畔被落叶松环绕着，与世隔绝，遗世独立，傍晚时分携手回家……

这次南下意大利，对我来说就像极速坠落一样眩晕。天气不错。随着我们进入更加温热厚重的大气，高山上的苍翠挺拔的落叶松和冷杉逐渐消失在视野中，取而代之的是茂盛多姿的植物。生活好像换了一种调性。尽管仍是冬季，到处都是醉人的芬芳。啊！这么久以来，除了影子还是影子，我们与影子相伴已经太久了。清心寡欲的生活使我心醉，恰似别人会沉醉于美酒的香醇。生命的积蓄是妙不可言的，一踏上这块宽容而充满希望的土地，所有的欲望都蓬勃起来。我的胸膛被大量潜在的爱充斥着，有时它从我的肉体深处一直涌上大脑，让我的思绪放纵起来。

春天的幻想稍纵即逝，海拔高度的突然降低让我一时迷失了自己。当我们离开逗留数日的贝拉乔、科莫等小镇，离开了这些盖着小屋的湖畔时，就又遇上了冬天和雨。我们在恩迦丁那会儿，虽然寒冷，倒也干燥爽快。而这里确是阴暗潮湿，令人烦躁，完全没有身在山区的惬意。我们开始觉得不好过了。玛瑟琳的咳嗽又犯了。为了逃避寒冷的天气，我们继续南下，从米兰到佛罗伦萨，从佛罗伦萨到罗马，从罗马再到那不勒斯。浸淫在冬雨中的那不勒斯是我见过的最凄惨的城市。我一路上有说不出的倦怠。我们又回到罗马，既然寻不到温暖的天气，只好屈就于表面的舒适。我们在平乔山上租了一套公寓。房间宽敞，位置极佳。在佛罗伦萨时，我们对旅馆不够满意，就在高里大道上租了一座精美的别墅，租期为三个月。换了是别人一定会愿意在那里住上一辈子，而我们仅仅停留了不到二十天。每到一站，我总是精心安排，细心布置，就像要定居一样。一个巨大的魔鬼在驱驰着我。需要特别提及的是，我们随身携带的箱子少说也有八个，其中还有一个装着满满的书本。可在整个旅行过程中，我一次也没有打开过它。

我不让玛瑟琳过问账目，也不许她试图节省我们的花费。我们的花销高得离谱，我也清楚照这样下去维持不了多久。我已经不对莫里尼埃尔庄园的收益抱有指望了。那座庄园不能带来收益，博卡奇来信说还没有找到买主。想到前途只会让我更加大手大脚地花钱。啊！就剩下我一个，我要这么多钱有何用处？我这样想着，怀着极其不安的心情和巨大的无奈感。我发现玛瑟琳生命的流逝比我财产的消耗还要快。

尽管事事都经由我手，她不必为之操心费力，可是几番仓促的奔波辗转还是使她疲惫不已。直到如今我才敢向自己坦白，让她更加疲惫不堪的是对我思想的畏惧之情。

“我明白了，”有一天她对我说，“我能明白你的学说了——现在它的确成了一门学问。也许，它很出色。”

她又用哀伤的声调低声补充了一句：“可是，它排斥弱者。”

“那是自然。”我不禁立刻回答道。

那时我感觉到，这句毫不留情的话把眼前脆弱的生命吓得瑟瑟发抖。啊！也许你们以为我不爱玛瑟琳。我发誓我热爱着她。她从来没有那么美，尤其在我眼中。她的病容有一种柔弱的秀美。我几乎再也不曾离开过她。我时时刻刻地照顾她，日夜守护，片刻不曾离开。她的睡眠很浅，我把自己训练得比她还要警觉。我在她之后入睡，在她之前醒来。有时我想独自出去走走，到田野或街上去，哪怕仅仅是一个小时而已。却不知怎的，出于对她的系念，怕她觉得烦闷冷清，我心中总是若有所失，很快便回到她身边去。有时我鼓励自己的意志力去抵抗这种精神控制。我暗自腹诽自己：“你这个一文不值的大人物，你也不过如此啊！”我强迫自己在外面多走一会儿，但是当我回去的时候会带上满怀的鲜花。那花是来自花园里的早春花，或者种植在暖房中的花……是的，不妨如实相告，我深深地爱着她。但是该如何描述这种爱呢？……我对自己的敬重越少，对她的敬爱就越多。人身上到底生长着多少激情和相互抗衡的思想，谁又能说得清呢？

坏天气早已过去多日了。季节转换，杏花开放。那天是三月一日，我一早前往西班牙广场。野地里的白色杏花全被农人们剪光了。卖花人的篮子里满是雪白的杏花。我见了满心欢喜，当场买下好多，得三个人捧着才能帮我运回家。整个儿春天都被我带回家了。花枝勾住门框，花瓣如雪片般洒落在地毯上。到处都摆满了花瓶，我在每一个里面插上鲜花。客厅被装点得一片雪白。玛瑟琳正好不在客厅里，她见了一定会高兴的。我一想到她的喜悦之情，自己不禁也开心起来。我听见她走过来了。她到了门口。她打开了房门。……她的身子摇晃起来……忽然流下了眼泪。

“你怎么啦？我可怜的玛瑟琳。”

我急忙走过去，温柔地安慰她。那时她好像在为自己的流泪道歉：“我闻到花香感到不舒服。”

那是一种多么清淡的、带着隐约蜜香的味道啊……我双眼通红，二话不说，抓起这些无辜细嫩的枝条，折断，扔掉。天！要是就连这么一点点春意，她都忍受不了的话……

如今我时常回想起她那次的泪水。现在我认为她是感到自己离死不远了，因为看不到未来无数的春天而落泪。我还以为强者有属于自己的快乐，而强者的快乐会伤害弱者。玛瑟琳会因为一点微不足道的乐趣而陶醉不已，一旦快乐来得更强烈一点，她就受不住了。她所谓的幸福，在我看来无外乎安于静止。而我恰恰不想要、也不可能安身于常规之中。

四天后我们又去了索伦托。我对那里不甚暖和的气候感到十分失望。万物都在寒冷中抖个不停。冷风一直在吹，吹得玛瑟琳非常倦怠。我们又住进了上次住过的旅馆，甚至还是上次住过的房间……可所有景物在灰色的阴霾下都失去了魅力。还有那死气沉沉的旅馆花园，都让我们很惊讶。遥想当年我们恋爱时曾经在这里散步休憩，那时的它看起来有多么迷人啊。

我们听人称赞巴勒莫的天气好，就乘海船往那边赶。我们回到那不勒斯，计划在那里上船，却因为一些事情耽搁了行程。其实我在那不勒斯并没觉得无聊，那是一座轻快的城市，从来不背着历史的包袱。

我几乎整个白天都守在玛瑟琳的身边。夜里她精神不济早早就睡下了，我看着她睡去，有时也跟着躺下。她的呼吸渐渐趋于匀和。我猜想她已经睡熟了，便轻手轻脚地起身，摸黑穿上衣服，像个小偷一样溜出门去。

外面的世界！啊！我痛快无比，只想大声欢叫。我要做什么呢？我也不知道。白天天空的阴霾已经散尽，将圆未圆的月亮洒下清辉。我漫无目的地往前走着，无欲无求，无拘无束。我以崭新的目光注视着一切，竖起耳朵倾听一切，我吸吮着黑夜的水汽，以掌心的肌肤触碰一切事物。我信步徜徉，仅此而已。

我们在那不勒斯度过的最后一个晚上，我逛得更久。黎明回来时，我发现玛瑟琳满脸泪痕。她说，她夜里惊醒后发现我不在身边，她害怕极了。我尽量安抚她，向她解释我离开的原因，并保证以后不再这么做。她的情绪终于平静下来。可是我们来到巴勒莫的当天晚上，我按捺不住又出去了。早熟的橘树开花了，微风一吹，就会带来花香。

我们在巴勒莫只逗留了五天，然后绕了一大圈，又回到塔奥尔米纳。我和玛瑟琳都渴望来一次故地重游。我有没有说过它坐落在很高的山上？车站在海边。马车把我们载到旅馆，又得马上把我带回车站。我得去取我们的行李。我站在车上，这样好跟车夫聊天。车夫是个小个头的西西里人，家住在卡塔尼亚。他就像忒奥克里托斯的诗句一样美，又像一颗果实一样华丽、芬芳而甜蜜。

“您的太太长得多美呀！[①]”他望着玛瑟琳远去的背影说道，声

① 主人公与车夫的谈话为意大利文，下同。

音十分悦耳。

“你也很美,年轻人。”我说道。因为我正俯身看向他,忍不住把他拉过来亲了一下。他只是笑着,听之任之。

“法国人都是情种。”他说。

“意大利人可不是个个都爱。”我笑着回答……之后几天我到处找他,但是他再也不见踪影了。

我们离开塔奥尔米纳,来到锡拉库萨。我们一步一步沿着第一次的行程进行回溯,直到抵达我们爱情的原点。在我们第一次旅行期间,我的身体一周一周地好起来。而这次,随着我们的南行,玛瑟琳的身体却在一周一周地恶化。

不知道中了什么邪,当时我是何等的一意孤行啊!我竟然借鉴我在比斯克拉康复的事例,不但劝说自己相信,还劝玛瑟琳相信她需要更充足的阳光和热量……巴勒莫海湾确实足够温暖了,气候也相当宜人,玛瑟琳在那里过得不错。如果一直那样住下去,她也许可以……但是我能主导自己的意愿吗?能自主选择我渴望的方向吗?

锡拉库萨的海浪太大,航船时刻不定,我们被迫又等了一个星期。除了在玛瑟琳身边的时间,余下的时间我都是在老码头那儿度过的。啊,锡拉库萨的小码头!酸酒味、泥泞的小路、臭气熏天的老市场,到处都是醉醺醺的装卸工人、流浪汉和船员。混迹在这些生活在社会边缘的贱民身边,我找到了愉快的伙伴。我无须听懂他们的语言,因为我整个肉体都能领悟他们的意思。他们的纵情生活和粗放的感情给人以健康强壮的表象。我想,对他们的悲惨生活,他们不可能和我一样感兴趣。啊!即使如此,我还是渴望和他们一起滚到桌子底下,大梦一场,不到天亮不醒来。在他们身边,我更厌恶奢华和舒适,厌恶我恢复健康之后显得多余的保护，厌恶为了避免身体遭遇冒险生活而设下的种种防范措施。在我进一步的想像之中，他们的生活走得更远，我也情愿追随他们到更远的地方，深入到他们的醉态之中……然后我眼前又浮现起玛瑟琳的形象。此时此刻她在做什么呢？她在受苦，也许在呻吟、哭泣……我急忙站起来，一路跑回旅馆。旅馆门上就像悬着一张牌子：穷人免进。

每次玛瑟琳看见我回去，总是那一个态度。她竭力保持着笑容，没有一句责备的话，也不带一丝怀疑。我们单独用餐，我给她叫了这家普通旅馆所能提供的最好食物。用餐时我在想，一块面包、一块奶酪和一根茴香就够他们吃了，其实也够我吃了。也许在别的地方，也许就在我们周遭，有人在饱受饥饿之苦，就连这些粗鄙的食物都吃不上。而我餐桌上的东西呢，简直够他们饱餐三天！我多么想把这道破墙拆了，邀请他们进来一起吃饭。我想到有人在挨饿，心里充满了忧郁和不安。我又去了趟老码头，把口袋里的零钱都分了出去。

人穷就得受奴役，要吃饭就得干活。穷人工作为的可不是乐趣。一切没有乐趣的劳动都是不对的。我这样想着，出钱让几个人得到休息。我说："不想干，就别干了。"我梦想每个人都能享受这份悠闲。如果不是这样，任何新鲜事物、任何罪恶和任何艺术都不可能蓬勃起来。

玛瑟琳并没有错解我的思想。每次我从老码头回去，都会向她坦白我在那里遇见多么可怜的人。这就是人，人就是这样。玛瑟琳隐约看出我努力想要去发现什么。我很不满，认为她总是在每个人身上臆想出美德，并且相信自己的臆想。她对我说：

"那么你呢，你只有从他们暴露的缺陷中，才能得到满足。你知道吗？当我们盯着一个人的某一点时，我们会把它夸大，从而使它变成我们事先认定的样子。”

我多么希望她这话是错的，但是我内心深处却认同她。在我看来，人身上最恶的本能总是最真诚的。而且，我所谓的真诚又是什么呢？

我们终于离开锡拉库萨，心中却一直对南方心心念念，不能忘怀。在海上，玛瑟琳感觉好了一些……我再次体验到了大海的情调。海水如此平静，船过处，波涟漪漪。我听见水声，那是船员在冲刷甲板。他们赤着脚走在甲板上，发出啪嗒啪嗒的响声。我又看到一片雪白的马耳他，快到突尼斯了……我已经变了太多了！

气温很高，天空晴朗，万物散发着辉光。啊！我多么希望我在这里所说的每字每句都能准确地表达出我丰富的感官体验！可惜我的生活本来就缺乏条理，现在想要把故事说得严谨有序也是徒劳。很久以来，我一直设法想要告诉你们，我是怎么变成现在这个样子的。啊！把我的思想从这种令人难以忍受的逻辑中解救出来吧！……我感到自己心中除了高尚的情感以外别无他物。

突尼斯城。阳光充足，但不强烈。四处一片明亮，没有阳光照不到的角落。空气就像流动的光，人和万物都沐浴其中。这块感官至上的土地使人满足，却无法平息欲望。事实上，任何满足都会激发更大的欲望。

这是一块缺乏艺术品的土地。有些人只会欣赏那种穿凿的美，我最看不起这类人。阿拉伯人的生活方式就比较宝贵：他们生活在艺术里，歌唱艺术，却又消费着艺术，他们不会为了流芳后世而把艺术固化在任何作品之中。这是此地缺乏大艺术家的原因，也是结果……我始终认为这样的人才是最伟大的艺术家。他们敢于把那些最自然的东西作为美的代表物展现出来，让以前对那些事物司空见惯的人发出感叹："当时我怎么就没有意识到它是如此之美呢……"

我独自去了凯鲁万，那里的夜色极美。我是第一次去，没带上玛瑟琳。就在我正要返回旅馆休息的时候，忽然想起有一群阿拉伯人在一家小咖啡馆的露天席子上睡觉，于是我过去同他们挤在一起睡了。我回来时带了一身虱子。

海边空气潮热，大大地损害了玛瑟琳的身体。我劝她说，我们必须尽快去比斯克拉。那时正是四月初。

这一次的路途很长。头一天，我们赶到了君士坦丁。第二天，玛瑟琳太过劳累，我们只赶到坎塔拉。向晚时分，我们找到了心仪的去处。那是一片荫凉地，比夜晚的月光还要幽静清凉，像一股永不枯竭的山泉一路蜿蜒直到我们面前。从我们坐着的斜坡上能望见火红色的平原。那天夜里，玛瑟琳迟迟未睡。周围极度的安静和任何细微的响动都会使她不安。听着她在床上辗转反侧，我担心她的低烧又犯了。第二天早上，我发现她脸色更加苍白。我们又上路了。

比斯克拉，我们的目的地。是的，就是这座公园，这条长椅……我认出了它，那是我大病初愈时坐过的长椅。当时我坐在那儿，看的是什么书？……《荷马史诗》。自从那天起，我再也没有翻开过它。这是我抚摩过的那棵树。那时的我是多么虚弱啊！……咦！那群孩子过来了……不对，我一个也认不出来了。玛瑟琳的神色多么严肃啊！她也变了，跟我一样变了。这么好的天气，为什么她还咳嗽呢？旅馆到了。这是我们住过的客房，这是我们呆过的平台。玛瑟琳在想些什么呢？她一言未发，一进房间就躺在了床上。她很疲倦，说想睡上一会儿。我出去了。

我认不出那些孩子了，但他们却认出了我。他们一听说我回来的消息就全跑过来了。这真是他们吗？太令人失望了！发生了什么事？他们都长这么高了，这才两年多点的时间，不可能……这一张张脸，当初焕发着怎样青春的光彩，现在却变得这么丑陋不堪。是怎样的疲劳、罪恶和懒惰造就了他们现在的样子啊！是什么卑贱的工作早早地把这些美丽的身体毁灭了？全都毁了……我挨个询问他们。巴希尔在一家咖啡馆当洗碗工，阿苏尔帮养路工人砸石头，一天才挣几个小钱，阿马塔尔瞎了一只眼。谁会相信呢？萨代克也一副中规中矩的模样，帮他哥哥在市集里卖面包，长相变得很蠢。阿吉布跟着他父亲当了屠夫，他变胖了，也变丑了，不过也有钱了，变得不爱跟他的穷伙伴们说话……体面的职业教出了多少笨蛋！我会在他们身上看到那些我在同辈中讨厌的东西吗？布巴凯呢？他已经结婚了。他还不到十五呢，实在可笑。也不完全是那样。当天晚上我见到了他。他解释说，他的婚姻只是个幌子。我猜他肯定是个十足的放荡鬼！真的，他酗酒，外形都走了样了……这就是生命沉淀下来的一切吗？是生活把他们变成这个样子的吗！我来这里最大一部分原因是为了看望他们的。一想到这里，我感到无法忍受的悲伤。梅纳尔克说得对，回忆无非是自寻烦恼。

莫克蒂尔呢？唉！他出狱了，东躲西藏，没有人想跟他来往。我想见他一面。当初他是所有孩子里最出色的，难道他也要令我失望吗？……有人把他找来了，带到我面前。还好！他没有一蹶不振。甚至比我记忆中还要英俊。他是如此健硕，几近完美。他认出我来，笑了一笑。

“你因为什么进了监狱？”

“什么也没干。”

“你偷东西了?”

他摇了摇头。

“你现在做什么?”

他又笑起来。

“哎!莫克蒂尔!你要是闲着,不如陪我们去图吉尔特吧。”我突然心血来潮,想去图吉尔特了。

玛瑟琳的身体状况不好,我不知道她有什么心事。晚上我回到旅馆时,她紧紧靠在我身上,双目紧闭,一言不发。她宽大的衣袖卷起,露出底下消瘦的胳膊。我抚摸她,轻轻地摇晃着她,就像哄孩子睡觉那样摇个不停。她浑身控制不住地发抖,是出于爱、惶恐,还是发烧的缘故?……天啊!也许还有时间……难道我就不能停下来吗?我寻找并发现自己的价值。我是一个冥顽不灵的人,近乎魔障了。可是,让我如何开得了口,跟玛瑟琳说我们明天要去图吉尔特呢?

现在,她正睡在隔壁房间里。月亮早已升起,月光洒满整个平台,亮度有些惊人,叫人无处藏身。我的房间铺的是白色石板,反光更明显。光从敞着的窗户流淌进来。我认出了月光的样子,和它在房门处照出的影子。两年前,它照得更远……对,它正在往那里移动……那个时候我睡不着,我起床了。我曾经倚在这门框上。我还记得当时的棕榈树也是一样的纹丝不动……那天晚上,我读到了什么?……哦!对,是基督对彼得说的话:“趁你正值大好年华,系好行囊,想去哪里就去哪里吧……”我去哪呢?我要去哪呢?……我还没有跟你们提起,我上次到那不勒斯的时候,有一天又去了趟波斯图姆……天啊!我真想在那些石头前大哭一场!古希腊的美,单纯着,完美着,微笑着,却被我遗弃了。艺术离我而去了,我感觉到了这一点。但是艺术让位给什么了呢？取而代之的东西不再是快乐且和谐的。我看不清那让我为之效力的神秘神明的面目。我新的上帝啊！让我结识新的同类，看一看我不曾见过的新的美吧！

第二天天一亮我们就乘驿车启程了。莫克蒂尔跟着我们，他快活得像个国王。

谢卡、凯菲尔多尔、姆莱耶……每一站都死气沉沉的。更加死气沉沉的是那永远走不完的旅途。我承认，我原以为这些绿洲会更有生机，未曾想却是满目的沙石。有时仅有几处矮灌木丛，开着奇怪的花，偶尔还能看见几棵试种的棕榈树，在暗流的滋润下生长……现在的我喜欢沙漠胜过绿洲。沙漠是一个充满了死亡荣光的国度，它的壮美令人无法直视。人的力量在这里显得丑陋无比且渺小可怜。现在的我讨厌所有别的地方。

“你爱着残忍的事物。”玛瑟琳说。但是她自己却目不转睛，眼睛里充满了热切和贪婪！

第二天，天气变坏了。风起处，地平线跟着黯淡下去。玛瑟琳感觉不舒服了。吸进去的黄沙刺激她的喉咙，强烈的光线让她的眼睛疲劳。这片充满敌意的土地使她伤神。但此时折返为时已晚。再过几个小时就要到图吉尔特了。

这次旅行的最后一段时光虽然是最近才发生的事，给我留下的印象却是最少。第二天沿途的景色、刚到图吉尔特时都做了哪些事，我现在都想不起来了。我能记起的只有当时我的心情是多么急切和冲动。

早上天气非常冷，傍晚则刮起了干热的西罗科风。玛瑟琳舟车劳顿，一到就躺下了。我想找一家舒适一点的旅馆，因为我们的房间实在是糟透了。沙子、太阳光和飞舞的苍蝇使一切显得昏暗且肮脏。自从清晨以来我们几乎就没吃过什么东西，我叫人立刻送吃的过来。可是玛瑟琳觉得没有一样合她口味，任凭我怎么劝说，她一口也不想吃。我们随身带了烹茶的茶具，我做起了这些可笑的家务。晚餐我们吃了几块饼干，喝了些现做的茶。当地水质浑浊，煮出来的茶都带着股怪味儿。

基于所剩不多的美德，我陪在她身边，一直到天黑。突然之间，我好像感到了同样的精疲力竭。哦，尘埃的味道啊！疲倦啊！非人类所能承受的悲伤啊！我几乎不敢直视她，我的眼睛不再追寻她的目光，注意力被集中在那一双可怕的黑色鼻孔上。她脸上的痛苦表情令人心惊胆战。她也没在看我。我能够感受到她的剧痛，就像能真真切切地触摸到她的伤口一般。她咳了许久，后来睡着了，身体却不住地颤抖。

晚上可能会变天，趁天色还不算太晚，我在盘算着去哪才能找来人帮忙。我走出门去。旅馆前面的图吉尔特广场和街道上，就连空气都透着古怪，让我不敢相信眼前的景象。过了片刻，我返回房间。玛瑟琳安静地睡着。我刚才的惊慌是多么的没道理啊，总以为这块奇异的土地危机四伏。这是多么荒谬。我稳住心神，又走了出去。

广场上的夜景光怪陆离。车辆悄无声息地来来往往，白影幢幢一闪而过。不知从哪里传来的诡谲音乐被大风撕成碎片。有一个人向我走来……是莫克蒂尔。他说他在等我，猜到我还会出来。他咯咯笑着。他对图吉尔特非常熟悉，知道该把我带到哪去。我任由他牵着我走。

我们在夜色中走着，来到一家摩尔咖啡馆。刚才的音乐声就是从这儿传出来的。几个阿拉伯女人在跳舞——如果这种单调的肢体摆动也能称作舞的话。其中一个上前拉起我的手，让我跟她走。她是莫克蒂尔的情妇。莫克蒂尔也在一旁陪着。我们三人走进一间窄而深的房间，里面仅有的一件家具就是床——一张很矮的床。我们坐到了上面。我们的到来吓坏了屋里关着的一只白兔，后来它安静下来，温顺地舔舐莫克蒂尔的手心。有人给我们端来了咖啡。当莫克蒂尔逗兔子玩时，女人把我拉到她身上，我渐渐迷失了自己，如同迷失在梦里一样。

啊！这件事我完全可以说谎或者避而不谈。但要是那样的话，我的叙述就失去真实性了，对我来说还有什么意义呢？

莫克蒂尔留在那里过夜，我则独自一人返回旅馆。夜已深了，天空刮起了干燥的西罗科风。风里卷带着沙子，即使在夜里还是很灼人。没走几步我就浑身是汗了。忽然之间，我归心似箭，几乎是一路飞奔回去。她可能已经醒了……她可能正需要我……没事的，房间的窗户还没有亮起来。我等着风势小了一些，打开房门。我溜进漆黑一片的房间里，脚步很轻很轻。这是什么响声？……不像是她在咳嗽……我点上灯。

玛瑟琳半倚在床上，一条瘦削的胳膊紧紧攥住床栏杆，支撑着身子。她的床单、双手和衬衣上全是血，脸上也沾了血迹。她双眼瞪着，大得可怕。她虽然一声不吭，却比垂死哀鸣更让人害怕。我在她满是汗珠的脸上挑了一块地方，勉强亲了一下。汗味一直留在我的嘴唇上久久没有散去。我用毛巾沾了凉水擦了擦她的额头和脸颊。我踩到了床头地上的一个硬物，我弯腰将它拾起。是早先在巴黎时她要我递给她的那串念珠，此时它却被遗落在地上。我把念珠放在她张开的手心里。她的手垂落下去，念珠又滑落了。我不知如何是好，想跑出去大声呼救……她拼命地揪住我，不肯放手。啊！她以为我要离开她吗？她对我说：

"啊！你能不能再多等我一会？"她见我要开口说话，又说，"什么都别说，一切都很好。"

我又捡起念珠，放回她手里。可是她由着它再次滚落下去——是的，是故意让它掉下去的。我在她身边跪下，把她的手紧紧地贴在我的胸口上。

她向后倒了下去，半倚着长枕，半靠着我的肩膀。她好像昏睡过去了，只是眼睛还睁得大大的。

这样过了一小时，她又挺起身来，把手从我手里抽走。她攫住自己的衬衣，撕扯着领子上的花边。她喘不过气来。

天要亮了，她又吐了好一阵子血……

我的故事已经到了尾声，我还有什么好补充的呢？图吉尔特的法国公墓破败不堪，一半已被黄沙掩埋……我仅存的一点毅力，全部用来把她带离这凄凉的坟地。她长眠在坎塔拉附近，就在她喜欢的一座私人花园的树荫下。这一切不过是三个月之前的事，却恍如隔了十年之久。

米歇尔沉默许久，我们也没出声。每个人都有一种奇异的不安情绪。唉！为什么通过米歇尔的讲述，他的行为变得合情合理了呢。在他缓慢从容的解释过程中，我们找不到哪里不妥，竟变成了他的支持者。他说完这件事，从头到尾声音没有一丝颤抖，也没有任何语调和动作表现出激动或者哀恸。也许是他有意作出玩世不恭的姿态，不肯在我们面前流露感情吧；也许他出于羞耻心，怕他的眼泪会让我们有感而发；再也许，他根本就毫无感情。直到现在我都分辨不出，骄傲、毅力、冷漠与羞愧，在他身上各占多少。

过了好一会，他又说：

“我得承认，真正令我恐惧的东西，是我还很年轻。我时常会质疑自己真正的人生是否还没有开始。把我从这里带走吧，就现在，给我一个生存的理由。我再也找不到这样的理由了。我可能超脱了，但是这又能怎么样呢？漫无目的的自由更加令人难以忍受。请相信我，我并不是厌恶了我的诸多罪恶——如果你们要这么定义我的行为的话。我只是想向自己证明，我没有逾越我的权利。”

“当初你们刚认识我的时候，我的信念坚不可移。我知道那正是造就一个真正的人的关键。可我却再也不是那样的人了。我认为天气是原因之一。这里的天空常年呈现一成不变的蓝，没有什么比这更令人思想消沉了。在这里，做任何研究都是徒劳无功的。欲望身后紧跟着的就是对享乐的追逐。从绚烂之极到一片死糜，我徘徊在两者之间。我被享乐包围，无法不深陷其中。我在大白天里打盹，只是为了消磨这沉闷的白日和难熬的空闲。”

“看到那些白色石子了吗？我把它们放在阴凉的地方，然后紧握在手心里，直到那丝舒缓神经的凉意渐渐褪尽。然后我再抓起一把新的石子，把焐热的那些放凉。如此反复，时间流逝，夜幕降临……把我带走吧，靠我自己是永远无法办到的。我意志里有什么东西已经垮掉了，甚至不知道该从哪里汲取力量，好让我离开坎塔拉。有时我会害怕那些曾经被我压抑的东西会对我进行报复。我愿意从头来过，我愿意放弃我剩余的财产。你们看，我用来遮墙的物件……我的生活已经不再依赖外物，一个有一半法国血统的旅店老板为我准备吃的，一个孩子早晚给我送来。那孩子给我送吃的，我给他几块赏钱和一些爱抚，就是你们进来时吓跑的那一个。他特别怕生，跟我在一起却很温顺，像只小狗一样忠诚。她姐姐来自乌莱德-纳伊山，每年冬天到君士坦丁卖身，恩客都是些过路人。那姑娘长得非常漂亮，我来这里的头几个星期，有时会留下她，让她陪我过夜。但是，一天清早，她的弟弟小阿里撞见了我们睡在一张床上。他非常生气，一连五天没来。事实上，他不是不知道他姐姐是做什么的，靠什么维持生计。以前即使在说到这件事的时候，他语气中也没有流露出半点难为情……难道他在嫉妒吗？无论如何，这个捣蛋鬼算是达到目的了。一半是出于厌倦了，一半是出于害怕失去阿里，自从那次之后，我就再也没有留宿过那姑娘。她倒也不恼。但是如今每次遇见我，她总要笑着打趣说我爱那孩子胜过爱她。她还说，我之所以呆在这里不肯走，也是由于那个孩子的缘故。也许她的话并非全无道理……”

窄　门

一

我在这里说的一段故事，换了别人也许可以写出一本书来。而我却全身心投入到生活之中，道德特质也遭到了极大的消耗，因此只能凭着回忆草草写就。回忆时断时续，段落支离破碎，但我绝不会用虚构来填充补缀。我把这些往事写下来，本来就并非出自兴趣，如果再加上矫饰的成分，更会把仅剩的一丝趣味毁掉。

父亲过世那年我还不满十二岁。母亲在父亲生前行医的勒阿弗尔市里已经失去了最后的眷恋，遂决定把家搬到巴黎去。这样一来，我也能在那里更好地完成学业。母亲在卢森堡公园附近租了一套小公寓，弗洛拉·阿斯布尔顿小姐搬来与我们一起住。这位阿斯布尔顿小姐已经没有家人了。她从前曾是我母亲的启蒙教师，后来成为她的女伴，不久后就成了她的好朋友。我就一直生活在这两个女人的世界里。她们的面容一样温柔，总是带着忧伤的神情，在我的印象里就像穿着一身丧服似的。有一天，我想，那应该是距离我父亲去世很久以后的一天，母亲把一条玫瑰色的缎带系在她的帽檐上，替换掉了黑色的那条。

“哦！妈妈！您配这颜色太难看了！”我见了，大呼小叫起来。

第二天，她又换上了一条黑色缎带。

我的体质一向羸弱。母亲和阿斯布尔顿小姐对我百般呵护，就怕我累着。多亏我实在喜欢学习，她们这份宠溺才没有把我养成一个懒蛋。时值初夏，气候宜人，她们俩一致认为我的脸上没有血色，应当到乡下去度过夏天。因此时间刚到六月中旬，我们就出发前去勒阿弗尔郊区的封格斯马尔山庄。每年夏天，我舅舅布科兰都在那里迎接我们。

布科兰一家人住在一栋三层的白色房子里面，看上去跟上个世纪许多乡下房屋很相像。房子的花园不是很大，也没有多漂亮，与诺曼底的其他花园相比，并无特色可言。整个建筑朝向东面，面对花园。房子前后两面各开了二十来扇大窗户，其余两面则没有窗，只是封死的墙面。窗户上镶嵌着方形的小玻璃格子，其中有几块是最近新换的，显得格外明亮，在周围暗绿色旧玻璃的衬托下显得格外明显。有几块玻璃上有瑕疵，老一辈人管它们叫“气泡”，透过气泡看树木是弯曲的，路过的邮差看上去就像驼背了一样。

花园是长方形的，四周砌了围墙。房子前面有一块很大的草坪，绿荫如盖，环绕着砂石铺就的小路。一侧的墙头矮了一截，透过矮墙可以望见围着花园的山庄院子，还有一条山毛榉林荫道，按照当地规矩，这条林荫道是院子的边界。

房子背面朝西，那里的花园更加疏阔。南面墙根下有一条盛开着鲜花的小径，一排葡萄牙月桂树和几棵其他品种的大树作为屏障，为人们挡住了猎猎海风。沿着北面的墙下也有一条小径，深入到茂密的树丛里便消失不见了。我的表姐妹管它叫“暗道”。一过黄昏时分，孩子们就不敢冒险再往里头钻。两条小径都通向菜园。菜园由花园延伸开去，却不在一个平面上，需要走下几级台阶。菜园尽头的围墙上有一扇小门，墙外是矮树丛，是左右两边的山毛榉林荫路的交点。站在西面的台阶上，目光越过矮树从，能欣赏到长满庄稼的高地。再远一些，目光抵达天边，地平线上伫立着小村庄的教堂，时逢黄昏无风之时，屋顶会有袅袅炊烟升起。

夏日晴朗的晚上，我们饭后便到“下花园”去。我们从小暗门出发，走到林荫路上，在那里能俯瞰整个乡野景色。我舅舅、母亲和阿斯布尔顿小姐坐在废弃的泥炭岩矿场附近的草棚旁边。眼前的小山谷雾气萦绕，夕阳的余晖把树林上空染成一片金黄色。慢慢地，暮色渐沉，我们在夜晚的花园里流连忘返。舅妈几乎从来不和我们出去散步，我们每次回家总会在客厅里遇见她……对孩子们来说，晚上的活动到这里便结束了。但是我们回到各自卧房里以后还会再看一会儿书。再过会便能听见大人们上楼休息的声音。

白天的时光，除了花园时间之外，我们都在“学习室”里度过。这房间本来是舅舅的书房，里面摆上了几张课桌椅。我和表弟罗贝尔并排坐在前头，后面是朱丽叶和阿莉莎。阿莉莎比我大两岁，朱丽叶比我小一岁。罗贝尔在我们四人当中年纪最小。

我想在这里写下的并不是我早年的记忆。但是只有这些记忆与这个故事有关。可以这么说，故事正是在父亲去世那年开始的。也许是丧事所致，就算不是出于我自己的哀恸，至少我也是在目睹了母亲的哀恸之后受到了强烈的刺激，我的情绪比较过激。我在小小年纪就过早地成熟了。那年我们再次来到封格斯马尔山庄时，我发觉朱丽叶和罗贝尔还是一团稚气，而在看到阿莉莎的那一刻，我忽然明白我们两个不再是孩子了。

是的，正是父亲去世的那年。就在我们刚到山庄不久，我清楚地记得母亲与阿斯布尔顿小姐的一次谈话，这说明我没记错。母亲和女伴正在屋里说着话，我不经意闯了进去，听见她们在议论我舅妈。母亲很生气，埋怨舅妈没有戴孝或者过早地脱下了丧服(老实说,我实在难以想像布科兰舅妈一身黑色衣裙,如同我难以想像母亲身穿亮色一样)。根据我的记忆,我们到达山庄当天,吕西尔·布科兰穿着一件薄纱长裙。阿斯布尔顿小姐为人一向随和,她极力劝说我母亲,还小心翼翼地找了个理由。

“不管怎么说,穿白色也算是服丧嘛。”

“那她披在肩上的红纱巾呢,您也管那叫‘丧服’吗?弗洛拉,您真让我生气!”我母亲嚷道。

我只有在放假那几个月才能见到舅妈,那段时间无疑是夏天最炎热的几天。这样一来,我见到的她总是身着一件单薄衬衣,领口开得很低。比起火红色的纱巾,我母亲更看不惯她袒胸露背的模样。

吕西尔·布科兰长得非常漂亮。我留有她的一张小像,正是她那时候的样貌。她长得特别年轻,简直就像她两个女儿的姐姐。她按照那时流行的姿势侧身坐着,头微微倾斜,左手托着一边脸颊,纤细的小手指贴在唇边俏皮地弯曲着。一头卷曲的浓密长发罩在粗眼发网里,半挂在后颈处。宽松的黑丝绒吊带下坠着一枚意大利镶嵌画纹章,垂在开得很低的衬衣领口上。黑丝绒腰带扎出一个飘逸的大蝴蝶结,一顶宽边软帽用带子挂在椅背上,这一切更显出她的青春无匹。她右手微垂,手里捏着一本合拢的书。

吕西尔·布科兰是克里奥尔人[①]。她没见过自己的父母,或者说很早就失去了双亲。后来我母亲告诉我,她是个孤女。沃蒂埃牧师夫妇没有生养,便收留了她。他们全家离开马尔提尼岛不久后,带着她迁居来到勒阿弗尔,和布科兰一家住在一个城市里,两家人交往密切起来。我舅舅那时在一家外国银行当职员,三年

---

① 法国对拉丁美洲安的列斯群岛等地的白人后裔的称呼。

后才回到家里。他一见到小吕西尔就爱上了她，立刻向她求婚。这件事让他的父母和我母亲十分难过。那一年，吕西尔适逢二八年华。沃蒂埃太太在收养她以后，倒生下了两个孩子。她发现这个养女的性格一天天变得古怪起来，开始担心这样下去会影响亲生的子女。加之家里也确实不富裕……这些都是我从母亲口中听说的，她是想让我明白为什么沃蒂埃家会接受她兄弟的求婚。除此以外，根据我个人的猜测，他们也开始为长大成人的吕西尔担心了。我非常了解勒阿弗尔的风气，实在不难想像当地人会对这个十分迷人的姑娘抱有何种态度。后来我结识了沃蒂埃牧师，他为人善良勤勉，温和天真，丝毫不擅长阴谋诡计，面对邪恶的降临都只会束手无策。这个老好人肯定是被逼入绝境了。至于沃蒂埃太太，我就无从说起了，她在诞下第四胎后难产而死。这个孩子与我年龄相仿，后来成了我的朋友。

吕西尔·布科兰很少参与我们的日常生活。午饭过后，她才从卧房出来，慢慢走下楼，随即就躺在沙发或者吊床上，直到傍晚才懒洋洋地站起身来。她额头上经常盖着一块手帕，看似用来吸掉汗水，其实她连一点晶莹的汗气都没有。那块手帕做工非常精美，散发出芬芳气味。香味不像是花香，倒像果子香气，我闻了觉得舒心无比。她经常会从腰间取出一面带有滑动银盖的小镜子。平时挂在她的腰间的，除了这面小镜子以外还有其他一些小物件。她照着镜子，用手指在嘴唇上轻沾几下，润湿眼角。她手里时常夹着一本书，但是书页几乎总是合拢的，里头夹着一片兽角书签。就算有人打她身边走过，她都不会从冥想中回过神来看那人一眼。从她那因为疲倦而松开的手里，从沙发的扶手或衣裙的褶皱里，有时会掉下一方手帕，一本书，或者一朵花，再或者那片书签。有一天——这里说的还是童年的记忆——我捡起了那本书，发现是一本诗集，不禁脸红起来。

晚餐后，吕西尔·布科兰不和家人围坐在桌旁。她坐到钢琴前面，自得其乐地弹奏肖邦的慢板玛祖卡舞曲。有时节奏戛然而止，她的身姿也凝固在一个和弦上……

在舅妈跟前，我总感到一种奇怪的不安，那是一种介于爱慕和敬畏之间的复杂情感。也许我有一种模糊的本能在暗自警告自己要提防她。还有，我能感觉到她看不起弗洛拉·阿斯布尔顿和我的母亲，也能感觉到阿斯布尔顿小姐怕她，而我母亲不喜欢她。

吕西尔·布科兰，我不想再怪您了，暂且把您带来的诸多伤害忘掉……至少我要尽量心平气和地谈论您。

时间不是在这一年夏天，就是在第二年夏天。因为背景始终不曾改变，我的记忆也会发生重叠，难免发生混淆。有一天，我到客厅去找一本书，结果看到她在里面，我马上便要走掉。没想到，她没像平时那样对我视而不见，而是叫住了我。

“杰罗姆！为什么急着走呢？难道你见了我会害怕吗？”

我只好走上前去，心怦怦跳得厉害。我朝她勉强扯出一个微笑，把手伸向她。她一只手握住我的手，另一只手则抚摩我的脸颊。

“我可怜的孩子，你母亲真不会给你穿衣服！”

我穿着一件大翻领的水手服。她说着，拿在手里捏弄。

“水手服的领口要大大地敞开！”

她一面说一面扯掉了我衬衫上的一个纽扣。

“喏！你看，这样是不是好看多了！”

她又拿起小镜子，把我的脸贴在她的脸上，还用赤裸的手臂钩住我的脖子，手伸进我敞开的领口里。她笑着，问我怕不怕痒，与此同时，手还在继续往下摸……我忽地一惊，挣脱开来，连衣服都扯破了。我满脸烧红，只听她喊了一句：

“嗨！大傻瓜！”

我一直逃到花园深处。我在小水池里浸湿手帕，放在额头上，接着又洗又搓，把脸颊、脖子和这个女人碰过的所有部位都擦洗了一个遍。

有些日子，吕西尔·布科兰会“犯毛病”。她这病毫无前兆，突如其来，闹得全家惊惶不安。阿斯布尔顿小姐急忙把孩子们支开，给他们找些别的事情做。即使如此也遮掩不住事实，孩子们还是能听到从卧室或者客厅里传来的呼号声。我舅舅慌作一团，我们听见他在走廊里来回乱跑，一会儿找毛巾，一会儿找花露水，一会儿又要乙醚。晚饭时间，舅妈没有出现在餐桌上，舅舅愁苦不已，一下子老了好几岁。

当发病快到尾声时，吕西尔·布科兰把自己的孩子们叫到身边。至少会叫罗贝尔和朱丽叶，从不叫阿莉莎。在那些可悲的日子里，阿莉莎把自己关在房间里不出来。她的父亲有时会去房中看她，父女二人经常说些心里话。

舅妈发病把仆人们给吓坏了。有一天晚上她病得格外厉害，当时我谨遵嘱咐和母亲呆在她的房间里，声音传过来消减了不少。我听不清客厅里正在发生的事情，只听厨娘在走廊里边跑边喊：

“快叫先生下来吧，可怜的太太要死啦！”

我舅舅正在楼上阿莉莎的房间里，我母亲出去找他。一刻钟之后，他们俩从我窗前经过，没看见我正在房间里。母亲的声音传了过来：

“要我说吗，我的朋友，她这样闹是在做戏。”她一字一顿，重复了好几遍：在，做，戏。

这件事发生在暑假快结束的时候，离我父亲去世已有两年了。后来很长一段时间我没再见到舅妈，一件不幸的事把我们全家搞得天翻地覆。而在事情得到解决前还发生了一个小插曲，使我对吕西尔·布科兰的复杂而模糊的感情全部转化成了纯粹的恨。不过，在说到这两件事之前，我得先谈谈我的表姐。

阿莉莎·布科兰长得很美，只是当时我还没有发觉。我被她吸引，留在她的身边，并不单单因为她的美貌。除却美丽的外表，她别有一种魅力。不必说，她长得像她母亲，但是却有着不同于后者的一种眼神。正是因为这样，直到很久以后，我才觉察到母女二人的相像。我并不擅长描绘一张面孔。五官，甚至连眼睛的颜色都忘记了。我只记得那时她的微笑里已经带着忧郁的神情，双眉高高挑起，在眼睛上面形成一道圆形的弧。我从未在别处见过那样的眉形……不，我见过，那是在但丁时代的一尊佛罗伦萨小雕像上。我在想，比特丽斯[①]小时候也有这样又弯又长的眉毛吧。这种眉毛给她的双眼甚至整个人增添了一份带着焦虑和信赖的探询意味。是的，一种热烈的探询意味。她身上的每个部分都盛满了疑问和期许……我会告诉您，这种探询如何抓住了我的心，如何牵动着我的生活。

单从外表看上去，也许朱丽叶更漂亮，她周身焕发着健康和欢乐的神采。但是，与她姐姐的典雅悠远相比，她的美就显得有些穿凿，一览无遗，缺乏韵味。至于我的表弟罗贝尔，他尚无值得一提的性格特点，不过是一个与我年龄相仿的少年而已。我和朱

① 但丁《神曲》中的人物。

丽叶、罗贝尔在一起玩耍，和阿莉莎在一起则是交谈。阿莉莎很少参加我们的游戏。在我至今能够追溯的往事中，她永远是那么的严肃，带着浅淡的笑容和一丝若有所思的神态。我们俩都谈些什么呢？两个孩子到一起，又能谈些什么呢？我马上就会告诉你们的，只是我还要先把我舅妈的事说完，免得后面又要提及她。

父亲去世之后两年，我和母亲去勒阿弗尔过复活节。我们没住在布科兰在城里的家，而是住到我母亲的一位姐姐家里。房子很是宽敞。姨妈的名字叫普朗蒂埃，已经守寡多年。我极少见到她本人，与她的子女们也不相熟。他们的年纪比我大很多，性格也大不相同。按照勒阿弗尔的说法，“普朗蒂埃公寓”并不在市内，而是坐落在濒海的半山腰上，俯视全城。布科兰一家则住在商业区附近。沿着一条陡峭的山路，能从一家很快走到另一家。我每天都要在坡道上来回好几趟。

那一天，我在舅舅家吃了午饭。饭后不久他就要出门去。我陪他一直走到办公室，然后独自上山去普朗蒂埃家找我母亲。到了那里我才听说她和姨妈出门去了，晚饭时能回来。于是，我又马上下山来到城里。我很少有机会在市区溜达。我走到港口附近，那里海雾缭绕，雾气遮天蔽日。我在码头上闲逛了一、两个小时。我突然产生一种冲动，想出其不意地去看阿莉莎，虽然我们刚道别不久……我跑步穿过市区，按响了布科兰家的门铃，门一打开就要往楼上跑。女仆拦着我：

“别上楼，杰罗姆先生！不要上去，太太正犯病呢。”

我没理她：“我又不是来看舅妈的……”

阿莉莎的房间在三楼。一楼是客厅和餐厅，舅妈的房间在二楼，里面有声音传出来。我必须从舅妈门口经过。她的房门敞开着，自屋里射出一道光线，把楼道分成明暗两块。我唯恐被人发现，犹豫片刻，将身子藏到了暗处。在看到房中情景的时候，我不禁惊呆了。屋内的窗帘全遮得严严实实，两支柱形烛台的火光平添了一丝欢乐的光芒。舅妈躺在房间中央的一张长椅上，脚边是罗贝尔和朱丽叶，身后站着一个身穿中尉军服的陌生青年。在今天看来，让两个孩子在场的行为实在堪称恶劣，但当时的我还很天真，还觉得安心呢。

他们看着那陌生人，满面笑容，陌生人则用抑扬顿挫的声音反复说：

"布科兰！布科兰！……我要是有一头绵羊，肯定叫它布科兰。"

舅妈放声大笑起来。我看见她递给那青年一支烟。他把烟点燃。她接过来吸了几口，随即把烟掉在地上。那青年扑上去捡，中途假装被披巾绊了一跤，一下子跪在我舅妈面前……真是一场可笑的闹剧，我趁机溜过去，没有被人发现。

我来到阿莉莎房间门口，等了一会。我敲门，没听到应声，猜想大概敲门声被楼下的说笑声盖住了。我推了一下，房门无声地打开了。房间里相当黑，我一时没能看清阿莉莎所在的位置。她跪在床头，背对窗子，一片苍白的落日余晖自窗外投入房中。我走近她，她转过头，却没有站起来。她轻声说道："哦！杰罗姆，你怎么又回来了？"

我俯下身去拥住她，她脸上满是泪水……

这一刻的光阴决定了我的一生。至今回想起来，我仍然无法抑制内心的忧伤蔓延生长。阿莉莎为什么会痛苦，我当时显然并不了解，但是我强烈地感觉到她那颗柔弱颤抖的幼小心灵，那具哭泣着的单薄身体，是承受不了如此巨大的痛苦的。

我站在她身旁，她始终跪在地上。我不知道该如何表达自己内心刚刚生发的前所未有的激动。我只是把她的头紧紧贴上我的心口，嘴唇压在她的额头上，让流泻的灵魂有个出口。我心中满是怜爱，沉醉在一种交织着无私美德与无上热情的模糊悸动中。我用尽全力向上帝发出呼喊：今生今世，只要能够保护这个女孩子免受恐惧之苦、远离罪恶和生活的伤害，我心甘情愿放弃自己全部的人生目标。最后，我祈祷着，也跪了下来。我要让她在我的怀抱中得到庇护。一片混沌之中，我仿佛听见她说："杰罗姆！他们没看见你，对不对？啊！你快走吧！千万别让他们看见你。"

然后她的声音更低了："杰罗姆，不要告诉别人……可怜的爸爸还什么都不知道……"

我对母亲就没说什么。但同时我注意到，普朗蒂埃姨妈总和母亲窃窃私语，一说起来就没完没了。这两个女人一副神秘兮兮的样子，显得既仓促又难过。她俩每次密谈时，如果见我走过来，就会把我支开："我的孩子，到别处去玩吧！"这一切表明，对于布科兰家的秘密，她们并不是一无所知。

我们刚回巴黎，一封电报又把母亲召回勒阿弗尔。舅妈不久前与人私奔了。

"跟一个男人跑了吗？"母亲走后，我问留下来照看我的阿斯布尔顿小姐。

"我的孩子，这事儿你还是以后问你母亲吧，我没法回答你的。"这位亲近的老朋友如是说道。家里出了这种事，她也有点应付不来。

两天后，我们两人出发去找母亲。那天是星期六，第二天我就能在教堂见到我的表姐妹们了，我心里只揣着这一件事。在我那孩童的心目中，格外要把在神圣之所的重逢看成一件大事。说到底，我其实并不关心舅妈如何，而且为了顾全颜面，我也绝不会拿这件事去问母亲。

那天早晨小教堂里的人不多。沃蒂埃牧师显然是有意选择了基督的这句话作为祝祷的内容:“你们要努力通过窄门。”

阿莉莎坐在我前面,中间隔着几个座位,我只能看见她的侧脸。我忘情地看着她。我是这样地专注,就连耳边聆听的话语,都像是通过她才听到的。舅舅坐在母亲身边哭。

牧师首先通读了整个章节:“你们努力通过窄门吧,因为宽门和宽路通向地狱,进去的人很多;然而,窄门和窄路,却通向永生,只有少数人才找得到。”接着,他分段阐释主题,首先讲到了宽路……我神思恍惚,仿佛在梦里又来到了舅妈的房间。我看见她躺在那里,笑着。那个英俊的青年军官也跟着一起笑……就是笑容和欢乐这些想法本身也变成了某种伤害和侮辱,仿佛化作了罪恶的昭显形式。

“进去的人很多。”沃蒂埃牧师又说了一遍,接着他绘声绘色地讲述起来。于是我看见一大群盛装打扮的人们欢笑着,结成长队,一路朝前走去。我感到自己既不能、也不愿跻身其中,因为与他们一起迈出的每一步,都会让我离阿莉莎更远。牧师又回到章节的开头部分,我又看见了那道应该努力挤进去的窄门。在我的幻想中,那扇窄门就像一台轧机。我费劲往里挤,忍着一身剧痛,却也在其中多少尝到了一丝福祉的味道。这扇门又变成了阿莉莎的房门,为了通过它,我极力缩小身体,将全部私心杂念排除在外……“因为窄路通向永生……”沃蒂埃牧师继续说着。于是,我预见到,在一切苦难和悲伤以上,存在着另一种快乐。那是一种纯洁的、神秘的天使般的快乐,是我的心灵渴求已久的快乐。我想像中的那种快乐宛如一首又尖厉又轻柔的小提琴曲,或是一团烈焰,要将我和阿莉莎的心烧成灰烬。我们两人手拉着手往前走，身上穿着《启示录》中所说的白衣裳①，目光所向，是同样的目标……这些童年的梦想，就算引人发笑又有什么关系！我不加改动地把它记述下来。这里面即便有模糊不清的地方，也只是因为我辞不达意，导致所绘形象不够完整，可那份感情却是千真万确的。

“只有少数人才找得到。”沃蒂埃牧师作了收尾。他还解释了如何才能找到那扇窄门……“少数人”。也许我就是其中一个。

布道快要结束时，我的精神紧张到了极点。仪式刚一结束，我就马上跑掉了。我不想看到表姐，这是出于骄傲的心理。我已经暗自下了决心要考验自己，认为唯有立刻离开她，才更能配得上她。

二

这种严格的教育方式与我的灵魂密切相合。我有一种与生俱来的责任感，又有父母作为榜样。童年时期，早在我心灵萌生最初的感情冲动时，他们便一直在用清教徒的戒律约束着我。如今这一切终于引导我的灵魂趋向于人们口中的美德。我对自己严加约束，正如别人纵情声色一样，在我看来都是天经地义的。对于附加在我身上的这些严格的戒条，我非但不反感，反而有些沾沾自喜。我追求的未来不全是幸福本身，而是在到达幸福途中所付出的无限努力。在这个过程中，幸福与美德已经不分彼此了。当然，说到底我还不过是个十四岁的孩子，前途未有定论，还有着很多的可能性。然而不久以后，出于对阿莉莎的爱慕，我毫不犹豫地选择了这个方向。这是一次心灵的顿悟，我对自己有了新的认识。以前我觉得自己性格内向，不够开朗，虽然心中怀有

① 根据《圣经·启示录》，只有灵魂没有污点的人才能穿上圣洁的白衣服。

期望，却不懂关心别人，也没什么进取心，除了在克制自己的方面大获全胜之外几乎没什么作为。我热爱学习，至于游戏，只喜欢那些需要动脑筋和费劲思考的类型。我不大与同龄人交往，偶尔参加他们的嬉闹也仅仅是为了维持友谊或者出于礼貌。可是，我和阿贝尔·沃蒂埃成了朋友。他在第二年转学到巴黎，来到我的班上。他是个温文尔雅的男孩，为人有点散漫。在我对他的感情里，友情的成分要多于尊重，至少和他在一起时，我可以聊聊勒阿弗尔和封格斯马尔，那是我的思想经常神游的地方。

我表弟罗贝尔·布科兰也来到我所在的中学读书。他是一名寄宿生，但比我低两级。我只有在星期天才能与他见面。他跟我的表姐妹们毫无相像之处。如果他不是她们的弟弟，我根本没有兴趣看见他。

那段时间我的整颗心都被爱情占据着。也正是在爱情的照耀下，这两个人的友谊在我的心中才有了意义。阿莉莎就像《福音书》中提到的那颗名贵的珠玉，我则是那个倾尽所有也要把它买到的人。是的，我不过是个孩子，这样妄谈爱情，把我对表姐的感情当作爱情，是不是错了呢？在我看来，我长大后经历的一切别的感情，没有哪个比这个更恰当了。而且，随着我年龄渐长，肉体感受到更为具体的欲望之后，我的这一感情也没有发生本质的变化。童年时期的我只是在衡量是否般配的问题，后来也不曾企图直接占有这个女人。工作、学习、行善……无论做什么，我暗自把一切都秘密地献给阿莉莎。而且这些我只为她一人所做的事情，通常不让她知晓。我就这样陶醉在谦逊的风度之中，很少考虑自己的悲喜苦乐，而对于那些轻而易举就能做到的事情，我无法从中得到满足。

这种取悦于人的心情，难道只是我一头热吗？我没感觉到阿莉莎对此有什么回应，她也没有因为我或者为了我去做任何事。

她的灵魂朴实纯净，是自然无华的美丽。她的德行是那么大方自如，仿佛生就一副娴雅的气质。在这样的外表下，就连严肃的目光也因充满稚气的微笑而别具魅力。我仿佛又看见了她那温柔又带着疑虑的目光，明白了为什么舅舅在心神不宁的时候总要去长女身边寻求忠告，以求讨来一份支持和安慰。第二年夏天，我经常看见他和她说话。悲伤如霜，染白了他的双鬓。他在餐桌上极少言语，有时突然扯出一个勉强的微笑，看起来竟比沉默还要令人难受。他呆在书房里抽烟，一支接着一支，直到傍晚阿莉莎去找他、再三恳求他，他才肯走出门去。他像个孩子一样，被阿莉莎领到花园里，父女两人沿着花径一路下行，来到菜园台阶附近的环形路口坐下，那里摆放着几把长椅。

一天傍晚，我躺在草地上看书，直到很晚都没离开。高大的紫红色山毛榉树遮住了我的身体。我的眼前隔着一排月桂篱笆，篱笆挡住了视线，却隔绝不了声音。我听见阿莉莎在和舅舅说话。他们先是谈到了罗贝尔，阿莉莎又提到了我的名字。说话声越发清晰起来，只听我舅舅高声说：

“哦！他呀，他一直都爱学习。”

我无意中成了偷听壁角的人。我真想离开这里，至少做点什么好让他们知道我在这里。可是，我要怎么做呢？咳嗽一声？喊一嗓子说我在这里、我听见你们说话了？……我最后还是没做声。这倒不是因为我出于好奇心想多听几句，而是因为尴尬。更何况他们只是路过此地，我也只听得只言片语……可是，他们走得特别慢。怎么可能不慢呢？阿莉莎一定跟平时一样，手里挎着一只小巧的篮子，边走边摘下枯萎的花朵，捡拾因为海雾的侵蚀而掉落在墙角的青果。我听见她用清亮的声音说：

“爸爸，帕利西埃姑父是不是个杰出的人？”

舅舅的声音很低沉，有些含糊不清，我没有听清他的回答。

阿莉莎又追问道：

“很杰出，对吗？”

回答还是很模糊。阿莉莎又问：

“杰罗姆很聪明，不是吗？”

我怎么可能不竖起耳朵仔细听呢？但我还是什么也没听见。阿莉莎又说：

“你觉得他能成为一个杰出的人吗？”

这回，舅舅提高了声音：

“可是，我的孩子，我首先要弄明白，你所说的‘杰出’是什么意思！有人可能非常杰出，但从表面上却看不出来，至少在别人眼里是这样……在上帝眼里却非常杰出。”

“我要说的就是这个意思。”阿莉莎说道。

“再说了……现在谁能说得准呢？他太年轻了……是的，没错，他将来会有出息。但是，要想成就大事，光凭这一点还不够……”

“还需要什么呢？”

“哦，我的孩子，我该怎么对你说呢？还需要信心、支持、爱……”

“支持，你说的是什么意思？”阿莉莎打断他的话。

“感情，还有尊重。正是我失去的那些东西。”舅舅悲哀地说。然后他们的声音消失不见了。

我无意间偷听了别人的谈话，不禁感到十分内疚。晚祷的时候，我下定决心要向表姐坦白错误。可能也是好奇心作祟，我想借此多了解一些情况。

第二天，我刚说上两句，她就对我说：

“哦，杰罗姆，偷听别人说话可不好。你应该打个招呼，或者走开。”

“我向你保证，我不是有意要听……我是无意的……再说了，你们也只是从那里经过。”

“我们走得很慢。”

“确实。可我也听不清楚啊，何况只一会儿我就听不见你们的说话声了……告诉我，你问还需要什么才能成功，舅舅是怎么回答的？”

“杰罗姆，”她笑了，“你听得挺清楚嘛，还让我再说一遍，你是在逗我呢。”

“我向你保证，我只听见一个开头……我刚听见他说要有信心和爱。”

“后来他说还需要许多别的东西。”

“那你是怎么回答的？”

阿莉莎一下子变得非常严肃：“在他说到生活中需要有人支持时，我说你有母亲。”

“唉！阿莉莎，你心里清楚，母亲是不可能一辈子守在我身边的……而且，这是两回事……”

阿莉莎低下头去：“他也是这么说的。”

我颤抖着握住她的手：“不管我将来变成什么样的人，我是为了你，才心甘情愿变成那样的。”

“可是，杰罗姆，我也有可能离开你呀。”

我掏心挖肺地说：“可我永远都不会离开你。”

她耸了耸肩：“你怎么就不能坚强一点，一个人走下去呢？我们每个人都是单独走向上帝的。”

“那我需要你来给我指路。”

“有基督为你指路啊，为什么你还要找别人呢？我们俩在祈祷时忘掉对方，唯有这样才是我们最接近彼此的时刻！”

“是的，让我们相聚吧，”我打断她的话，“这正是我每天早晚向上帝祈祷的。”

“难道你不明白什么是上帝的神交之礼吗?”

“我心里很明白。就是在一件共同崇拜的对象中实现欢喜的相聚。我觉得我正是为了和你相聚,才去崇拜那些我知道你也崇拜着的东西。”

“你的崇拜动机一点儿都不纯粹。”

“不要对我太苛求了。如果不能在天堂里与你相聚,我也就不在乎这个天堂了。”

她把一根手指放在嘴唇上,神色庄严地说:“‘首先要寻找天国和真理。’”

当我写下这些话的时候,我觉得有人会认为它们不像是出自孩童之口。因为他们不懂得有的孩子就是爱说些严肃的话。我有什么办法呢?为这些话辩解吗?我既不想辩解什么,也不会为了显得更加自然而篡改它们。

在那以前,我们得到了拉丁文的《福音书》,并把其中大段文字记诵下来。阿莉莎以辅导弟弟为借口,和我一起学习了拉丁文。如今想来,她主要是为了继续跟我一起阅读。当然了,凡是在知道她不会陪我一起学习的情况下,我也不会对一个学科发生兴趣。虽然这样会妨碍我,但是也并不像别人想的那样,会遏制我精神的发展。情况恰好相反,我倒觉得她时时走在我的前面,我受到她自如的引导。但是,我是根据她来选择自己的精神道路的。当时我们心心念念的,是一种被我们称为“思想”的东西。这通常只是某种交融的借口,只是这种交融比感情的伪装更加巧妙,比爱情的掩饰更加细腻深远。

刚开始的时候,母亲很是担心,她对于无法看清深度的感情感到不安。随着她感到自己的体力在日益衰退,便开始喜欢用别无二致的母爱将我们俩拥抱在一起。她多年来患有心脏病,最近不舒服的时候越来越多了。有一次病得特别厉害，她把我叫到跟前，说：

“我可怜的孩子，你看见，我老了许多，总有一天我会突然抛下你走掉。”

她顿住了，呼吸变得非常艰难。我再也忍不住了，高声喊了出来，似乎正是她期待我对她说出的话：

“妈妈……你知道，我要娶阿莉莎。”

显然，我的话触及了她的心事，她马上说：

“是啊，我的杰罗姆，我要跟你说的正是这件事。”

“妈妈！”我带着哭腔，“你相信她是爱我的，对不对？”

“是的，我的孩子。”她温柔地重复了好几次，“是的，我的孩子。”她吐字困难，又费力地说道，“一切但凭上帝做主吧。”

这时，我又靠近她一点。她把手放在我的头上，说：“愿上帝保佑你们，我的两个孩子啊！愿上帝保佑你们！”说完这些，她又昏睡过去了，我没叫醒她。

这个话题再也没有被提起过。第二天，母亲感觉好了一些，我又回去上课了。知心话刚开了个头却又煞了尾。若不是这样，我还能多听到一些吗？阿莉莎是爱我的，我对此不曾怀疑。即使有过一丝疑虑，在不久后发生的悲痛经历之中，也永远消失不见了。

我母亲走得很安详。那是一个傍晚，她在临终时刻只有我和阿斯布尔顿小姐在身边。最后一次发病带走了她的生命。开头并不比前几次严重，直到后来病情急转直下，恶化得如此之快，以至于亲戚们都没来得及见她最后一面。第一个晚上，我和母亲的老友们一起为深爱着的死者守灵。我深爱着我的母亲，可是尽管泪流满面，我却奇怪地发现我心底并没怎么感到悲伤。我更为阿斯布尔顿小姐难过，因为她看到比自己年龄还小的朋友先她去见上帝了。我心里暗自在想，表姐就要来参加丧事了，这个念头完全超过了我的丧母之痛。

第二天，舅舅到了，他把女儿的一封信交给了我。阿莉莎和普朗蒂埃姨妈一起，再过一天才能到。她在信中说：

……杰罗姆，我的朋友，我的表弟。我多么遗憾未能在她去世前和她说出那几句话，也好了却她一桩心愿。如今，但求她的原谅！从今往后，只有上帝是我们两人惟一的向导了！别了，我可怜的朋友。你的阿莉莎，比任何时候都更加深情的阿莉莎。

这封信到底是什么意思呢？她遗憾没说出口的话到底是什么呢？除了定下终身大事之外，还能是什么呢？我年纪还小，自是不能立刻向她求婚。可是，难道我还需要她的承诺吗？我们的情况和订婚又有什么区别呢？我们爱着彼此，这对我们的亲友来说已经不是什么秘密了。舅舅的态度和我母亲一样，不会给我们带来任何阻碍。相反他已经把我当成儿子来看待了。

没过几天，复活节到了。我到勒阿弗尔去过节，住在普朗蒂埃姨妈家，一日三餐几乎都是在舅舅家吃的。

我的菲莉西·普朗蒂埃姨妈，可以说是这世上最和善的女人了。但是不管是我还是我的表姐妹们，跟她都不是很亲近。她总是忙个不停，一举一动都很生硬，声音也不动听。就连她的爱抚也是粗手粗脚的，一天到晚也不看看是什么时间，总忍不住要对我们表达一番。对我们来说，她的亲热有点过度了。布科兰舅舅很喜欢她，可是一听到他对她说话的语气，我们就能感觉到他更喜欢我母亲。

“我可怜的孩子，”一天晚上她对我说，“我不知道你今年夏天打算怎么过。我要先听听你的计划，再决定我自己做什么，你要是需要我……”

“我还没想过这些呢，”我回答，“再说吧，我也许会去旅行。”

她又说：“要知道，我家和封格斯马尔一样，无论什么时候都欢迎你。你去了，你舅舅和朱丽叶都会高兴的……”

“您是说阿莉莎吧。”

“可不是嘛！真抱歉……说了你不会相信的，我还以为你爱的是朱丽叶呢！后来你舅舅跟我说了……还没有一个月呢……你也知道，我很爱你们，可我不是很了解你们。我很少有机会见到你们……而且我也不善于观察，没有时间停下来去管那些和我没关系的事儿。我看见你总是和朱丽叶一起玩……我就想……她长得那么美，又是那么的快乐活泼。”

“对，现在我还乐意和她一起玩。但我爱的人是阿莉莎……”

“很好！很好！都听你的……而我，你也知道，可以说我并不了解她。跟她妹妹比起来，她不大爱说话。我想既然你选择了她，肯定有充分的理由。”

“但是，姨妈，我爱她，并没有经过选择。我从来不问理由……”

“别生气，杰罗姆，我说这话并没有恶意……我本来要跟你说什么来着，都被你给弄忘了……唔！是这样的，我想，这样下去肯定要结婚的。不过，你还在服丧之中，现在就订婚不大妥当……何况你年龄也不到……我想过了，你母亲不在了，你再一个人住在封格斯马尔，可能会引来风言风语……”

“是的，姨妈，正因为如此，我才说去旅行。”

“对，我的孩子。这样吧，如果我在那里，事情就好办多了。

我已经做了安排，今年夏天空出来一段时间。”

“只要我开口，阿斯布尔顿小姐肯定愿意来陪我。”

“我知道她会来的，但是只有她还不够，我也得去……哦！我没有那种意思，我可不配取代你可怜的母亲，”她说着，突然抽泣起来，“我可以打理家务……总之这样一来，你、你舅舅和阿莉莎就不会觉得我碍事了。”

姨妈对自己能促成好事的本事太过自信了，其实她的到场只会妨碍我。正像她事先说的那样，七月份一到，她就搬进了封格斯马尔。没过几天，我和阿斯布尔顿小姐也到了。她说要帮阿莉莎料理家务，结果却让这个原本十分清静的住宅喧闹不已。她为了讨好我们而显得分外殷勤，以便证实她所说的“有了她，事情就好办多了”。这样弄得阿莉莎和我非常不自在。有她在场，我们几乎不说话。她一定觉得我们的态度很冷淡……即使我们说话，难道她就能理解我们的爱情吗？朱丽叶的性格正好相反，她很容易适应这种过度的亲近。而我看见姨妈偏爱她的小侄女，不免愤愤不平起来，这可能影响了我对姨妈的感情。

一天早晨，邮差来过之后，姨妈把我叫到跟前：

“我可怜的杰罗姆，抱歉极了，我女儿病了，来信叫我回去。没办法，我得离开你们了……”

我生出了一些不必要的顾虑，跑去询问舅舅。不知道姨妈走了之后，我留在封格斯马尔山庄还合不合适。但是我刚一开口，舅舅便嚷嚷起来：

“这种事不是很自然的吗？我那可怜的姐姐又想到什么了，要把事情搞得这么复杂？哎！你为什么要离开我们？你不是已经快成了我自己的孩子了吗?”

就这样,姨妈在封格斯马尔待了不到半个月,她走了之后,清静了不少。岁月静好,近乎幸福。丧母之痛并没有给我们的爱情带来阴霾,反倒更显庄重。我们开始过上一种平淡的生活,仿佛置身于空灵寂灭之所,就连最轻微的心跳声都能听见。

姨妈离开几天后,一天晚上我们在晚餐桌上谈到了她。我还记得当时我们是这样说的:

“真是容易激动!”我们说,“生活波涛汹涌,是不是没有给她的心灵留下一点儿平静?爱心的美丽外表之下,却是什么样的映像?”……我们这样说着,是因为想起了歌德的一句话,那是在他谈及斯坦因夫人①时写到的:“看到世界在她心灵中的映像,一定是一种很美妙的体验。”我们立刻据此排起高低等级来。即使就连我们自己也说不清这等级从何而来,却把沉思默想的特质归为最高品格。此时舅舅打破了他一直以来的缄默不语,苦笑着责备我们说:

“孩子们,”他说,“不管一个人的形象有多么破碎不堪,上帝也能把他认出来。我们评价一个人,不能根据他一生中某一刻的表现来评判。我那可怜的姐姐身上让你不喜欢的一切都是事出有因的。那是生活遭遇所致。而我非常清楚都发生过什么,也就不会像你们这样严厉地批评她。年轻时讨人喜欢的一切优点,随着年龄越来越老,没有不会变质的。你们说菲莉西容易激动,可是早在当年,那完全是一种可爱的激情,本能的冲动,正是忘我的感动……我能肯定地这样讲,如今的年少的你们,正是我们当年的模样,没有大的差别。我那时候就很像你,杰罗姆,也许比我说的

---

① 夏洛蒂·冯·斯坦因夫人(1742—1827),歌德少年时代的恋人。

还要像。菲莉西就像现在的朱丽叶……是了，长得也很像……”他转过身，又对大女儿说，“你说话时响亮的声调，有时会突然让我想起她来。她也有过你这样的微笑，有过你这样的姿势。她有时也像你这样闲坐着，两只手臂往前，手指交叉，托住前额……不过，她很快就失去了这样的姿态。”

阿斯布尔顿小姐朝我转过身，低声说：

“阿莉莎，就叫人想起你母亲来。”

那一年的夏天，天空格外明亮清朗，一切好像都透着丝湛蓝。青春的热忱超越了痛苦，战胜了死亡，阴影都在我们面前退却了。每个清晨，我都在快乐中苏醒，天一亮就起床，冲出去迎接第一缕日光……每当我回想起这段时光，回忆的画面仿佛沾满了露珠，亮晶晶地浮现在眼前。不像阿莉莎爱熬夜，朱丽叶比姐姐起得早，她和我一起去花园里散步。她成了我和她姐姐之间的信使。我没完没了地对她讲述我们的爱情，她似乎总也听不厌。因为我太爱阿莉莎了，变得胆怯起来，说话也相当收敛，有些话不敢对阿莉莎讲，就说给朱丽叶听。阿莉莎似乎接受了这种游戏，见我和她妹妹聊得开怀，她也觉得很有意思。其实我们的话题只有她。阿莉莎对此不知情或者装作不知情。

哦，爱情！即使明明是一片深情，你也要乔装改扮，你是通过什么秘密途径，竟把我们从笑引向了哭，从无邪的欢乐引向了道德的高度！

夏天悄然而逝，那么纯净，又那么流畅。时光顺遂，滑不留手，如今在我的记忆中几乎没有留下任何痕迹。惟一的事就是闲谈，看书……

“我做了一个伤心的梦，”在暑假快要结束的一个早上，阿莉莎对我说，“我梦见我还活着，你却死了。不，我并没有看到你死，只是有这么件事:你死了。这太可怕了,这不可能,因此我这样想:你只是出门去了。我们相距很远,但我还是有办法找到你。我想尽办法,为了想出办法,我作了极大的努力,一着急就醒了。

“今天早晨,我应该还是在梦中,好像还在做梦,我还觉得和你分离了,而且要分开很久,很久……”她声音低下去,又说,“一辈子分开,一辈子都要付出极大的努力……”

“为什么?”

“每个人都一样。人必须付出极大的努力才能走到一起。”

她的这些话,我没有当真,也许是害怕当真。我心跳得厉害,突然鼓起勇气,像要反驳她似的,对她说:“我今天早晨也做了个梦,梦见我要娶你。我们紧紧结合在一起,无论什么也不能把我们分开——除非死。”

“你认为死就能将人分开吗?”她说。

“我是说……”

“我相信死亡能让人靠得更近……是的,甚至是生前分离的两个人。”

这段对话如此深入我们的内心,当时说话的语调至今犹在耳畔。但是它的严肃性,直到后来我才真正理解。

夏天过去了。大部分田地已经收割完毕,视野出乎意料地开阔。我离开的前一天,不对,是前两天,傍晚时分,我和朱丽叶向花园的小树林里走去。

“昨天你给阿莉莎念的那是什么?”她问我。

“什么时候?”

“就在石头椅子上,在我们走了之后……”

“哦!……我想是波德莱尔的几句诗吧。”

“是哪句诗?你都不愿意说给我听听吗?”

我不大情愿地背诵起来："'不久后，我们又要遁入冰冷的黑暗世界。'"她却立刻打断我，声音因为颤抖而变了调："'夏日这般短暂，日光如斯灿烂，别了，一切。'"

"怎么！你也熟悉这首诗？"我十分惊讶，叫了起来，"我还以为你不爱读诗呢……"

"为什么这样说呢？就因为你没给我念过诗吗？"她笑了，但是有点不自然，"你有时候好像把我看成一个笨蛋呢。"

"聪明的人也不见得喜欢诗啊。我从来就没有听你谈论过诗，你也从来没让我给你念过诗。"

"因为全让阿莉莎一个人独占了……"她顿了顿，突然问道："你后天要走啦？"

"该走了。"

"今年冬天你有什么打算？"

"上巴黎高等师范一年级。"

"你想什么时候娶阿莉莎？"

"等服完兵役以后吧。在没有更加确定以后做什么之前，甚至还要再等等看。"

"你还不知道自己以后要做什么呢？"

"我还不想知道。我感兴趣的事情太多了，我在拖延做决定的时间，等到非选择不可的时候再说。"

"你迟迟不肯订婚，也是怕确定下来吗？"

我不予作答，只是耸耸肩。她并没放弃追问："如果不是那样，你们还等什么？为什么不马上订婚呢？"

"为什么一定要订婚呢？我们知道彼此属于对方，现在如此，将来也是一样，难道这还不够吗，何必要让所有人都知道呢？如果说我已经愿意把一生献给她，我还用诺言约束自己，你会觉得更好吗？我不这样想。海誓山盟就像是对爱情的一种侮辱……

只有在我不信任她的情况下,我才会想到和她订婚。”

“我可不是不信任她……”

我们走得很慢,不知不觉走到了当初无意中听到阿莉莎和她父亲谈话的地方。我脑海中突然有一个念头闪过:刚才我看见阿莉莎走进花园了,她很有可能就坐在环形路口,她同样能听到我们的谈话。我何不让她听听我不敢当面对她说的话呢?这种可能性立刻攫住了我的心,我故意提高嗓门。

“唉!”我大声喊道,带着跟我这年龄不相称的激情,而且过于专注自己说的话,竟没有理会朱丽叶的言外之意,“唉!我们要是能俯身看着我们心爱的人的灵魂,就像看着镜子里自己的形象一样,那该有多好啊!洞悉别人,恰如洞悉自己,甚至超过自己,这多好啊!这种温情是多么的宁静!这种爱情是多么的纯粹!”

朱丽叶心慌意乱。我见了还得意洋洋的,以为我这番拙劣的抒情产生了效果,让这姑娘方寸大乱。她突然把头伏在我的肩头:

“杰罗姆!杰罗姆!我要得到你保证,我要确认你真的能使她幸福!如果她也因为你而痛苦,我想我会恨你的。”

“哎!朱丽叶,”我大声说着,吻了她一下,扶起她的脸来,“要是那样的话我也会恨我自己的。你知道就好了!其实,正是为了能更好地和她开始我的生活,我才没有决定我的职业!要先有她,我才会有整个未来!若是没有她,将来无论成为什么人,我都无法可想……”

“你跟她说这些的时候,她怎么说呢?”

“可我永远都不会和她说这些!永远不说。也正因为如此,我们才会到现在还没订婚。我们之间,从来不会提结婚,也不会说到结婚以后的事。朱丽叶啊!跟她一起生活,在我看来实在太美了,我真不敢……这你能明白吗?我真不敢跟她说这些。”

“你是想让幸福出其不意地降临在她面前?”

“不!不是那样。其实我怕……怕吓着她,你明白吗?……我隐约看见了幸福,无与伦比的巨大幸福,我却怕说出来会吓坏她!……有一天我问她想不想去旅行,她说她什么也不想,她只要知道世上存在着那些美丽的地方,人人可以去那里,这就够了……”

“你呢,杰罗姆,你想去旅行吗?”

“我哪儿都想去!在我看来,人的一生就像一次长途旅行……与她为伴,在书中徜徉,在人海中穿梭,走遍世界各地……‘起锚了’,你明白这句话是什么意思吗?”

“我懂!我经常会想。”朱丽叶喃喃说道。

然而我却没留意她在说些什么,让她的话像可怜的受伤的小鸟一样跌落在地上。我自说自话:“在黑夜里启程,在漫天晨光中醒来,两个人在变幻莫测的波涛上相依为命……”

“然后,抵达一个港口,小时候曾在画片上见过的那种,一切都是新鲜的……我可以想见,阿莉莎挽着你的手臂,你们走下船来。”

“我们马上飞跑到邮局,”我笑着补充道,“去取朱丽叶写给我们的信……”

“……信是从封格斯马尔寄出的,她可能会一直留在那里。而你们会觉得,封格斯马尔那么小,多么闷,又那么遥远……”

这是她的原话吗?我不敢肯定,因为,我说过了,爱情占据了我的全部思想,除了爱情的语言,别的声音即使近在耳边,我也是听不见的。

我们走到环形路口附近,正要转身往回走。这时阿莉莎忽然从暗处走了出来。她的脸色十分苍白,朱丽叶见了不禁惊呼一声。

“我确实不太舒服，”阿莉莎匆忙中说话有点结巴，“外面太冷。看来我最好还是回到屋里去。”她说完迅速离开我们，快步朝房子走去。

“她听见我们说话了。”阿莉莎走远后，朱丽叶叫了起来。

“可是，我们没说什么让她难过的话啊。正相反……”

“我得走了。”她说完，跑去追赶她姐姐去了。

那一夜，我失眠了。阿莉莎只在吃晚饭时露了个脸，饭后说头痛又回房间了。她都听见我们说的哪些话了呢？我忧心忡忡地回想我们早些时候说过的话。我想到，散步时我也许不该紧挨着朱丽叶，不该搂着她，可这些是孩童时期就养成的习惯啊，而且阿莉莎又不是第一次看见我们这样散步。啊！我真是个可怜的瞎子，只在自己身上盲目找寻错误，居然没想过朱丽叶说的话——她的话我没留心听，也记不清了，也许阿莉莎听明白了。顾不上那么多了！我惴惴不安，生怕阿莉莎对我产生怀疑，进而方寸大乱，决定放下自己的忧惧心理，第二天就与她订婚。我没有再去顾虑什么风险，也不去想我对朱丽叶可能说过什么话，以及她那些关于订婚的话是不是影响了我。

这是我离开的前一天。她是那样的忧伤，我想可能是这件事让她不开心吧。我觉得她在躲着我。一个白天过去了，我一直没找到与她独处的机会，我开始担心走前竟不能与她说出那些该说的话。于是，晚餐前我闯到了她的房间去找她。她背对着门，正在戴一条珊瑚项链。她的两只手高高抬起，面前的镜子两侧各燃着一支蜡烛。她微微向前探着身子，目光越过肩头，在镜子里看见了我。她注视我半晌，并没立刻转过身来。

“咦！我的门难道没关好么？”她说。

“我敲门了，你没有回答。阿莉莎，你知道我明天就要走了吧？”

她没出声，只是把尚未戴好的项链放到壁炉上。“订婚”这两个字，对我来说太直白、太唐突了，我不知道当时用了什么拐弯抹角的方式说了出来。阿莉莎刚一听懂我的意思，好像站不稳似的，靠在了壁炉上……而我自己也不住地颤抖，根本没有勇气去看她。

我离她很近，垂下眼睛，却拉起了她的手。她没有挣脱，低下头去，轻轻抬起我的手，吻了一下，身体半依偎在我身上，轻声说：“不要，杰罗姆，不要，咱们还是不要订婚吧，求求你了……”

我的心一阵狂跳，她一定感受得到。她用更加温柔的声音说：“不行，现在还不行……”

我问她为什么。

“这正是我该问你的呢：为什么？为什么要改变主意呢？”

我不敢跟她提起昨天的谈话，但是她一定能猜到我在想着什么。好像为了回应我的想法，她注视着我，说：

“你会错意了，我的朋友，我并不需要那么多的幸福。我们现在这样不幸福吗？”

她想努力笑笑，却终是没能笑出来。

“不幸福，因为我就要离开你了。”

“听我说，杰罗姆。现在这个场合，这个时间，我不能和你说什么……别荒废了我们最后这点时光……不，不，我一直爱着你，你放心。我以后会给你写信的，向你解释清楚。我保证写信给你，明天就写……你一走就写……现在你走吧！瞧，我的眼泪都要流下来了……让我一个人静静。”

她轻轻推开我，挣脱了我的怀抱。这便是我们的告别，因为那天晚上我再也没能和她说上话。第二天我出发的时候，她把自己关在房间里。我看见她的身影立在窗口，挥手向我告别，目送我越走越远。

三

那一年之中，我几乎没见过阿贝尔·沃蒂埃。他提前服了兵役，而我为了学士学位重读了修辞班。今年我和阿贝尔一同进入巴黎高师，我比他小两岁，可以等毕业之后再去服兵役。

我们俩对这次重逢都非常高兴。他退役后又旅行了一个多月，我真怕见了面之后发现他变了。他依然保持着昔日的魅力，只是更添了几分自信。开学前一天下午，在卢森堡公园里，我忍不住对他说了心里话。我们聊了很久，其实他本来也了解我的恋情。这一年中，他交往过一些女人，这给了他一些优越感，有那么点自命不凡。对此我倒是不反感。他笑我不够果断。他提出一项原则：绝不能给女人冷静考虑的机会。我由着他去说这些，但我觉得他的这番高见对我和阿莉莎都不适用。这同时也表明他对我们并不是十分了解。

我回到巴黎的第二天，收到了这封信：

我亲爱的杰罗姆：

对于你的建议（我的建议！就用这样的字眼来称呼我们的订婚吗！），我考虑了很久。我怕我的年龄对你来说太大了。也许现在你还不觉得，因为你还没有与其他女人有过来往。但是我却想到，我嫁给你之后，万一看到自己失去了你的喜欢，那会使我感到多么痛苦。你读到我的这封信，一定非常生气。我仿佛已经听见你的抗议了。不过，我还是请你再等等，等到你有更多的生活阅历以后再说吧。

你要明白，我说这些都是为了你好，因为我深信自己不会停止爱你的。

阿莉莎

我们停止相爱！怎么可能有这种事！我感到很悲哀，但更多的是惊讶。我惊慌之下，立刻跑去给阿贝尔看这封信。

他边看信边摇着头，嘴唇紧抿，说了一句："事情到了这种地步，你打算怎么办呢？"我举起双臂，脸上尽是彷徨和苦恼。他见我这样，又说："至少，我希望你别回信。一旦和女人争论起来，那就完了……你听我说，我们星期六就住在勒阿弗尔，星期日一早就可以到封格斯马尔，星期一早上再赶回来上第一节课。自从我服兵役以来，还没见过你那些亲戚呢。这也算是个说得过去的借口，听上去也体面些。如果阿莉莎看出来这是个借口，那就更好了！我去找朱丽叶做伴，你去找她姐姐。你千万别孩子气……说实在的，在你这个爱情里面，我感到总有些什么我搞不清楚，可能你也没有把所有情况说给我听……没关系！我会弄清楚的……我们要过去的事，千万不要事先发出通知，就是要出其不意，不让你表姐有防备的时间。"

我推开花园的栅栏门，心跳得厉害。朱丽叶立刻迎着我们跑了出来。阿莉莎在整理衣物，没急着下楼。我们在客厅里和舅舅还有阿斯布尔顿小姐聊天。阿莉莎终于来了，如果说我们突然造访会叫她心慌意乱，至少她做到了不露声色。我自然而然地联想到阿贝尔对我说的，她躲在房间里迟迟不肯下来，肯定是在为应付我做准备。朱丽叶非常活泼，相比之下，阿莉莎矜持的态度就显得更冷淡了。我能感觉到她不赞成我回来，至少她的神色中有一丝反对，我实在不敢去探究在这种态度下面到底隐藏着多少更深的感情。她在靠窗的角落里落座，离我们很远。她看似在聚精会神地做着一件刺绣活，嘴唇微动，数着针脚。阿贝尔在说话，幸好这里有他！我已经失去了开口说话的勇气，要不是他在讲述这一年里服兵役的见闻和旅游趣事，这场重逢一定会有一个沉闷而乏味的开头。舅舅本人也显得心事重重。

吃过午餐，朱丽叶把我叫到一边，还拉进了花园里。

“你能想像得到吗，有人向我求婚了！”我们来到没有人的地方，她大声说，“菲莉西姑妈昨天给爸爸写信，说是尼姆[①]的一个葡萄园主人想和我结亲。听姑妈说，那是个很好的人家，他今年春天在社交场合遇见过我几次，喜欢上我了。”

“是哪位先生，你注意到他了吗？”我这样问着，不由自主地对那求婚者生出一丝敌意。

“是的，我看到他了。堂吉诃德式的老好人，没文化，长得也不好看，很俗气，姑妈一看见他就忍不住要笑起来。”

“那，他有……机会吗？”我带着挖苦的语气问。

“杰罗姆，看你说的！开什么玩笑！一个生意人！……你要是亲眼见过他，就不会这么问了。”

“那……舅舅是怎么答复他的？”

“跟我的答复一样，说我还小，不能结婚……可惜的是，”她又笑着说，“姑妈早料到我们会有这样的托辞，她在附言中特地补充说，爱德华·泰西埃尔先生——这是他的名字——他愿意等我长大，这么早提出来，就是为了‘排上号’……这真是荒唐极了，但是我又能怎么办呢？我总不能托人告诉他，说他长得太丑吧！”

“当然不能，不过你可以说你不愿意嫁给一个葡萄园主。”

她耸耸肩膀：“这在姑妈那里可称不上理由……不说这个了。阿莉莎给你写信了？”

她说起话来像连珠炮一样，看上去很激动。我给她看阿莉莎

① 尼姆：法国南方城市。

的信，她看的时候满面通红，问我话时，好像带着怒气：

"那么，你打算怎么办呢？"

"我不知道，"我回答说，"现在我到了这里，却又觉得还不如写信来得好些。我已经在怪自己不该来了。你明白她说这话是什么意思吗？"

"我明白。她想给你自由。"

"给我自由，难道我那么在意自由吗？她为什么给我写这些，你明白吗？"

"不知道。"她回答说，语气十分生硬。我虽然无法推测出真相，但起码能看出朱丽叶也许并不是一无所知。当我们走到小路的拐弯处时，她忽然转过身来，说：

"现在让我走吧，你到这儿来可不是为了和我说话的。我们呆在一起的时间太久了。"

她向房子跑去，过了一会儿，我听见了她弹钢琴的声音。

等我回到客厅时，她还坐在那里弹奏。她像是在即兴弹奏，信手弹来，样子颇为随意，边弹还边和去找她的阿贝尔闲聊。我没打扰他们，又回到花园里。我在那里徘徊许久，到处寻找阿莉莎。

她正在果园里采摘墙脚下初开的菊花。菊花的香味和山毛榉树枯叶的芬芳交融在一起，让空气中弥漫着秋意。阳光挂在墙边的果树树梢上，给人带来几分暖融融的感觉。东边的天空纯净无比。她头戴一顶泽特帽，几乎遮住了整个脸庞。那顶帽子是阿贝尔旅行回来送给她的，她立刻就戴上了。我走近她，她没有转身，却抑制不住身体的颤抖，我知道她一定听出了我的脚步声。我身体紧绷着，鼓足勇气来面对她的责备和严厉的目光。但是当我快要走到她身边时，又因为胆怯而放慢了脚步。她开始并没有转身看我，低着头，好像一个赌气的孩子。等我走到她身后时，她却伸出手来，手里握着一束鲜花，好像在示意我过去。我见到这个淘气的动作反而停下了脚步。她转身朝我走过来。在她抬起头的一瞬间，我才看见她脸上满是笑容。在她目光的照耀下，一切在那一刻都变得如此单纯自然。于是我用平静的语调说：

“是你的信把我召唤回来的。”

“我早就料到了，”她说，婉转的声音里透着严厉的责备，“我正是在为这个生气呢。我说的话你为什么不好好听着呢？本来很简单的事……（这样看来，烦恼和困难果然都来自我的胡思乱想，只存在于我的头脑中）我早就跟你说明白了，我们这个样子很幸福，你要改变它，我不愿意。这有什么奇怪的呢？”

确实，我在她身边感到幸福，非常幸福，所以我才努力想让自己的思想和她的一致。我不再作他想，除了看着她的微笑，我还能像这样和她手拉着手在天气宜人的小径上散步，我还奢望什么呢。

我一下子把其他的希望全都打消了，彻底沉浸在眼前的幸福之中，对她严肃地说：“要是你觉得这样就好，那我们就不订婚了。你的信让我觉得自己的确是个幸福的人，但我又要失去幸福了。哦！把我原来的幸福还给我吧，我不能失去那份幸福。我爱你，让我等一辈子也别无怨言。但是阿莉莎，如果你不爱我了，如果你怀疑我的爱情，这个想法是我绝对接受不了的。”

“唉！杰罗姆，我不可能怀疑的。”

她对我说这话的时候，声音平静而伤感。然而，她的微笑又是那么明丽，我见了之后，不禁对自己的恐惧和多虑感到羞愧。我还从她声音深处察觉到一丝伤感，也都是因为这场因为我的多虑而带来的争辩造成的。于是我转移话题，说起了自己的计划和学习，这种对我大有好处的新的生活方式。那时的巴黎高师还不是不久前的这副样子。当时学校里学风严谨，只有懒惰的和呆头呆脑的学生才会感到无法忍受，而对于勤奋好学的学生来讲，无外乎一种督促。我对这种修道院式的生活甘之如饴，况且本来社交活动对我来说也毫无吸引力。再加上阿莉莎害怕社交场合，那种生活方式在我眼里就立刻变得面目可憎了。在巴黎，阿斯布尔顿小姐还保留着当年和我母亲同住的那套公寓。阿贝尔和我在巴黎也只有她这么一个熟人。每逢星期日，我们都要去她那儿坐坐，陪她度过几个小时的时光。那天我还会给阿莉莎写信，把我生活中的一切小事说与她听，让她知道我在做些什么。

我们现在正坐在床沿上，窗子敞开着，黄瓜藤蔓一路蜿蜒，爬上窗棂。最后几根黄瓜也已经被摘掉了。阿莉莎听我说着话，还会问我一些问题。我还从未感受过她是这样的温柔细心，如此的热情亲切。一切担心和害怕在迷人的温柔里化为乌有，甚至是最微小的不安之情，都在她的笑容中烟消云散了，宛如雾气消散在澄碧的天空。

过了一会儿，朱丽叶和阿贝尔也来了。我们坐在山毛榉树丛中的一条长椅上。在这一天余下的时光里，我们重读了斯温伯恩①的诗——《时间的凯旋》，每人轮流读上一段，直到黄昏来临。

“走吧！”我们告别时，阿莉莎拥抱了我，半开玩笑似的说，“现在你要答应我，从今往后，再也不要这么浪漫了……”她说这话时带着大姐姐的神气，可能是我确实行为莽撞，才让她产生了这样的感觉。也可能她本来就喜欢这样。

“怎么样！你订婚了吗？”我们又单独在一起时，阿贝尔问我。

---

① 斯温伯恩（1837—1909），英国维多利亚时代最后一位重要的诗人。斯温伯恩崇尚希腊文化，又深受法国雨果和波德莱尔等人作品的影响，和英国“拉斐尔前派”的罗赛蒂等艺术家也志趣相投。在艺术手法上，他追求形象的鲜明华丽与大胆新奇，声调的和谐优美与宛转轻柔。

“亲爱的，这事不用再提了，”我回答说，立刻用一种不容置疑的语气加上一句，“还是这样更好。今天晚上，我从没像今天晚上这么幸福。”

“我也是，”他突然勾住了我的脖子，大声说，“我跟你说一件不可思议的事！太妙了！我疯狂地爱上了朱丽叶！去年我就有那么点感觉了，不过后来我到外面去生活了，这次在重新见你表姐妹之前，我还不愿对你透露什么。现在，事情定下来了，我这辈子有着落了。

我爱，岂止是爱，我对朱丽叶的感情是崇拜！

“我早就有那么一种感觉，对你有一种连襟似的亲热感……”

阿贝尔又笑又闹，双臂紧紧地拥抱着我，像个孩子一样和我在返回巴黎的列车座位上打滚。听到他坦白地表露爱情，我感觉很是别扭，就像听小说一样。但是，看到他这样欢欣鼓舞，我有什么办法不跟着他高兴呢？

“这么说，你已经表白了？”我好不容易在他的激情澎湃中逮住一丝空隙，插上一句。

“还没有呢！还没有！”他大声回答，“我不想匆忙翻过这最迷人的一章。”

爱情最美好的时刻，
并不是说出“我爱你”的时候……

“哈！你这磨叽佬，不会因为这个责怪我吧。”

“不过，”我有点恼火，“你觉得她那边的情况是……”

“你没有注意到她这次又见到我时那慌乱的样子吗？我们这

次做客，从头到尾她有多激动啊，脸蛋红红的，话也特别多！……是啊，你当然什么都没注意到了，你的心思全在阿莉莎身上了……啊，还有她向我问这问那，听我说话时入迷的样子！这一年来，她变得聪明了不少。我真不明白，你凭什么说她不爱看书，你总觉得只有阿莉莎爱看书……但是，亲爱的兄弟，她懂得那么多，真叫人吃惊！你知道晚饭前我们玩了什么吗？我们回忆但丁的一首抒情诗，每人轮流背一句，我背错时还是她纠正我的。你一定知道这句诗：

心，是否能理智地向我诉说爱情。[①]

“你可从来没跟我说过她学过意大利文。”

“我也不知道啊。”我说着，也颇感意外。

“怎么可能！开始背诗的时候，她就说了，都是你教给她的。”

“她一定是听过我给她姐姐念诗。她经常会在旁边缝衣服或者绣东西。可是，她一点也没有表现出听懂的样子啊。”

“真是的！阿莉莎和你可真是自私到一块去了。你们俩完全蒙在自己的爱情里，她的心智变得如何出色，你们都不肯看上一眼！我这可不是吹嘘自己，我来得正是时候……没事，没事，我没怪你，你懂的，”他说着，又抱了我一下，“你得答应我，这件事不要对阿莉莎透露一个字。我要自己处理。朱丽叶已经动心了，我敢肯定，十拿九稳。我敢把她暂时搁下一段时间，等到下次放假再提起，这段时间我甚至都不会给她写信。不过，新年放假时你和我一起去勒阿弗尔，到了那时……”

“到了那时怎么样……”

---

① 原文为意大利文。

“到了那时，阿莉莎就会突然听到我们订婚的消息。我打算把这事办得漂亮一点。你能猜到接下来会发生什么吗？你不是一直得不到阿莉莎的承诺吗，就让我们以自己为榜样帮你争取到手。我们要说服她，我们绝不能在你们之前结婚……”

他滔滔不绝地说个不停，甚至在火车抵达巴黎时还没住嘴，回学校后还说个没完。我们从火车站步行到学校，虽然夜已深了，他还是陪我走到宿舍，留在那儿一直聊到天亮。

阿贝尔正在兴头上，对现在和未来充满了打算。他已经预见到了我们双双成婚的场景，想像并描绘着每个人脸上的惊讶和喜悦之情。他爱上了这个美丽的故事，爱上了我们的友情以及他在其中扮演的角色。他的一腔热忱是如此动人，最后连我也受到了感染，对他编制的瑰丽幻象表示了赞同。我们的雄心壮志，我们的勇气，也借着爱情的势头膨胀起来。大学一毕业，我们就把沃蒂埃牧师请来主持婚礼，婚后四个人一起去蜜月旅行。我们会做一番大事业，我们的妻子会心甘情愿地做我们的贤内助。阿贝尔对教书不感兴趣，他认为自己是块写作的材料，只要写几出成功的剧本，很快就能赚到一大笔他急需的财富。至于我，更想从事研究工作，不太计较利益。我想专门研究宗教哲学，写一部史书……可是，当时怀着那么多的愿望，现在重提这些又有什么用呢？

第二天，我们又投入到学习中去。

四

转眼间到了新年假期。这段时间过得飞快，上次与阿莉莎谈话依然使我的心情处于兴奋状态，信念也不曾有过一刻的动摇。我照自己的计划，每个星期日给她写一封长信。在其余的日子里，我避开其他同学，只和阿贝尔交往。我在对阿莉莎的思念中度日。我在自己爱看的书上做满了标记，那都是我猜她可能感兴趣的部分，我一定要让我们的兴趣趋向一致。虽然她经常给我回信，但我还是非常不安。从信中可以看出，她关注着我的近况。但这种关心主要集中在鼓励我学习的方面，而不是为了加深感情、拉近彼此的思想。我觉得评价、讨论或者批评都是表达思想的方式。她则恰恰相反，利用这一切来向我掩饰她的思想。我有时甚至会怀疑她把这当作了一种游戏……罢了！我决心绝不抱怨，也不在信中流露出一丝不安的情绪。

十二月底，我和阿贝尔又动身前往勒阿弗尔。

下了火车后，我直接住在了普朗蒂埃姨妈家。我抵达时她刚好不在家。但我刚刚在房间里安顿下来，一名仆人就跑来通知我说她正在客厅里等我。

姨妈先是问起了我的身体状况、居住环境和学习情况，几句话过后，立即毫无顾忌地打听起她关心的事情。

“我的孩子，你还没告诉我呢。上次在封格斯马尔度过的那段日子，你过得满意不满意啊？你的事儿有进展了吗？”

姨妈这人心直口拙，我并不介怀。可是，我们的感情，即使是用最纯洁、最温柔的语言来谈论，我都会觉得是一种冒犯，更何况像她这样随便地提起呢。但她说话的语气是那么直率和热情，我要是因为这个就发起火来，未免就显得太蠢了。即便如此，刚开始说话时，我还是带着点顶撞的意味：

“春天那会儿，您不是还跟我说过订婚太早吗？”

“对，我知道，开始时我是这么说的。”她拉起我的一只手，放在自己手里深情地揉搓，又开了口：“我知道，你要上学，要服兵役，几年之内结不成婚。再说我也不赞成订婚之后拖太久，这会让姑娘们等烦的……不过，有时候也会让人感动……再说了，也不一定要做得太正式嘛……这只是为了让大家明白……哦！可得含蓄点儿，让人明白，不要再给她找人家了。而且啊，订了婚，你们就能写信了，时刻保持联系。最后还有，要是再有人上门求亲——这种情况也是可能发生的，”她很有分寸地微微一笑，用婉转的语气接着说，“就可以有个得体的说法：‘不，不用费心啦’。你知道吗，已经有人来向朱丽叶求过婚了！去年冬天她相当惹人注目。她说了，她年龄还是太小。她是这么答复的。不过，那个年轻人说他愿意等。准确地说，那个年轻人其实也不算年轻了……但这总算是门好姻缘。他是个值得依靠的人。明天你也能看到他，他要来帮我装饰圣诞树。见过之后，你再跟我说说你对他的印象。”

“只怕他要白忙活一场了，姨妈，朱丽叶已经有心上人了。”我说着，好不容易才忍住没有立刻说出阿贝尔的名字。

“哦？”姨妈撇了撇嘴，头歪向一边，满是怀疑，“你这话可奇了，她怎么什么也没跟我说呢？”

我咬紧牙关，免得言多必失。

“好吧！到时候就知道了……这几天朱丽叶身体不大舒服，”她说，“反正现在也还没说到她……哈！阿莉莎也挺可爱的……总之，有还是没有啊，你跟她表白了吗？”

“表白”这个词，我听了极其反感，感觉它粗俗不堪。但是这个问题已经放到台面上了，我又不会说谎，只好惶惶然回答。

“表白了。”我脸颊马上烧起来了。

“她怎么说？”

我低下头，真不想回答，但又没有办法：“她不肯订婚。”

“好哇，这个小姑娘，她做得有道理！”姨妈大声说，“你们日子长着呢，不是吗……”

“哎呀！姨妈，别说这事了。”我抗议道，可是抗议也是徒劳。

“其实，她这么做我并不觉得奇怪。我一直觉得，你这个表姐比你懂事……”

我也不知道我当时是怎么了，无疑是让她给问得神经紧张，突然间感到心都碎了。我像个孩子似的，把脑袋瓜抵在姨妈的膝盖上扭个不停，大声哭了起来。

“不，姨妈，不，您不会明白的，”我大声说，“她没让我等她……”

“什么！她拒绝你了！”她的语气中尽是怜悯，非常温柔地用手捧起我的头。

“也不是……不，不完全是。”我悲哀地摇了摇头。

“你怕她不爱你啦？”

“唉！不是，我不是怕这个。”

“可怜的孩子，你要想让我明白，就得说得更清楚一点儿呀。”

我不该这样放任自己的意志沦陷，我为此感到羞愧和懊恼。我自己尚且捉摸不定，姨妈自然更无法看透事情的理由。不过，要是阿莉莎的拒绝背后隐藏着什么确切的动机，由姨妈出面慢慢试探，也许能帮我弄个明白。她不久就自己提了出来。

“听我的，明天早上，阿莉莎要来帮我装饰圣诞树，我很快就能弄清这件事。等午饭的时候我再告诉你。我敢肯定，你没什么好怕的。”

我去布科兰家吃了晚饭。朱丽叶的确病了，病了好几天。我觉得她变了，她的目光里有种近乎冷酷的情绪，表情很是严厉。这使她跟她姐姐的差别更加明显了。那天晚上，我和她们姐妹俩都没有找到单独说话的机会。而且我也没想说什么。舅父显得很疲惫，饭后不久我就告辞了。

每年普朗蒂埃姨妈的圣诞树都要招来一大群孩子、亲戚和朋友。圣诞树站在门厅里，正对着楼梯口，门厅又连着前厅和一间客厅，还有带着玻璃门的暖房。圣诞树还没装饰好。节日的当天早晨，也就是我抵达的第二天，就像姨妈说的那样，阿莉莎一早就来了，帮她往圣诞树上挂装饰品、彩色灯泡、水果、糖果和玩具。如果要让我跟她们一起做这些事的话，我也会十分乐意的，但是我得留个机会让姨妈和她单独聊聊。我没有和她照面就出门去了，整个上午一直在设法排遣自己的焦虑情绪。

我先到了布科兰舅父家，想见朱丽叶一面。但是我听说阿贝尔比我到得更早，他正在她的身边。我怕打扰到他们这次具有关键意义的谈话，便马上退了出来。我在码头和街上闲逛，直到午饭时间才回去。

“你这傻瓜！”姨妈一见我回来，就大声嚷嚷起来，“怎么能这样糟践自己的人生呢！昨天早上你跟我说的那一番话，没有一句是有道理的……嗐！我也没拐弯抹角，我直接把我们的阿斯布尔顿小姐支走，留下我和阿莉莎两个人。我就直接问她夏天为什么不肯订婚。你可能要以为她会不好意思吧？可她一点儿也没有为难的样子，非常平静地回答我说，她不愿意在妹妹之前结婚。当初你要是直截了当地问她，她就会像回答我一样回答你啦。这有什么了不起的，真是自找烦恼，是不？看到没有，我的孩子，啥也比不上打开天窗说亮话……可怜的阿莉莎，她还跟我提起她父亲，说不能抛下他老人家不管……哦！我们谈了好多。这姑娘相当懂事。她还跟我说了，她还不敢肯定自己对你来说是合适的选择，她怕自己年龄太大，她希望你能找个像朱丽叶那么大的……”

姨妈还在不停地说着，但我已经听不进去了。只有一个情况值得我关注：阿莉莎不想在她妹妹之前结婚。嘿！阿贝尔不是在那摆着么！这个洋洋自得的家伙，说得还挺有道理。好事成双，一下子成全了两门亲事……

这几句话是这样地简单，道破了所有问题。我听了之后心里无比激动，但在姨妈面前还要尽量掩饰，只表现出一种在她看来非常自然的喜悦之情。让她高兴的是，我的这份喜悦好像是由她带来的。刚刚吃过午饭，我就随便找了个借口离开她，去找阿贝尔了。

“嘿！我跟你说什么来着！”他一听说我的喜讯，就抱着我大吼大叫，“我的兄弟啊，我已经可以向你宣布，今天上午我和朱丽叶的谈话可以说是具有决定性意义的！虽然我们说的内容几乎都围绕着你。她看上去有点疲劳，有点烦躁……我怕说太多会让她太过激动，也怕说个没完会叫她太兴奋了。听你这么一说，这事可就大功告成了！啊！我的朋友，我这就要去拿我的手杖和帽子了，你要一直陪我走到布科兰家门口。要是没人拉着我，我会在大路上飘起来的……等朱丽叶得知她姐姐是因为她才没答应你的求婚，紧接着我再马上向她求婚……啊！我的朋友，我已经能看见我的父亲今晚站在圣诞树前，流着幸福的眼泪赞美上帝，满怀祝福地把手放在两对订婚者的头上了。阿斯布尔顿小姐把心中的百感交集化作一声叹息。普朗蒂埃姨妈也会泪流满襟。灯火灿烂的圣诞树歌颂着上帝的荣耀，像《圣经》里的群山那样鼓掌祝贺。”

只有等到傍晚，才能把圣诞树上的灯点亮，孩子们和亲友才会围绕在圣诞树周围。我和阿贝尔分开后无事可做，只觉得神思游离，焦虑不已。为了消磨这段等待的时间，我跑到圣阿雷斯山崖上，没想到却在那里迷路了。等我再度回到普朗蒂埃姨妈家里时，庆祝活动已经开始有一会儿了。

我一走进门厅就看见了阿莉莎。她好像正在等我，看见我便迎了上来。她穿着一件浅色紧身衣，领口裸露的地方挂着一枚老式的紫水晶小十字架。那是我母亲的遗物，自从我送给她留作纪念之后从未见她戴过。她面容憔悴，神情凄苦，看着真叫我心里不是滋味。

“你怎么这么晚，我有话和你说。”她压低声音快速地对我说。

“我在山崖上迷路了……怎么，你不舒服了？……啊！阿莉莎，出什么事了？”

她站在我面前，嘴唇发抖，半晌说不出话来。我急得不得了，又不敢开口问她。她把手放到我的脖子上，好像要把我的脸拉近一些。我觉得她有话要对我说，但是恰恰在这个时候进来了几位客人，她的手又滑落下来……

“没时间了。”她低声念叨着。她见我热泪盈眶，目光中满是疑问，便以一种哄小孩似的话来敷衍我，好像这可笑的解释足以使我平静下来。

“不，……你放心吧，我只是头疼，这些孩子太闹了……我只好躲到这里来了……现在，我该回到他们身边去了。”

话音刚落她就突然离开了我。有人走进来，把我和她分开。我想去客厅找她，却看见她在客厅的另一头，四周围着一群孩子，她正在和他们做游戏。我和她之间隔着好几个熟人，我要想走过去肯定会被他们叫住寒暄一番。我觉得自己实在没那个心情，也许贴着墙边能溜过去吧……我试试看。

在我经过暖房的大玻璃门时，我忽然感觉胳臂被人抓住了。是朱丽叶。她藏在门洞里，门帘遮住了她一半身子。

“到暖房里去，”她匆忙说着，“我得跟你谈谈。你从这儿走，我也过去。”然后她把门打开一道缝隙。过了一会儿，她钻了进去。

发生什么事了？我想和阿贝尔见个面。他到底说了什么？做了什么？……我回到门厅四处看看，进了暖房。朱丽叶正在等我。

朱丽叶脸庞通红，双眉紧锁，目光里有一种严厉而痛苦的表情。她的眼睛熠熠生辉，好像在发高烧，连说话的声音也显得生硬而紧促。她的情绪极其高昂，似乎内火中烧。我虽然满腹心事，在她的美丽面前也不禁感到惊讶，甚至有些窘迫了。屋里只有我们两个人。

“阿莉莎跟你说了？”她马上发问。

“刚说两句，我回来得太晚了。”

“她要我先结婚，你知道吗？”

“知道。”

她定睛注视着我：“那你知道她让我嫁给谁吗？”

我愣住了，没说话。

“嫁给你！”她大叫了一声。

“这简直荒唐极了！”

“可不是吗！”她的语气中既有失望也有得意。她直了直身子，准确地说，是昂起了胸膛……

“我现在知道了，以后的事情该怎么办。”她含糊其辞地加上一句，打开暖房的门，随手砰地一声把门带上。

我头脑里的一切都在地动山摇。我感到血液逆流把太阳穴刺得生疼。在慌乱中我只有一个想法：去找阿贝尔。也许他能向我解释这姐妹俩奇怪的言行……可我不敢回到客厅里去，我怕被人看到我心慌意乱的样子。我来到室外。花园里的风很凉，我冷静了不少。我在那儿呆了一会儿，天色渐晚，海雾笼罩了城市，树木的叶子掉光了，天地间一片凄凉……这时响起了歌声，一定是孩子们正围在圣诞树周围合唱。我穿过门厅，客厅和前厅的门全都开着，客厅里空荡荡的。我看见姨妈的身影被钢琴遮住了一半，她正在和朱丽叶说话。客人们都挤在圣诞树周围。孩子们唱完了圣歌，所有人安静下来，站在圣诞树前的沃蒂埃牧师开始布道了。他从不放弃任何“撒播种子”的机会。灯光和热气让我感觉不舒服，我正想回到外面去，却忽然发现阿贝尔正倚在门边。他站在那里大概有一阵子了。他用充满敌意的眼神看着我。当我们的目光相遇时，他耸耸肩膀。我朝他走过去。

“笨蛋！”他低声说，接着又突然说，“喂！走吧！咱们出去吧，这种说教我都听腻了！”

我们出门后，他见我只是焦虑地看着他，并不说话，他又骂了句：“笨蛋！她爱的是你。笨蛋！你怎么不早点告诉我？”

我惊呆了，怎么也不敢相信。

“你不明白，对不对！你这人，都没察觉到她的感情！”

他抓住我的手臂，使劲地摇晃着。他说这话时咬牙切齿，声音都变得尖细发颤了。

“阿贝尔，求你了。”我任他拖着我大步往前走着，步伐一片混乱。终于我颤抖着开口道：“别发这么大火了，还是跟我说说是怎么回事吧。我什么也不知道啊。”

在一盏路灯下，他突然拉着我停住了。他借着路灯的光亮仔细端详我，然后又猛地把我拽到他身上，头埋进我肩里，一边呜咽，一边喃喃出声：“对不起！我也是个大傻瓜。我可怜的兄弟，我不比你强多少，我也什么都没看出来。”

流过泪的他看上去平静了一些。他抬起头，又接着往前走去，说道：“事情的经过……现在说这些还有什么用？我不是跟你说过吗，今天早晨我同朱丽叶谈过，她是那么的美丽，格外活泼。我还以为是因为我呢，其实是因为我们当时在谈论你。”

“当时你就没反应过来？”

“没有，当时就是没有察觉。可是现在想来就算是最微妙的暗示都显得那么清楚……”

“你肯定没弄错吗?”

“弄错！唉！亲爱的,只有瞎子才看不出她爱你。”

“那么,阿莉莎……”

“那么阿莉莎只好牺牲自己了。她无意中发现了这个秘密,就想让着妹妹。行了,兄弟！这不难理解……我去找过朱丽叶了,我想和她谈谈。可是,我还没说上两句话,或者说她刚刚明白我的意思,就从我们坐着的沙发上站了起来,一连说好几遍‘我早就知道’,但她那语气一点都不像早就知道的……”

“喂！不能开这种玩笑的!”

“为什么？我觉得这件事很滑稽……她一直冲进她姐姐的房间。房间里传出响亮而激烈的争吵声,我听了心里不禁有点发慌。我想再看看朱丽叶,没想到隔了一会,阿莉莎倒先出来了。她戴着帽子,看见我显得有点尴尬,匆忙打了个招呼就走过去了……就是这样。”

“你没再见到朱丽叶?”

阿贝尔犹豫了一下:“见到了。阿莉莎走后,我推开门,看见朱丽叶正站在壁炉前面,两肘支在大理石炉台上,手托着下巴,正一动不动地盯着自己在镜中的形象。她听见我走进去,她没有转身,只是跺脚喊道:‘啊！别来烦我!’那语气很生硬,我没法说下去,就走了。这就是全部情况了。”

“现在呢?”

“唉！跟你说完我感觉好多了……现在吗？你要想办法治好朱丽叶在爱情里受到的伤害。在这以前,阿莉莎是不会回到你身边的,要不是这样,那就是我不够了解她。”

我们默默地走了很久。

“回去吧!”最后他说,“客人们现在都走了,我怕我父亲等我。”

我们回去的时候，客厅果然空了。圣诞树上的礼物被一扫而光，彩灯几乎全都熄灭了。那里只有姨妈和她的两个孩子、布科兰舅父、阿斯布尔顿小姐和我的两个表姐妹，还有一个相当可笑的人。我以前见过那个人，那时他和姨妈聊了很长时间，不过直到此时我才认出他就是朱丽叶口中的那个求婚者。他的身材比我们每人都要高大和强壮，脸色也更红润，头顶差不多全秃了。他显然属于另一个阶级，另一个圈子，另一个种族，在我们中间似乎是个异类。他捻着灰白色的胡须，动作有点神经质。门厅的门还开着，灯火已经熄灭了。我们俩悄悄地进去，没有人觉察到我们的到来。我心里突然一痛，可怕的预感袭上心头。

“等等！”阿贝尔说，抓住我的胳臂。

这时，我们看见那个陌生人走到朱丽叶跟前，拉起了她的手。朱丽叶没看他，却任凭那人握着她的手。我的心陷入了一片黑夜。

“阿贝尔，这是怎么一回事？”我小声说着，好像我还没弄明白，或者我希望是自己理解错了。

“这还用说嘛！这小姑娘在自抬身价。”他说着，声音里带着咝咝的怪响，“她不愿意屈居姐姐之下。天使们肯定在天上鼓掌欢呼呢！”

舅舅过去拥抱了朱丽叶，后者正被阿斯布尔顿小姐和我姨妈包围着。沃蒂埃牧师也上前一步……

我走到近前，阿莉莎一看见我，立即跑了过来，颤抖着说：“杰罗姆，这事可不能这样办。朱丽叶并不爱他！今天早上她还是这么跟我说的。得想办法阻止她啊，杰罗姆！天！她以后可怎么办啊？……”

她伏在我的肩头绝望地哀求着。只要能减轻她的忧虑，就算是付出生命我也愿意。

突然，圣诞树那边一声尖叫，接着便是一团混乱……我们跑过去，只见朱丽叶昏倒在姨妈的怀里。大家都围了过去，俯下身子探望她。我几乎什么都看不见，只见她凌乱的头发向后坠着，扯着她惨白的脸孔。她在抽搐，显然这不是一般的昏厥。

“没事的！没事的！”姨妈大声说着，为的是平复我舅舅的焦虑情绪。沃蒂埃牧师的食指指着天，也在安慰他。

“没事！一点儿事也没有。她只是太激动了，神经太紧张了。泰西埃尔先生，您力气大，帮我一下吧，帮我把她抬到我房间去，放在我的床上……我的床上……”然后她俯身在她大儿子耳边说了句什么，我看见他立刻出了门，肯定是去叫大夫了。

姨妈和求婚者抬着朱丽叶的肩膀，让她半仰着的身体倒在他们的手臂里。阿莉莎扶起妹妹的双脚，轻轻搂着。阿贝尔托住了她后仰的头，我看见他抚平她那凌乱的头发，弯下腰在她额头上亲了又亲。

走到房间门口，我停下了脚步。大家把朱丽叶放在床上。阿莉莎对泰西埃尔先生和阿贝尔说了几句话，我没听见是什么内容。她把他们送到门口，说妹妹需要休息，有她和我姨妈留下来照看就足够了……

阿贝尔抓住我的手，把我拽到外面。我们俩怅然若失，漫无目的地在黑夜中走了好久。

五

我觉得，我的一生只为爱情，除此之外别无所求。我一心扑在爱情上，只要不是与女友有关的东西，我什么也不期待，也不想去期待。

第二天，我正要去看她，姨妈拦住了我，递给我一封她刚刚收到的信：

……朱丽叶服下医生开的药方，烦躁的情绪直到凌晨才得到缓解。我请求杰罗姆这几天不要过来。朱丽叶可能会听出杰罗姆的脚步或者说话的声音，她需要最大程度的安静。

朱丽叶病成这样，我怕是分身乏术了。如果在杰罗姆离开之前我不能接待他，亲爱的姑妈，请代为转达，就说我会给他写信的……

这只是针对我一人下达的禁令，姨妈随时可以去布科兰家。任何一个别的什么人也可以随时过去。姨妈那天上午就想过去一趟。我能弄出什么声音来？多么低劣的借口……可又能怎么样呢！

“好吧，那我就不去了。”不能立刻见到阿莉莎，我的心里很不好过，可我又怕再次见面时她会把妹妹的病归咎于我。这样说来，不去见她要比看她发脾气好受一些。

但我至少还想看一眼阿贝尔。

我到了他家门口，女仆把一张字条交给了我。

为了不叫你担心，我留下了这张字条。呆在勒阿弗尔，离朱丽叶这么近，这在我来看是不能忍受的。昨天晚上和你分别之后，我几乎立刻乘船去了南安普敦。我计划去伦敦S君家度完余下的假期。我们学校再见。

所有的援助一下子全都消失不见了。我再在这里待下去只会让自己感到痛苦。因此还没等到开学，我就回到了巴黎。我把目光转向上帝，转向施与人们一切安慰、一切恩泽和所有完美赏赐的主。我向他倾诉着我的痛苦，我想阿莉莎也是向他寻求庇护的。一想到她在祈祷，我也受到了鼓舞和激励。

就这样，我度过了好长一段日子。每天思考和学习，除了和阿莉莎通信之外，实在没有别的事情可说。她的信我全都保存着，以后等到记忆模糊的时候，可以拿出来重读，以便理清思路……

有关勒阿弗尔的消息，最开始是通过姨妈，也只是通过姨妈获取的。我从她那儿得知朱丽叶的病情在头几天非常严重，令人担忧不已。在我走后的第十二天，我终于收到了阿莉莎的这封信：

> 亲爱的杰罗姆，请原谅我没有早点给你写信。可怜的朱丽叶病成这样子，我实在没有半点空闲。自从你走之后，我几乎未曾离开她一步。我们的情况，我曾拜托姑妈说给你听，我想她已经这样做了。你知道吧，这几天朱丽叶好多了。我对上帝充满感激，但是还不敢高兴得太早。

还有，我没再怎么提过罗贝尔的事情。他比我晚几天回到巴黎，给我带来了两姐妹的消息。我看在她们的份上关心他，并不是我天生性格就是这样。他在农学院念书，每逢假期我总会去照看他，想办法多让他出去走动走动。

那些我不敢直接向阿莉莎和我姨妈询问的事情，都是通过罗贝尔了解到的。爱德华·泰西埃尔经常去打探朱丽叶的病情。不过，直到罗贝尔离开勒阿弗尔时，朱丽叶还不曾与他见面。我还听说，自从我走后，她在姐姐面前一直沉默不语，无论什么事都无法让她开口说话。

没过多久，我又从姨妈那听说，朱丽叶本人提出要尽早办理正式的订婚手续。而阿莉莎却希望立即解除婚约，这和我预料的一样。朱丽叶是铁了心了，满脸愁云惨淡，不多看也不多说，任何忠告、命令和恳求都无济于事……

时间就这样一点点地过去了。我从阿莉莎那里收到尽是些令人失望的简短信笺，我也不知道该给她回些什么好。寒冬的浓雾笼罩着一切。唉！无论是书桌上的灯光，还是爱情和信仰的热忱，都无法驱散我心中的黑夜和寒冷。时间就这样一点一点地过去了。

后来，在一个春日里，我忽然收到姨妈转交给我的一封信——那是她不在勒阿弗尔时阿莉莎写给她的。我从信中抄录下能够说明问题的段落：

……为了我的听话而表扬我吧：我听从您的劝告，接待了泰西埃尔先生，和他聊了许多。我承认他的言行品质很好。说实话，我几乎可以相信这门亲事并不像我当初担心的那样不幸。当然了，朱丽叶并不爱他。但是就像这样，一周又一周的时间过去了，他在我的眼里越来越值得去爱。他对自己的情况非常了解，也没有误解我妹妹的性格。但他深信他所表达的爱是有效的，他自信没有恒心克服不了的困难。这说明他爱得很深。

看到杰罗姆那么照顾我弟弟，我十分感动。我想他之所以会这样做，完全是出于责任心，也可能是为了让我高兴，因为他们的性格实在没有什么共通之处。但毫无疑问的是，他应该已经认识到，一个人担负的责任越是艰巨，他就越能得到更多的领悟和灵魂的滋养。这是很崇高的想法！不要总是笑话您的大侄女了，要知道正是这样的想法支撑着我，才帮助我把朱丽叶的婚姻尽量当作一件好事来看。

亲爱的姑妈，您的热心和体贴让我感到无限的温暖！……但是您不要觉得我有多么不幸。刚好相反，朱丽叶刚刚经受的考验也在我心里产生了共鸣。《圣经》里的那话："信赖人必有祸端"，以前我经常背诵这句，却一直不大明白。现在我开悟了。我最早读到这句话，并不是在我的《圣经》里，而是在杰罗姆寄给我的一张圣诞贺卡上。那年他还不到十二岁，我也才满十四岁。那张画片上印有一捧花束，当时我们觉得很好看，旁边印着高乃依[①]的几句诗：

是何等魔力战胜世俗，
今天引我飞向天主？
若求助于世人，
必将殃及自身！

不过，老实说，耶利米[②]那几行简单的诗句更加符合我的心意，言简而意赅。虽然杰罗姆选贺卡时没注意到上面的诗。但从他最近的来信中我能看出，如今他的脾性和我很相像。我每天都在感谢上帝，同时把我们俩拉向他的身边

经过我们的那次谈话，我为了不打扰他学习，不再像过去那样给他写长信。您一定会认为，我这样提到他就说个不停，是想借机补偿一下。那么我就此搁笔吧，我真怕自己写个没完。仅此一回，别太责怪我了。

---

① 高乃依（1606—1684），法国古典主义悲剧作家。

② 耶利米（约公元前650/645—580），《圣经·旧约》中的人物，四大先知之一。

这封信叫我产生了多少想法啊！姨妈总爱乱搅和，这真是可恶（阿莉莎提到的让她对我保持沉默的那次谈话，究竟是怎么回事），还瞎管闲事，为什么又要把信转给我看！阿莉莎对我保持沉默，这已经够我受的了，她还把不对我说的话写给别人看，这更不该让我知道！这封信里的话都让我感到气愤，她竟然把我们中间那么多小秘密就这样轻易地跟姨妈说了，语气还那么自然、坦率、认真、活泼……

“唉，我可怜的朋友，别这样！你之所以恼火，无非是因为这封信不是写给你的。”阿贝尔对我说。

阿贝尔，我每天的伙伴，是我惟一可以推心置腹的人。每当我感到孤独、气馁，或者需要发泄怨言、需要得到同情的时候，就会不停地对他倾诉。尽管我们性情不同，或者正是因为性情不同，每当我为难的时候，总相信他能给我忠告……

“咱们来研究一下这封信吧。”他说着，把信在写字台上摊平。

这四天三夜我是在气恼中度过的，现在自然很愿意听听朋友是怎么说的。

“朱丽叶和泰西埃尔这一对，我们就由着他们在爱情的烈焰中燃烧吧，对不对？我们可知道那烈火烧起来有多厉害。没错！依我看泰西埃尔就像那扑火的飞蛾……”

“别说这个了，”我对他说，听他开这类玩笑我有点不舒服，“看看其余部分吧。”

“其余部分？”他说，“其余部分不都是写你的吗？你还抱怨什么呢！没有一行，没有一个字不是饱含着对你的思念之情。这么说吧，这整个一封信都是写给你的。老人家把它转给你，算是物归原主了。阿莉莎不能写给你，就把信写给了这位好心肠的女人，这是不得已而为之。再说了，你姨妈哪里懂得什么高乃依的诗！顺便说一句，那其实是拉辛[1]的诗。我跟你说吧，她这是在和你谈心呢，所有这些话都是说给你听的。要是在两周之内，你表姐不用同样轻轻松松、高高兴兴的语气再给你写一封一样的长信的话，那只能说明你是个大笨蛋……”

“她不大可能这样做吧。”

“这全在你了！你还要听我的意见吗？从现在开始，在很长的一段时间内，你不要再提你们的爱情，也不要提结婚这码事。她妹妹出事之后，她正为这个闹心呢，难道你看不出来吗？相反你要在手足之情上下工夫，时时刻刻跟她谈罗贝尔……既然你有耐心去照顾这个傻小子。只要继续任由她心情舒畅，其他的事情还不是水到渠成嘛。啊！真可惜不是我给她写信！”

“你不配去爱她的。”

我还是听了阿贝尔的劝。果然不久以后阿莉莎的信又多起来了。可我还是不敢指望她能真正快活起来，或是毫无保留地把心交给我。现在情况还没安定下来，起码要等朱丽叶的幸福有了保障，或者她的终身大事定下来之后才行。

阿莉莎告诉我，朱丽叶的病情有所好转，婚礼将在七月份举行。阿莉莎还在信中提到，估计婚礼那天，我和阿贝尔肯定会因为上课而不能到场……我明白她的意思，她认为我们最好不要出席婚礼。因此，我们就以考试为由拒绝了婚礼的邀请，只通过信件寄去了我们的祝福。

婚礼后大概半个月的样子，阿莉莎又给我写了一封信：

我亲爱的杰罗姆：

---

① 拉辛（1630—1699），法国古典主义悲剧作家。

我是多么惊讶啊！你能想到吗？昨天我偶然翻阅了那本漂亮的《拉辛》，发现了你在送给我的那张贺卡上写下的四句诗。那张贺卡夹在我的《圣经》里已经快十年了。

是何等魔力战胜世俗，
今天引我飞向天主？
若求助于世人，
必将殃及自身！

我原以为那是高乃依的诗句，我承认当时我并不觉得它有多美。不过，在我阅读圣歌第四章时，读到了几节诗，觉得它们是那样的美好，不禁抄下来寄给你。我从你贸然写在页码边上的缩写词来判断（我的确有这样的习惯，喜欢在我和阿莉莎的书里、在我喜欢的章节旁，写下她名字的首字母，提醒她去阅读），你肯定已经读过。没关系！反正我在抄写的过程中也是乐在其中的。起初我还以为这是我自己的发现，结果却是你推荐我去读的。我不免有点失落，但又想到你和我一样喜欢这些诗句，喜悦的心情马上就替代了不开心。在我抄下它们的时候，好像又感觉到你在跟我一起阅读：

智慧不朽，如雷声滚滚，
谆谆教诲世人：
“凡人的子孙啊，
你们的辛劳换来了什么收获？
贪婪的灵魂，为何让纯洁的血液流干，
却只妄取那虚幻的影子，
而不是能够充饥的面包，

你们付出了纯洁的血液，
为何要比从前还要饥饿？

我向你们推荐的圣饼，
是天使的食粮，
是上帝用优质的面粉，亲手制作而成。
这种可口的美食，
怎能在凡人的餐桌上出现！
跟随我的人会得到赏赐，
过来吧，你们要永生吗？
拿着吧，吃下吧，永生唾手可得。”
……
被俘的灵魂是多么幸运，
在主的管束下得到安宁，
渴了就喝下长生泉水，
泉眼永远不曾枯竭。
这水人人都能享用，
它的福泽源远流长。
但是我们却在疯狂奔忙，
四处寻觅污泥浊水，
跑去寻找什么泥潭，
那里的水欺人耳目，
时刻可能流逝不见。

多美啊！杰罗姆，多美啊！你真的和我感受一样，觉得它美吧？我这一版上有一条注释，说德·曼特农夫人[①]曾经听闻多马尔小姐吟唱这首圣歌，很是动容，“流下了眼泪”，并请她重唱了一遍。现在我已经记在心里，不停地默诵着。惟一让我感到失落的是，我还从来没听过你为我朗诵它。

我们那一双新人不时地传来好消息。你要知道，尽管巴约讷和比亚里茨天气酷热难当，朱丽叶却玩得相当开心。之后他们又在封恩塔拉比亚游览了一番，在布尔戈斯稍作停留，两度翻越比利牛斯山脉……在蒙塞拉特，朱丽叶兴致勃勃地给我寄来了现在这封信。他们计划再在巴塞罗纳停留十天，然后就回尼姆。爱德华要赶在九月前回去，为收获葡萄的季节做准备。

父亲和我在封格斯马尔已经住了有一个星期了，阿斯布尔顿小姐明天会到，罗贝尔还要四天才能回来。你知道这个可怜的孩子没有通过考试。倒不是因为题目难度有多大，而是主考官问他的问题太怪了，搞得他不知道该怎么回答。我从你的信里了解到罗贝尔的用功程度。若说他缺乏准备，我是不会相信的，看来还是那位主考官喜欢刁难学生。

至于你优秀的成绩，我亲爱的朋友，我说不出什么祝贺的话来，因为我觉得那是理所当然的。杰罗姆，我对你是多么有信心，只要一想到你，我的心里就充满了希望。你之前跟我提到的那项工作，现在可以开始做了吧？……

这里的花园没有变化，屋子却显得空荡荡的！我请求你今年不要回来，现在你应该明白原因了，是不是？我觉得这样做更好一些，可我每天都要在心里默念一遍，以此来说服自己，因为这么

---

① 德·曼特农侯爵夫人（1635—1719），路易十四统治时期一位具有传奇色彩的女性，起初担任照顾国王私生子们的女管家之职，1683年与国王结婚，统领凡尔赛宫。1715年国王去世后，她隐居圣西尔，经营少女教育学校。

长时间见不到你，我确实很难过……有时候我会不由自主地寻找你的影子。我看书时会忽然停下来，回过头去张望……我觉得你就在我身边！我正在写着这封信，已经入夜了，别人都睡了，我面前是敞开的窗户。花园里的空气和煦而芳香。你还记得我们小时候吗，每当看见或听到美好的事物，心中就会想：上帝啊，感谢你把它们创造出来……今天晚上，我满心都是这句：上帝啊，谢谢你创造出这样美丽的夜晚！于是我突然好想你在这里，我能感到你在这里，就在我身边。我的这个愿望是如此强烈，你大概已经感觉到了吧。对的，你在信中写得多对啊，“在与生俱来的纯洁心灵里”，赞美和感激合而为一……还有多少事情我想要说给你听啊！——我想到了朱丽叶提到的那个阳光灿烂的国家。我还想到了别的国家，更宽阔的土地，更敞亮的视野，更灿烂的阳光。我心里总是怀着一种奇异的信念：迟早有那么一天，虽说我也不知道会以什么样的方式实现，但我们终将看到一座神秘的国度，不知是哪里的神秘的国度……

您不难想像，我看这封信是多么欣喜若狂，又流下了多少爱情的眼泪。还有一些信件陆续寄到了。阿莉莎虽然对我没去封格斯马尔表示感激，也求我今年不要去与她见面，但是她确实也为我不在身边而感到遗憾。现在她的每一页信纸上都回响着同我见面的渴望。我竟没有回应她的召唤，这是哪儿来的力量呢？毫无疑问，我听从了来自阿贝尔的劝告，因为我害怕自己一旦做了什么会毁掉这份快乐，同时我刻板拘束的天性也在阻碍感情的宣泄。

在后面几封信里，凡是与这篇自述有关的、能说明问题的内容，我把它们都抄录如下：

亲爱的杰罗姆：

读着你的来信，我沉浸在喜悦之中。我正准备回复你从奥尔维耶托的来信，却又收到了你从阿西西和佩罗贾写来的两封信。我的神思仿佛也曾到过那些地方，虽然我的躯体一直在这里。是真的，我和你结伴奔驰在翁布里亚的白色大路上。早上踏着曙光与你一道启程，就连目光都是焕然一新的……你是不是在科尔托纳的平原上喊了我的名字？我听见了……在阿西西城北面的山坡上，我们是如此口渴，从方济各会的修士那里得到的那杯水又是多么可口！我的朋友啊！我正是透过你的眼睛在看着这一切。你在给我的信上写到的关于圣徒方济各的那段话，我多喜欢啊！没错，我们要寻求的绝不是思想的解放，而是狂热。思想的解放势必会带来令人讨厌的骄傲的情绪，而为思想树立目标和抱负的原因，不是为了反抗它，而是要忠实于它……

尼姆那边传来的消息都好极了，我认为这是上帝在示意我可以尽情地享受欢乐。这个夏天惟一的不如意，就是我那可怜父亲的健康情况。

虽然我已经很细心地照顾他了，他看上去仍然是一脸的愁苦之色。准确地说，只要我留下他一人独处，他便又会陷入悲伤，而且一旦低落下去总是很难再好起来。我们周遭的大自然是多么惬意、多么欢乐啊。可对他来说，大自然的语言也变得陌生了，甚至都不能引起他的注意。阿斯布尔顿小姐挺好的。我把你的信念给他们俩听，每一封信，我们都要念叨整整三天，接着下一封信又寄到了。

……罗贝尔前天从我们这儿走了。他要去他的朋友R君家里度过假期的最后几天，那位朋友的父亲经营着一座模范农场。看得出，在罗贝尔眼里，我们过的生活并不快乐。

他说要走，我们也没法阻拦……

想和你说的事情太多了！我真希望能这样一直说下去，说个不停！有时，我会突然不知道该说些什么，思路也失去了条理——比如今晚我在给你写信的时候就好像身在梦中一般——只是有一种紧迫感：财富是无穷无尽的，等着我们赠予和接纳。

在之前那么漫长的一段时间里，我们竟保持着沉默，怎么会这样呢？不用说，那是我们在冬眠。唉！可怕而沉默的冬天终于结束了！我重新找到了你，我的生活和思想、我们的灵魂，一切都那么美丽，那么可爱。取之不尽的丰饶。

九月十二日

我收到了你从比萨寄来的信。我们这边的天气也是一片晴好，诺曼底从没有像眼前这样美丽。前天我一个人步行穿过田野，走了一大圈，到家时却满是兴奋，一点儿都没觉得累。我完全沉醉在阳光和快乐之中，艳阳下的草垛多美啊！我不需要置身于意大利，就能感受到这一切美景。

是的，我的朋友，正如你所说的，在大自然的“自然的合声”中，我聆听并理解了奔放和欢乐，这种自然的礼赞。鸟鸣声声，我在每一道莺啼中听到了。花香阵阵，我从每一朵芬芳中闻到了。因此我渐渐明白，唯有赞美才是惟一的祈祷形式，我跟着圣徒方济各同声说道：我的上帝！我的上帝！“而非他者”①，心中充满了无法言传的爱。

可是你不必担心，我绝不会成为修女！这几天连日下雨，我看了不少书，好像把我的赞美都投入到书里了……刚

---

① 原文为意大利文。

读完了马勒伯朗士[1]，马上又看了莱布尼茨[2]的《致克拉克的信》。然后为了放松一下脑子，又读了雪莱[3]的《钦契家族》，不大感兴趣，又读了《含羞草》……说起来可能惹你生气，我觉得雪莱的全部作品和拜伦的全部作品，都比不上去年夏天我们一起念过的济慈的四首颂歌。同样，我觉得雨果的全部作品也比不上波德莱尔的几首十四行诗。所谓"大"诗人的称谓实在无法说明什么，重点在于他是不是一位"纯粹的"诗人……我的兄弟啊！感谢你帮我认识、理解并热爱这一切。

……不，不要为了几天重逢的欢乐就缩短你的旅程。说真的，我们还是不见面比较好。相信我，如果你在我的身边，我就不会那么想念你了。我不想让你难过。现在，我不希望你来。要让我向你坦白这件事吗？我如果得知你今天晚上会来……我就躲开。

啊！求你别让我向你解释这种……感情。我只知道我无时无刻不在想你（这应该足以使你感到幸福了吧），我这样就很幸福。

……

在收到最后这封信后不久，我就从意大利回国并应征入伍，

---

① 尼古拉·马勒伯朗士（1638—1715），法国哲学家，法国天主教会的神甫和神学家，十七世纪笛卡尔学派的代表人物。

② 戈特弗里德·威廉·莱布尼茨（1646－1716），德国哲学家、数学家。涉及法学、力学、光学、语言学等四十多个范畴，被誉为十七世纪的亚里士多德。他和牛顿先后独立发明了微积分。

③ 珀西·比希·雪莱（1792—1822），英国文学史上最有才华的抒情诗人之一。雪莱三十岁时于旅行途中乘小艇溺水，英年早逝。他与下文提及的拜伦是好朋友。

被派往南锡服兵役去了。在那里我举目无亲，却很享受独处的时光。因为这样一来就显示出，对于阿莉莎和我这个自豪的情人来说，她的书信是我的惟一庇护所。而我对她的思念，就像龙沙[①]说的，是“我惟一隐德来希[②]”。

说实在的，我接受了这些相当严厉的纪律，并不觉得有多为难。我在磨炼自己，只有在写给阿莉莎的信中，我会因为她不在我身边而诉苦。我们甚至把这样长时间的分离当成对我们勇气的考验。“你从不抱怨，”阿莉莎写道，“你在我的想像中从不会灰心沮丧……”为了让她的这些话得到证实，我又有什么不能忍受的呢？

自上次一别，我们有将近一年的时间没见面了。她仿佛对此没有丝毫察觉，认为等待只是从现在才刚刚开始。我因为这件事写信责怪她，她却回信说：

我不是同你一起游览意大利了吗？你这个负心的人！我一天都没有离开过你。你要明白，从现在开始，我要有一段时间不能陪伴你了，只有这样才算作分离。真的，我在努力想像你一身戎装的样子……可是我想像不出。我最多只能想到你在夜晚的甘必大街上，在那间小房间里读读写写……但也未必想不到，不是吗？一年之后我就会在封格斯马尔或者勒阿弗尔再见到你了。

一年！我不去计算已经过去的日子，我的希望都凝结在未来的那一点上：它在慢慢地、慢慢地靠近。想来你不会忘

---

① 彼埃尔·德·龙沙（1524—1585），法国抒情诗人。出身于贵族家庭，曾任宫廷诗人，与其他六位人文主义诗人共同组织七星诗社。

② 隐德来希，古希腊哲学家亚里士多德的用语，意为“完美”。

记花园尽头的那个矮墙头吧。墙角下栽种着菊花，我们曾经冒险爬上去，你和朱丽叶大着胆子往前迈步，就像走向天堂的穆斯林教徒。可我呢，才走出两步就一阵头晕，你在下面朝我喊着："别低头看自己的脚！……要往前看！盯着目标！一直往前走！"最后你还是爬上了墙头，在另一端等我——这个动作可比你的话奏效多了——我不发抖了，头也不晕了，一双眼睛只注视着你，跑上前去投入你张开的怀抱……

杰罗姆，如果失去了对你的信赖，我又会是怎样呢？我需要感受到你坚强，需要依靠你。不要软弱。

我们有意延长等待的时间，仿佛这是一种挑战。也许是出于害怕的心理，怕我们的重聚不如想像中那样完美，我们约定在新年来临之际，我去巴黎陪伴阿斯布尔顿小姐度过余下不多的假期……

我对你们说过，我并没有把所有信件都抄录下来。下面是我在二月中旬收到的一封信：

真令我激动啊。前天我经过巴黎街的 M 书店，看见橱窗里赫然陈列着阿贝尔的书。你跟我说过这事，可我怎么也不相信他真的会出书。我忍不住走了进去。但是书名是那样的可笑，我犹豫不决，没有对店员要书。我甚至想随便拿上一本书，就此离开书店。幸好柜台旁边有一摞《轻佻》出售，顾客可以自取，我抓起一本，丢下一百苏就离开了。

我真感谢阿贝尔没把他的大作寄一本给我！我翻阅之后没法不觉得难为情。说是难为情，主要不是指书本身让我难为情——我在书里看到的蠢话要比下流话多多了——而是因为我想到这本书的作者是阿贝尔，就是你的好友阿贝尔·沃蒂埃。我一页一页地看下去，都没有发现那个《时代》杂志的批评家口中的“伟大天才”。我听说，在勒阿弗尔经常谈论阿贝尔的小圈子里，这本书被认为是一本非常成功的作品。人们把这种不可理喻的无聊称为“自如”和“优美”。不必说，我自然是始终保持谨慎而保留的态度，只对你说了这些想法。至于那位可怜的沃蒂埃牧师，我看他一开始有点失望，这也是理所应当的，到后来就有点疑惑了，拿不准是不是应该引以为傲。毕竟周围的人都在极力劝服他去相信那是他儿子的一大成功。昨天在普朗蒂埃姑妈家，V太太冷不丁地说道：“牧师先生，您的儿子做出了这么大的成绩，您一定很高兴吧！”他有点惶恐地回答：“我的上帝啊，我还没有想到这一步呢……”“您会想到的！您会想到的！”姑妈连声说，言辞之间并无恶意，还带着鼓励的语气，把所有人都逗笑了，就连牧师本人也不例外。

《新阿拜拉尔》上演后还不知道会怎么样呢！我听说他正在为某家大众剧院创作这出剧的剧本，报上已经议论开了……可怜的阿贝尔，难道这就是他渴望的成功吗，他会因为这个感到满足吗？

昨天我读到《永恒的安慰》中的这段话：“但凡一心祈求真正和恒久荣耀之人，则必然不会在乎世俗的荣耀；但凡不能从内心鄙视世俗荣耀之人，则必然并非真正热爱天堂的荣耀。”我在想，感谢上帝，选中了杰罗姆作为天堂的荣耀。相比之下，另一种荣耀实在不值一提。

在单调的工作中，日子一周又一周、一月又一月地流逝着。但因为我的思想只能寄托在回忆或者希望上，倒也没觉得时间过得有多慢，每个小时有多么漫长。

舅舅和阿莉莎六月份要去尼姆郊区看望朱丽叶，届时她的孩子即将临世。但是那边传来了一些不太好的消息，因此他们提前动身了。抵达尼姆之后，阿莉莎来信说：

你的前一封信寄到勒阿弗尔时，正好赶上我们刚刚离开，经过一周时间才转到我手里。这是怎么回事啊！我在这整整一周里魂不守舍，彷徨无措，又是惊恐又是猜疑。我的兄弟啊！我只有和你在一起才能成为真正的自己，超越自己……

朱丽叶身体又好起来了。临盆在即，我们每天都在期待着那一刻的到来，并没怎么担心。她知道我今天上午给你写信了。我们到达埃格维弗的第二天，她就问我说："杰罗姆呢，他怎么样了？……他一直给你写信吗？……"我无法对她说谎。"你再给他写信的话，告诉他……"她犹豫了一下，然后温柔地笑着说，"……就说我病好了。"以前我有些担心她给我写信时的种种快活情绪，是她怕我为她担心而故意演出来的，骗了别人，也是在骗她自己……她今天看作幸福的东西和她从前所梦想过的东西是多么的不同啊，而当初她的幸福正依托于她的梦想！……唉！大家所说的幸福只存在于心灵之中，如此便不必过分看重构成幸福的外在因素了！我独自在小灌木丛中散步时经常生出许多感触，在这里就不赘述了。不过我想说，最让我感到惊讶的是，我竟然兴奋不起来。朱丽叶的幸福本该让我满心欢喜才对……可我的心为什么陷入了一种没来由的忧郁，无论如何也摆脱不掉呢？这里的风景美不胜收，我记在心上，看在眼里，反而增添了悲伤……从前你在意大利给我写信时，我善于通过你观察一切事物。而现在呢,通过你所看到的一切,都像是从你那儿偷来的一样。还有,我在封格斯马尔和勒阿弗尔磨炼出的应对雨天的耐力,到了这里就无处施展了。这种拥有本领却派不上用场的感觉让我不安。当地的景物让我不快,当地人的笑容叫我喘不过气来。我所说的"忧郁",也许只是不像他们那样爱闹腾罢了……显然,从前我的快乐中总是含着几分自豪,而现在,我在属于异乡人的快乐氛围中,有一种近乎屈辱的感觉。

来到这里之后,就连祈祷也变得牵强。我有一种幼稚的想法,上帝不在原地了。再见啦,我要赶快停笔。我因自己对上帝这样不敬而感到羞愧,我竟然如此亵渎上帝,表现出这样的软弱和悲哀,还把这一切如实地向你交代出来。要是邮差今晚不把这封信取走,我明天就得把它撕掉……

接下来的一封信,提到了小外甥女的出生,阿莉莎将成为她的教母,还有朱丽叶是多么地高兴、舅舅是多么地高兴……就是不提她本人的感受。

然后,又是从封格斯马尔写来的信了。七月份朱丽叶去那里看望了她……

今天一早,爱德华和朱丽叶离开我们了。我最舍不得的还是我的小教女,半年之后再见面时,怕是认不出她的每一个动作和姿态了。直到现在,她还都是在我的注视下成长的,一举一动我都看在眼里。人的成长,是多么地神秘莫测而令人惊叹啊!我们互相没有过这种神奇的感觉,只是因为不曾留意而已。我在这满载着希望的小摇篮边上俯视着,不知不觉度过了多少的时光。人的成长那么快就停下了,在距离上帝尚且很远的地方就止步不前了。这是出于何等的自私、自满和不求上进啊！啊！要是我们能够、并且愿意更加接近上帝……那该是一种多么美妙的竞争啊！

朱丽叶看上去很幸福。起初见她放弃了钢琴和读书，我还难过了一阵子。但是爱德华·泰西埃尔不喜欢音乐，对书籍也没有什么大兴趣。显而易见，不能与他分享的乐趣，朱丽叶便不去追求了，这样是明智的。相反，她对丈夫的工作产生了兴趣，而她丈夫也让她了解到所有生意的状况。这一年他的生意进展不小。他还开玩笑说，正是靠着这门婚事，才让他在勒阿弗尔赢得了大量的顾客。最近一次出去洽谈生意，爱德华是带着罗贝尔一起去的，他对他关怀备至。他还说了解那孩子的性格，坚定地相信他对这份工作是实实在在的认真和上心。

父亲的身体好多了。看见女儿幸福了，他也跟着年轻起来，又重新关心起农场和花园的事情来，有时还让我大声给他朗读。早些时候阿斯布尔顿小姐也在这里，正是从那时起我开始给他们朗读德·于伯尼男爵的游记，我自己也乐在其中。后来这项活动因为泰西埃尔一家人的到来而中断了。现在我有更多的时间用来读书了，不过我还是在等待你来给我一些指点。今天上午，我一连翻了好几本书，都没有发现感兴趣的！……

从这时起，阿莉莎来信的语气变得更暧昧，更迫切了。夏天眼看就要过去，她在来信中这样写道：

怕你担心，没敢告诉你我是多么盼望你回来。在没有见到你之前，我心情沉重，每一天都在压抑中度过。还有两个月的时间呢！这好像比我们别离的所有时间加在一起还要漫长！为了消磨等待的时光，我尝试去做各种事情，可那些都是暂时性的，几乎没有效果。我无法强迫自己安静下来做事情。书籍失去了吸引力，丝毫提不起我阅读的兴趣；散步失去了吸引力，整个大自然的魅力都消失不见了；花园也黯然失色，不再弥漫着芳香。我羡慕起你来，羡慕你的苦差事让你不得不进行强制的训练。那种训练让你顾不上去想自己。它让你的身体劳累，让你的白天过得飞快，晚上又疲倦不已，很快坠入梦乡。你对训练的描绘非常生动，以至于那场景在我的心头萦绕许久。最近几晚我总是睡不稳当，好几次从梦中醒来，都听见了起床的号声。我确确实实听到了。你说的那种浅醉的感觉、清早醒来的轻快、惺忪的模样……我都能想像得出，而且非常真切。马尔泽维尔高原在黎明清冷的曦光中该有多美！……

近来我身体不大好。哦！也不是什么大病。我想大概因为等待你的心情太急迫了。

六个星期后，我又收到一封信：

我的朋友，这是我的最后一封信了。你的归期虽然还没确定下来，但也不会远了。我就不再给你写信了。本来我想在封格斯马尔跟你见面，但是天气变得很糟，外面很冷，父亲言语之中总是不离回城的事。如今朱丽叶和罗贝尔都不和我们住在一起了，留你在家里住会变得非常方便。不过，你最好还是住到菲莉西姑妈家里去，她会很乐意接待你的。

随着重逢的日子越来越近，我等待的心情也变得越发迫切起来，都有点怕了。原先那么盼着你回来，现在好像又怕你回来。我努力不去多想。我幻想听见你按下门铃的声音、你上楼的脚步声，我的心停止了跳动，或者感觉到隐隐作痛……尤其不要期望我会和你说些什么……我觉得我的过去到这里就结束了，从此往后我什么都预见不到，我的生命停止了……

没想到四天之后，也就是我复员的前一星期，我又收到了她的一封短信：

我的朋友，我完全同意你的想法：不要特意在勒阿弗尔逗留太久，不要延长我们久别重逢后的第一次见面的时间吧。既然我们在信中把什么都写到了，见面之后还有什么可说的呢？既然从二十八号起，你就必须回巴黎注册，那你就别犹豫了，也不要为我们只在一起相处两天而感到遗憾。我们今后不是还有一辈子的时间吗？

六

我们第一次重逢的地点在普朗蒂埃姨妈家里。我突然觉得自己服了兵役以后变得迟钝和呆笨了……我后来想到，她一定发觉我变样了。然而对我们来说，重逢时的这种假象又有什么关系呢？我刚开始都不敢正眼看她，生怕认不出她来了……不，我们之所以这样不自在的原因，还在于大家强加在我们头上的未婚夫妇的荒唐身份，以及每个人都要避开、好让我俩单独相处的殷勤态度。

“可是，姑妈，您一点儿也没碍着我们啊，我们没有什么秘密可说的。”阿莉莎终于喊出声来，因为这位老人家回避的态度太过明显了。

“哪能没有呢！哪能没有呢！我的孩子们！我太了解你们啦，这么多日子没见面，总归有点小事要说道说道的……”

“求你了，姑妈，你要是非得走开，那就是要让我们不高兴了。”阿莉莎说话的语调中带着火气，让我几乎辨别不出那是她的声音。

“姨妈，您要是走了，我保证我们就一句话也不聊了。”我笑着加上一句。想到会我们两人单独呆在一起，我心里也有点害怕。于是三个人又聊了起来，说了些无关紧要的话题。每个人都装出轻松快乐的样子，为了调节气氛而故作兴奋，以此掩饰各自内心的窘迫和慌乱。舅舅邀请我第二天中午去吃饭，到时还可以见面，因此我们分手时丝毫不觉得为难，而且还为这场表演终于结束了而感到高兴。

我在午饭前很早就到了舅舅家，正好看见阿莉莎在和一位女友聊天。她不好意思开口把对方打发走，而那位女友又没有知趣地主动提出离开。最后终于等她走了，只剩下我们两个人。我还装作奇怪的样子，问她为什么没留人家吃饭。我们俩都是整晚不曾睡好，看上去一副无精打采的模样，疲惫而焦躁。舅舅进来了。我发觉他老了不少，阿莉莎也意识到我的感受了。舅舅耳朵不灵光，我说话的声音他听不清。为了让他听见，我不得不大声嚷嚷，使我说出来的话显得又怪又傻。

午饭后，普朗蒂埃姨妈按照事前的约定，开车来接我们去奥尔舍，她还故意在回来时让我和阿莉莎步行一段路程，因为那段路的风景最为优美。

虽然已经到了深秋时节，这里的天气却依然很热。我们步行的一片海岸正处在阳光的直射之下，毫无魅力可言。途中的树木光秃秃的，没有可以遮挡阳光的地方。我们担心姨妈的车在前边等太久，便加快了脚步一路疾走。我的头又涨又疼，根本找不到话题来说，为了显得自然一些，或者想找个不用说话的借口，我边走边拉着阿莉莎的手，而阿莉莎也任由我拉着。心情的激动，快走引起的气息不稳，再加上彼此沉默带来的尴尬，使我们的血液直冲到脸上。我能听见自己的太阳穴在怦怦乱跳，阿莉莎的脸孔也红得挺难看。没过多少时间，我们的手心便沁出了一层汗。潮湿的手握在一起很不自在，也就松了开来，各自悲哀地垂落下去。

我们走得太急了，到了路口却发现车子还没到。姨妈为了给我们留出更多的聊天时间而故意挑了另一条路，而且她还把车开得非常慢。我们在路边的斜坡上坐下，忽然吹过一阵冷风。我们刚刚出了一身汗，遇到风不禁一激灵，于是赶紧站起身来，迎着车子的方向继续朝前走。……可最糟糕的还是可怜的姨妈的过度殷切，她认定我们已经经过了一番长谈，便想关心一下我们订婚的进展情况。阿莉莎再也憋不住了，泪水夺眶而出，她推说头疼得厉害。结果在回去的途中，再没有人说过一句话。

第二天早上我醒来时觉得腰酸背痛，像是着凉了，浑身很不好受，直到下午才决定再到布科兰家去一趟。不巧的是，阿莉莎不是一个人，菲莉西姨妈的孙女麦德兰·普朗蒂埃正在那里。我知道阿莉莎时常和她聊天，她这次来祖母家小住几日。我刚一进门，她就大声说：

“等下你离开这以后要是直接回‘山坡’那边，我们就搭伴一块走吧。”

我机械地点了点头，这下子我又不能跟阿莉莎单独相处了。不过，有了这个可爱的小姑娘在场也不无好处，我就不至于像昨天那样尴尬了。我们三个人很快就放松下来，聊天的内容也不像我担心那样的全是废话。当我起身告辞的时候，阿莉莎冲我微笑了一下，笑容古怪，我觉得她还没有弄明白我第二天就要离开这个事实。不过，考虑到不久以后我们还会见面，我的这番告别也就免去了以往的伤感。

可是，晚饭之后，一种隐隐的不安又促使我下山回到城里，在外面漫无目的地游荡了将近一小时之后，我才下决心再次按响了布科兰家的门铃。这次是舅舅出来接待了我。阿莉莎身体不舒服，上楼回到自己房间里去了，这会儿一定已经歇下了。我跟舅舅说了一会话，然后就走了……

这几次见面都这么不顺利，可是一味的怨天尤人又有什么用呢？即便一切都顺顺当当，我们自己也会生出一些情况来的。阿莉莎自己也觉察到了这一点，这比什么都使我沮丧。我一回到巴黎，就收到了她的这封来信：

我的朋友，这次的见面是多么令人伤心啊！你好像都在怪别人的不是，可就连你都无法这样说服你自己。现在我终于看清了，我知道今后恐怕永远都是这样了。啊！我求你，我们再也不要见面了！

我们有那么多的话要说，可是等到见面的一刻，为什么这样别扭、这样拘束、这样木然、这样相对无言呢！你回来的第一天，我还为你的沉默寡言而暗自欣喜，因为我相信沉默终将被打破，你会对我讲好多美妙的事，不讲完是不会离开的。

但是，在去奥尔舍的路上，看到我们的散步在沉默中结束，尤其当我们把彼此拉在一起的手放开，任其绝望地垂下时，我的心也在痛苦地下沉，心痛不已。最令我伤心的不是你放开了我的手，而是我发现即使你不这样做，我也会主动放开的。因为它在你的手中并没有令我感到欢喜。

第二天，也就是昨天，我等了你一上午。我烦躁得不行，在家里实在是呆不下去了。我给你留下了一张字条，告诉你到海堤上找我。

我久久凝望着波涛翻卷的大海，可是没有你的陪伴，我消受不了这海景。我忽然想到你可能在我的房间等我，就往回走去。我知道我下午没空，麦德兰前一天跟我说过要来看我。我本以为上午就能和你见面，于是约了她下午过来。不过，多亏有她在场，我们这次重逢才有了一段美好时光。当时我产生了一种奇异的幻觉，仿佛这样轻松的聊天会长时间地持续下去，直到很久，很久……可是，当你走近我和麦德兰坐着的长沙发，向我俯下身来，对我说“再见”时，我一句应对的话都说不上来。我觉得一切都结束了。我这才明白，你要走了。

你和麦德兰刚一离开，我就感到这是不行的，是无法忍受的。你知道吗，我又出门去了！我还想跟你谈谈，把我没来得及说的话全都说出来。我已经迈开步子朝着普朗蒂埃家跑去了……只是天都黑了，我没时间了，我不敢……我回家了，带着绝望的心情给你写信……说我再也不想给你写信了……一封告别信……因为我终于发现，我们所有往来的信件无非是一片巨大的幻影，我们两个人都是在写给自己看……杰罗姆！杰罗姆！啊！我们永远无法在一起！

是的，我撕掉了那封信，可是，现在我给你重写的这一封，差不多还是一样的意思。啊，我的朋友，我对你的爱从未改变！不但如此，每当你向我靠近，我就会局促而难过，我就会惶惑不已。于是我比任何时候都要认定，我有多么深刻地爱着你，可同时又是多么绝望地爱着你，你应该明白。因此我必须对自己坦白：在你离我远的时候，我爱你更深。唉！我早就该料到这种情况了！这次我们经过热烈的期盼，终于如愿重逢了，却也终于让我看清了这一点。而你，我的朋友，重要的是你也应当对此深信不疑。别了，我深爱着的兄弟。愿上帝保佑你，指引你。人惟有靠近上帝，才不会受到惩罚。

就好像这封信给我带来的痛苦还不够似的，她在第二天的来信中又附上如下一段：

在发出这封信之前，我不得不要求你对我们两人的事情谨慎处理。多少次你把我俩之间的事情作为谈话的材料，说给阿贝尔和朱丽叶听。你这样的行为不止一次地伤害了我。正因为是这样，在你觉察到之前，我早就想到你的爱情是理性的爱情，是对温情和忠诚的迷恋，是理智层面上的一种执念。

不用说，她显然是怕我把这封信拿给阿贝尔看才补充了这么几行文字。是她的敏锐多疑让她警觉起来了，还是说，在我的言语中，看得出我采纳过朋友的劝告？

实际上从那以后，我和他早就相差甚远了！我们已经不是一路人了，我学会了独自承受忧愁的重负。阿莉莎的这一番叮嘱纯属多余。

在接连的三天里，我都在哀叹之中度日。我想给阿莉莎写信，却又顾虑到很多事情。若是争辩得太多认真，用词稍有不慎，唯恐加深已有的创伤。我的爱情在信纸上反复挣扎，写了又改，改了又写，不知道改了多少遍。今天再重新看这封信都忍不住要落泪。泪水浸透了信纸，我最后还是决定抄录一份寄了出去：

阿莉莎！可怜可怜我吧，可怜可怜我们俩吧！……你的信让我心里难过。对于你的种种顾虑，我多么希望能够付之一笑！是的，你在信中提到的一切，我早就有所预感，我只是不敢对自己承认而已。原来只是预感的事，你却把它想像成了可怕的现实，还把它渲染了一番，横亘在我们中间！

如果你觉得你对我的爱不如以前了……啊！别跟我提出这种残忍的设想，就连你自己也在信中彻底地否定了！那么，你那一时的恐惧又有什么关系呢？阿莉莎！每当我想说道理的时候，我就会语塞，只剩下一颗心在痛苦地呻吟。我太爱你了，我变得笨嘴拙舌。越是爱你，就越是不知道该如何与你说话。“理性的爱情”……你让我如何作答呢？我在用整个灵魂爱着你，怎么能区分得开理性和感性呢？既然我们的书信往来引起了你的不快，既然它先是给了我们幻想，然后又让我们跌落到现实之中饱受打击，既然你认为我们只是在写给自己看，既然我再也没有力气忍受另一封类似的信，那么我求你，我们就暂时停止书信往来吧。

接着我在信中表达了对她判决的不赞同，进行了申辩，求她再和我见一次面。刚刚结束的这次见面，一切都不顺利，不论是时间、地点还是人物都不配合，而我们热情洋溢的通信使我们没有做好审慎的心理准备。而这一次，我们在见面之前会保持绝对的沉默。我还期待着明年春天和她在封格斯马尔山庄的见面。那里昔日的回忆会对我有利，舅舅也会愿意在复活节假期接待我的。至于要住几天，就由她来做主好了。

我决心已下，把信寄了出去，又一门心思投入到学习中去了。

可是时间还未到年底，我就又见到阿莉莎了。阿斯布尔顿小姐近来身体日渐衰弱，在圣诞节前四天去世了。自从复员回来之后，我就和她住在一处，基本没有离开过她。我成了给她送终的人。阿莉莎寄来一张明信片，表明她记挂着我的哀恸。与之相比，她更加谨记我们保持沉默的誓言。舅舅不能来参加葬礼，她则乘第一趟火车而来，赶第二趟火车回。她仅仅参加了一下仪式而已。

送葬的人里面，几乎只有我们两个人参加了大殓。我们跟在灵柩后面，一路并排走着，没说上几句话。但是在到达教堂以后，她坐到我的身边，我感觉到她有好几次向我投来深情的目光。

“约好的，”临别时她对我说，“复活节以后再说。”

“好吧，可是在复活节……”

“我等你。”

我们走到墓园门口。我本来建议陪她去火车站，她却招手叫住了一辆车，连句告别的话也没说就离我而去了。

七

“阿莉莎在花园里等你呢。”舅舅对我说，像父亲一样拥抱了我。四月底我来到封格斯马尔山庄，没看到阿莉莎立刻跑来迎接我。起初我感到很失望，但是马上又心生感激，她这样做免去了我们乍一见面时那些俗套的寒暄。

她正在花园深处。我朝着环形路口走去，那里被灌木丛紧紧包围着。适逢花开的季节，丁香、花椒、金雀花和锦带花都在盛放之中。为了不在走近前看到她，或者说为了不让她看到我走近，我从花园另一头走过去。我沿着一条树荫遮蔽的幽静小路，放慢脚步，不急不缓地走着。天空暖融融的，纯净而莹洁，仿佛映照着我心头的欢乐。她一定以为我是从另一边来的。我走到她身边，来到她身后，她还没有听见。我停下了脚步……时间好像也与我一起停止了。我想：就是这一刻了，这是最美妙的时刻。它在幸福之前，远胜过幸福本身……

我想走到她面前跪下。我走了一步，她听见了。她突然站起身来，手中的刺绣活计掉在地上。她向我伸出双臂，两手搭在我的肩上。我们就这样呆了一会儿，她双手伸直，笑意融融，头微微侧着，一言不发，只是温柔地凝视着我。她今天只着一身白衣。在她那显得有点过于严肃的脸孔上，我又看到了她童年时期的笑容……

“听我说，阿莉莎，”我立刻大声说道，“我有十二天的假期，只要你不高兴，我一天也不多留。现在让我们约定一个信号吧，用来表示我应该在第二天离开封格斯马尔。我第二天一定会离开，绝无一丝怨言。你同意吗？”

这些话未经准备，脱口而出，如此显得更加自然。她考虑了半晌，说：

“这样吧，晚上我下楼吃饭时，如果脖子上没戴着你喜欢的那串紫晶十字架……你会明白的吧？”

“那将是我在这里住的最后一个晚上。”

“你能做到吗？就那样离开？不会流泪，也没有叹息……”

“而且也没有道别。最后一个晚上，我还会像前一天晚上那样跟你分别，极为平常，平常到你心里会疑惑：他到底明白了没有？可是当第二天早晨到来，你再去找我时，就会发现我已经悄悄地走掉了。”

“第二天我不会找你的。”

她向我伸出手来，我把她的手放到唇边吻了吻，同时说：“从现在开始，到那宣判命运的晚上，不要给我任何暗示，以免让我产生预感。”

“你也一样，不要暗示我你将会离开。”

重逢的场面这样郑重其事，未免会在我们之间造成尴尬。现在我必须马上打消这种难堪的气氛，我说：

"我非常期待守在你身边的这几天，希望它能像平常一样，和别的日子没有区别……我要说的是，我们两个，谁也不要觉得这几天有什么特别的。而且……假如我们在刚开始的时候不是急着要谈那些……"

她笑起来。我又补充道："难不成我们就没有一点儿可以一起做的事了吗？"

我们俩从一开始就都对园艺颇感兴趣。不久以前，一个新来的花匠接替了老园丁的工作。新手不如原来的有经验，两个月来花园没有人打理，好多地方需要修正，有很多工作要做。蔷薇没有好好地剪枝，有的长得过于茂盛，枯枝相互牵绊；有的支架都垂了下来，枝蔓到处攀爬；还有一些疯长的枝杈吸干了其他枝条的营养。其中多是我们从前嫁接的，我们还能认出自己栽种的幼枝，它们需要人的照料。这项工作费时费力，占用了我们前三天的时间。在这期间我们也聊了很多，完全没有提到什么严肃的事情，即便是沉默也不会让我们有冷场的沉重感。

就这样，我们又恢复了对彼此的相处习惯。我把这种相互适应看得很重，比进行任何解释都要重要。就连分别的事也渐渐被淡忘了。与此同时，我经常能感觉到的她内心深处的那种恐惧，那种她为之深深担忧的我心灵深处的畏缩，也慢慢开始消解了。阿莉莎重又变得年轻而有活力，比我秋天时的那次黯淡的探访中表现得要好上很多。在我看来她是前所未有地美丽动人。我还没有拥抱过她。每天晚上，我都看见那条小金链子下面坠着的紫晶小十字架在她胸衣上闪闪发光。我的心重新燃起信念，希望也就随之萌发了。我说的是什么，是希望吧？这已经是一种保证了。而且我在想，阿莉莎也会感觉到的。我对自己很少有怀疑，因此对她也不再存有疑虑。我们之间说起话来也慢慢活泼起来。

一天早上，空气温暖而欢快，我们的心也像花儿般绽放。我忍不住对她说："阿莉莎，现在的朱丽叶过得很幸福，你就不能让我们俩也……"

我说得很慢，眼睛注视着她。忽然她脸上的血色全部褪去了，变得出乎意料的惨白。我话到嘴边，又咽了下去。

"我的朋友！"她开口说道，目光却没看向我，"我在你身边是那么地幸福，幸福的程度超过了我的想像。但是，你要相信我，我们生来并不是为了追求幸福。"

"除了幸福，灵魂还会有什么更高的追求呢？"我急切地大声喊道。

"圣洁……"她的声音细若蚊蝇，与其说这句话我是听到的，不如说是我猜的。

我一生的幸福张开了双翼，从我身边飞走了，直刺云天。

"没有了你，我根本完成不了。"我说，把额头埋进她的双膝里，像个孩子一样哭了起来。我哭并不是因为悲伤，而是因为爱情。我又说："不能没有你，不能没有你！"

接着，这一天的时光就像平时一样过去了。可是到了晚上，阿莉莎没有戴上那条紫晶小十字架。我遵守了我们之间的诺言，在第二天拂晓来临之际离开了这里。

在我离开后的第三天，收到了这样一封奇怪的信。信件以莎士比亚的几句诗作为开头：

> 又弹起了昔日的曲调，演奏已近尾声，节奏渐渐消沉，
> 哦，经过我的耳畔，如轻缓的南风，
> 吹过紫罗兰，偷走了它的芬芳，
> 却又如数奉还。

——够了，不要再弹，

现在听来，已不复过去那样动人。……

是的！我的兄弟，我控制不住我自己，一整个上午都在四处寻找你，我不能相信你真的已经走了。我怨着你，怨你心里遵守着我们许下的诺言。我总对自己说，这是一场游戏，我会看到他从矮树丛后面钻出来的。——其实不是这样！你是真的走了。谢谢你。

在那一天余下的时间里，我心里总是翻来覆去地想着某些事。我希望你能知道——我产生了一种确确实实的恐惧。要是我不对你说出来，以后就会觉得对不起你，应该受到你的谴责……

你来封格斯马尔的前几个钟头，我就能感到我在你身边的时候，整个身心有一种奇异的满足。我先是惊奇，很快又开始担心了。你对我说过："我十分满足，除此之外什么也不多期待了！"唉！正是这一点让我担心……

我的朋友，我怕我让你误会了，尤其怕你把我对我心灵深处纯粹的情感表露，当作一种细致的推理（唉！如果是推理，那该多么拙劣啊！）。

"幸福如果不能让人满足，那就算不上幸福。"这是你对我说过的，你还记得吗？当时，我不知道该拿什么话来应对。——不，杰罗姆，幸福不能让我们满足。杰罗姆，幸福也不应该让我们满足。这种万事顺心、心满意足的感觉，我无法把它当作是真实存在的。去年秋天我们见面时难道不是已经明白了吗，在这满足之下隐藏了多大的痛苦啊？

……

真实存在的！啊！上帝并不认可我们真实的存在！我

们生来是为了另一种幸福……

我们过去的信件往来毁掉了秋天的见面。同样，想起昨天你跟我在一起的情景，也让我今天写起信来索然无味。我过去给你写信时那种醉人的心情到哪里去了？通过书信，通过见面，我们爱情中原本存有的纯粹乐趣都被消耗殆尽了。现在，我忍不住要像《第十二夜》里的奥西诺那样高喊：

"够了！不要再弹！现在听来，已不复过去那样动人！"

别了，我的朋友。"从现在开始，把爱奉献给上帝吧"①。唉！你能明白我有多么爱你吗？……

一生一世都将属于你的

阿莉莎

面对美德的陷阱，我手足无措。一切英雄主义的行为都会在吸引我去仿效的同时，又让我眼花缭乱——我不能把美德与爱情分开。阿莉莎信里的热忱轻而易举地激发出我的陶醉。上帝在上，我只是为了她，才会努力去追求美德的。一切向上的道路，都能引导我去同她会合。啊！路面再陡然生变，都不会过于狭窄，总能容纳我们两人前行！唉！让我始料未及的是她的步履那么巧妙，我也没有想到她竟然在快到山巅之际将我甩开。

我给她回了一封长信，我只记得其中有一段话写得还算清醒而有见地：

我经常觉得，爱情是我可能拥有的最好感情。我一切旁的美德都需要依赖爱情而存在。爱情使我超越自己。没有了你，我又将回归到一个平庸的凡人境地。正是怀着与你相

① 原文为拉丁文。

会的希望，我才将崎岖的小路当成最平坦的正道。

不记得自己在信中还写了什么，使她在回信中写下了这样一段话：

可是，我的朋友啊，圣洁不是一种选择，而是义务（信中这个词下面划了三道线来加以强调）。如果你还是我当初认定的那个人，那么，你也同样不能回避这项义务。

一切都明白了。我了解到，准确地说是我预感到，我们的书信往来到此便画上了句号。不管是旁敲侧击的建议，还是坚持不懈的意志，到了这里都将无济于事了。

可我还是怀着满腔温情给她写下了一封封的长信。在我寄出第三封信后，我收到了这样一封短信：

我的朋友：

不要认为我是下了多大的决心才不再给你写信了，我只是对写信失去了兴趣而已。不过，我从你的来信中还是得到了很多快乐。可我越来越为自己引起你那么多的挂念之情而感到自责。

夏天快到了。这些日子我们先不要写信了，九月份下半月，你就来封格斯马尔，来和我一起度过吧。你同意吗？如果同意，就不必回信了。我会把你的沉默当作同意，但愿你不要给我回信。

我没有回信。毫无疑问，沉默是她给我安排的终极考验。经过几个月的学习和几周的游历之后，当我再度回到封格斯马尔山庄时，我变得心平气和，而且非常自信。

起初连我自己也搞不清楚的事情，是怎么通过三言两语就说清了呢？从那时起，我的整个身心陷入了崩溃的边缘。除了那个触发的时机，我能够在此描述的还能有什么呢？因为，我没能看透那虚伪外表下的爱情的心还在颤抖，至今我还找不出理由为自己辩解。而起初正是因为我只看见表象，看不清自己的女友，就责怪她……不，阿莉莎，即使在那个时候，我也不曾责怪你！只是因为看不清你而绝望地哭泣。现在从你表现出的狡黠的缄默和冷酷的心机上，我能看得出这种爱情的强烈力量。那么是不是你越让我痛心绝望，我就越是应该爱你呢？

轻视？冷漠？不是的，根本不是人力无法克服的东西，不是我无法抵制的东西。有时我甚至在犹豫，在怀疑，我的不幸是不是我自己想像出来的。要知道这些不幸是如此微妙，而阿莉莎从始至终又总是装作毫不知情的样子。我又有什么好抱怨的呢？她接待我时，比以往任何时候都露出了更多的笑容，还有更多的殷勤体贴。第一天，我几乎被迷惑住了……她换了一种发型，头发往后梳平，把脸部的线条衬托得非常生硬，连表情都跟着改变了。与之相呼应的，她穿了一件极不合身的胸衣，色彩灰暗，把她的迷人身材破坏殆尽……说到底，这些又有什么关系呢？她要是想修正，没有什么做不到的。我自己还胡思乱想着，以为第二天她就会主动过来，或者根据我的请求做出改变……我更担心的是她表现出的殷切态度，这在我们之间是很少见的。我怕其中包含的决心多于激情，如果说得更加冒进一些，是出于礼貌而非爱情。

晚上，我走进客厅，发现钢琴不在原来的位置上了。我不禁感到奇怪，失望地叫了一声。

“钢琴拿去修了，我的朋友。”阿莉莎听见我的声音，平静地回答。

“我跟你说过多少次了，我的孩子，”舅舅说道，口气严厉，近乎责备，“你一直凑合着用到现在，不是也挺好的嘛，你应该等杰罗姆走了再送去修。干嘛这么急，让我们少了一大乐趣……”

“可是，爸爸，”阿莉莎脸红了起来，扭过头去说，“最近几天这架钢琴的音色特别闷，杰罗姆也弹不成什么好调子的。”

“你弹的时候，听起来也没那么差啊。”舅舅又说。

有好一阵子，阿莉莎把头埋进阴影里，看似在专心数着椅套的针脚。然后她突然离开房间，过了好久才回来，手里端着托盘，上面搁着舅舅每晚需要服用的药茶。

第二天，她既没换发型，也没换胸衣。她和父亲坐在门前的长椅上，又拿起昨晚赶制的针线活儿，开始缝缝补补的工作。在她身边总有一只大篮子，她从里面取出或长或短的袜子，摊开来铺在椅子或者桌子上。几天之后，又开始缝补餐巾、床单之类的东西……这些活计好像占用了她全部的精力，以至于她的嘴唇紧抿，眼睛也变得黯淡无光了。

第一天晚上，就是这张毫无灵气的面孔，让我几乎认不出她的。我盯住她看了好一会儿，她对我的目光却似没有察觉，我几乎被吓到了，叫了一声：

“阿莉莎!”

“怎么了?”她抬起头来问道。

“我就想看看你能不能听见我说话。你的心好像离我很远。”

“哪有，我就在这里。只是这类针线活儿需要我聚精会神才行。”

“你做活儿的时候，要我给你念篇文章吗?”

“恐怕我没法注意听。”

“你为什么专挑这么费神的活来做呢?”

“总得有人做呀。”

“有很多穷人家的女人，她们来做这些活计还能维持生计。你非要亲自做这些费力费时的活儿，总不是为了省钱吧？”

她立刻向我表明，她最爱干这种活儿。她有好长一段时间不曾做别的事了，恐怕也不会别的了……她说这些话的时候是带着笑意的，声音前所未有的低柔，也从来没有如此让我伤心过。“我说的全是最自然不过的事情，你听了为什么要愁眉苦脸呢？”她的脸孔仿佛在这样说着。我内心在抗议，却无论如何也说不出话来。这让我格外堵得慌。

第三天，我们去采了一些玫瑰花。阿莉莎让我把花送到她房间里去。那一年，我还没有进过她的房间。我心里立刻又萌生出多大的希望啊！因为就在那一刻，我还怪自己不该这样愁眉苦脸呢。她只要一句话，就能治愈我的心病。

每次走进她的房间，我的心情总是很激动。我不知道那房间里为什么总是有一种宁静淡雅的氛围，只要看上一眼我就能认出它是属于我的阿莉莎的。窗帘在床帏上面布下了蓝色的影子，桃花心木的家具亮晶晶的。一切都是整洁而静谧的，一切都在向我的心诉说着她的纯洁无瑕和沉静娴雅。

那天早晨我走进屋里，发现之前挂在她床头墙上的两张马萨乔画作的大幅摄影作品不见了，那是我之前从意大利带回来的。我正感到惊讶，想要问她照片到哪去了，目光忽然又落在旁边的书架上。那里本来堆放着长年积累下来的她喜爱的书，其中一半是我送给她的，一半我们一起看过的。现在所有的书都被搬走了，换上的全都是枯燥庸俗的、毫无价值的宗教宣传小册子。我本以为她会对这些东西嗤之以鼻呢。我忽地抬起头，阿莉莎正笑着——是的，她一边笑，一边看着我。

“请原谅，”她立刻说，“是你的脸孔惹我发笑。你一看见我的书架，脸就拉得老长……”

我可没有心思开玩笑。

“不，说真的，阿莉莎，这就是你现在看的书吗？”

“是啊，有什么好奇怪的？”

“我是在想，一个聪明的人在读过精彩作品之后，再去看这些乏味的东西，难免会感到倒胃口。”

“你这话我就不懂了，”她说，“这都是一些朴实的灵魂，他们和我随便说话，尽量表达自己，我也喜欢和他们交流。我早在打开书之前就知道，他们绝不会落入那些花言巧语的俗套。而我读他们时，也绝不会囿于浅白的道理。”

“难道除了这些，你都不看别的了吗？”

“差不多是这样。这几个月以来是这样的。何况，我也没有多少时间用来看书了。我不妨与你说吧，就在最近，我有意重读了一位你教会我欣赏的大作家的书。我觉得自己就像《圣经》里说到的那个人，拼命拔高自己的身长。”

“你读的是哪位‘大作家’，让你对自己做出了这么奇怪的评价？”

“不是他让我做出的评价，而是我在读他的作品时自己产生的想法……就是帕斯卡尔[1]。也有可能是我碰巧读到的那段内容不是他作品中最好的部分……”

我做了一个不耐烦的手势。她说话的声音清脆而单调，就像在背书。她的眼睛一直落在那束花上，手里摆弄个不停。她看见我的手势，停顿了片刻，接着又用一样的语调说下去。

“到处都是高谈阔论，费了那么多的力气，也没有证明多少东西。有时我会这样问自己，他那大义凛然的样子，到底是因为多

---

① 布莱士·帕斯卡尔（1623－1662），法国科学家、哲学家、散文作家，著有《思想集》，名字被用来命名物理上的压强单位，简称“帕（Pa）”。

疑，还是出自信仰呢。完美的信仰不会流下那么多的眼泪，说话的声音也不会那么颤抖。”

“正是颤抖和眼泪，才显示出这声音之美。”我还试图争辩，却已失去了勇气。因为在这样一场谈话里，我根本看不见我过去在阿莉莎身上所看重的东西。这次谈话，我是根据回忆如实写下来的，事后没有做一点修饰或改写。

“如果他不先把现世生活中的欢乐排除掉，”她又说，“那么世俗生活在天平上的分量就会超过……”

“超过什么？”我问道，听到她这些古怪的话我只有愕然。

“超过他所说的不确定的极乐。”

“这么说，你已经不相信了吗？”我大声说。

“这已经不重要了！”她又说，“我倒愿意相信极乐是无法确定的，免得掺杂交易的成分。热爱上帝的心灵是因为沉醉于美德，因为本性纯良高尚，并非贪图什么回报。”

“帕斯卡尔的高尚正是包含在这神秘主义的怀疑论之中。”

“不是怀疑论，而是冉森派①的教义，”阿莉莎微笑着说，“我要这些有什么用呢？”她转身看看她那些书，又说：“这些普通的人，他们都说不清楚到底属于冉森派、寂静派②，还是别的什么派别。他们匍匐在上帝跟前，就像被风吹弯的小草。他们心思单纯，不慌乱，不卖弄，谈不上是美的。他们自认平凡，知道唯有在上帝面前不强出头，才能体现出仅有的一点价值。”

“阿莉莎！”我喊道，“你干嘛要这样放低自己？”

她的声音从头到尾都那么平静自然，相比之下，我的呼喊声

---

① 冉森派（Jansenism），又译詹森派，17 世纪上半叶在法国出现并流行于欧洲的基督教教派。在 17 世纪法国一度很有影响，后来遭到镇压。

② 寂静派（Quietists），一种主张寂静主义的天主教神修学派，信奉神秘主义，主张人的修德在于归于绝对的寂静，逃避外务纷扰，方能与天主合一。

显得格外夸张可笑。

她摇了摇头，又是微微一笑。

“最后这一次拜读帕斯卡尔，我的全部收获就是……”

“是什么?”我见她停下来不说了，问道。

“就是基督的这句话：‘凡要拯救自己生命的，必丧掉生命。’至于别的，”她的笑意更加明显，还凝神看着我，“说实话，我有点看不懂了。在和小人物相处了一段时间之后，那些大人物的崇高我很快就消化不了了。真是奇怪。”

我的心情是如此纷乱，还能找到什么话来回答她呢？……

“那么如果你今天需要我和你一起把这些训诫、这些默祷念一念……”

“不用了！”她打断了我，“我要是看见你读这些书，我会难过的！我真心相信，你生来适合做一些更有出息的大事。”

她说得是那样地随意，她这些绝情的话会使我心痛如绞，她好像丝毫不以为意。我看不出她为此有任何顾虑。我的头顶像是燃起了一团火，我多想再继续说下去，再哭上一场：说不定我的眼泪会让她心软。然而，我双肘撑在壁炉上，两手托着额头，呆在那里再没说一句话。阿莉莎则心安意得地整理着手里的鲜花，根本没有看到我的痛苦，或许只是假装没看见……

这时响起了午饭的第一次铃声。

“午饭之前我是做不完这些了，”她说，“你快去吧。”仿佛这只是一场游戏似的，末了她又加上一句。

“这些话以后我们再提吧。”

这些话我们以后再也没提。阿莉莎一再让我错过机会，倒不是她故意躲着我，而是我们总会遇到临时状况，每次都很急迫，需要她马上去做。我得在后面等着，她忙完了家务活，又去仓库监督工作，接着还要去拜访她越来越关心的佃户们。等这些事都做完了，才终于轮到了我。而这剩下的时间则少得可怜，我看见她总那么忙碌——不过，却也可能正是因为这些庸琐的小事而放弃追逐她，我才不怎么觉得自己有多么失落。而只要有一次短暂的对话，都能给我带来更多的提示。有时，阿莉莎也会给我一点时间，实际上无非是为了进行一场话不投机的对话。她搭话的样子就像儿戏。她走到我面前，脚步匆匆，心不在焉，还笑眯眯的，让我感觉到她是那么地遥远，就像素昧平生的陌生人一样。有时在她的微笑里，我甚至看得到一种挑衅，至少是嘲讽。我能看出，她正是因为她以这种方式导致我的希望破碎而甘之如饴……而我，马上又把一切不满都归到自己身上。因为我不愿意去怨恨他人。我不知道自己能对她期待些什么，也不知道自己能责备她什么。

我原以为会充满了快乐时光的假日，就这样一天天地过去了。每一天都让我的痛苦加重一分。我为时间的流逝而感到惊讶。我无意挽留时光，也没想过去延长逗留的日子。可是，就在我走前两天，阿莉莎陪我来到了废弃的泥灰石场。这是一个清朗的秋夜，空气清透。没有了雾气笼罩，天边的景物清晰可辨，带着点蓝色的光晕，就连过去那些最朦胧飘忽的往事都浮上了心头。我禁不住感慨万千，自问，我当初到底有多幸福啊，所以才使得今天如此地不幸。

“但是，我的朋友，我又有什么办法呢？”她说，“你爱上的是一个幽灵。”

“不，绝不是一个幽灵，阿莉莎。”

“那也是你自己臆想出的人物。”

“唉！不是我捏造出来的。她曾经是我的女朋友，我要把她召唤回来。阿莉莎！阿莉莎！你是我爱过的那个人。你到底对自己做了什么？你要把自己变成什么样子？”

她低头不语，慢慢摘下一朵花的花瓣，过了一会终于开口说：

“杰罗姆，你为什么不能直截了当地承认，你不像从前那么爱我了？”

“因为不是这样的！因为不是这样的！”我怒气冲冲地嚷着，“因为我从来没有像现在这样爱过你。”

“你爱我……可你又为我惋惜！”她说着，扯出一丝微笑，还耸了耸肩。

“我不能任凭我的爱情变成往事。”

我脚下的地面正在坍塌……我要抓住能抓住的一切……

“它总要和其他事情一样，早晚会过去。”

“这样一种爱情只能与我同在。”

“它会慢慢减弱的。你声称还爱着的那个阿莉莎，已经只存在于你的记忆中了。总有一天当你想起她的时候，你只会记得你曾经爱过她。”

“你这样说，就好像在我心中有什么东西可以取代她的位置似的。或者，就好像我的心能停止爱。你竟能这样折磨我，难道你不记得你也曾经爱过我吗？”

我看见她苍白的嘴唇在颤抖，她的声音几乎无法辨清。她喃喃说道：

“不，不，这在阿莉莎心里并没变。”

“那就什么也不会变。”我说着，抓住她的胳臂……

她又回过神来：“有一句话能把一切解释明白，你为什么不敢把它说出来呢？”

“什么话？”

“我老了。”

“你胡说……”

我立刻开始争辩。我说我也老了，和她没什么不一样，我们年龄差距根本没有改变……但是她已经恢复了镇定的神色，我错过了惟一的时机。此时再卷入争辩，也已失去了有利条件，我又不知所措了。

两天后，我离开了封格斯马尔。走时我心里无论对她还是对我自己都不满意。我还对我依然称之为“美德”的东西怀着隐约的仇恨，对我始终摆脱不了的心事也满是怨怼之情。我在最后这次见面里过度地表现了我的爱情，好像把全部热情都耗尽了。阿莉莎说的那些话，一开始引起了我的强烈反对。可是在抗议过后，她的每一句话却烙在我的心头挥之不去，战胜了其他想法。唉！显然她说得没错！我爱着的，只是一个幽灵而已。我曾经爱过、且依然爱着的阿莉莎，已经不复存在了……唉！我们一定是老了！所有的诗意都消失不见了。面对这一切，我的心也凉了。可是这样无非是回到最自然的本来状态罢了。如果说我把阿莉莎想像得过于崇高，把她当成一尊偶像来供奉，并按照我爱好的一切美化了她，那么经过我长时间的辛苦工作，最后还剩下什么呢？……一旦任由阿莉莎按照她自己的意愿行事，她就会回到原来的水平，而我自己也会处在这个平庸的位置上，再也不会对她存有思念了。啊！这纯粹是因我一人之力将她推上美德的高山，而我为了能够与她般配，又竭尽全力去追求美德，企图达到同样的高度。如今在我看来，这种做法是多么荒诞不经啊！如果我们不那么自负，不那么务实，我们的爱情会顺利很多……但是，从今往后，为了一场没有对象的爱情而坚持，又有什么意义呢？这就不再是忠诚，而是冥顽不灵了。对什么忠诚？——对一个错误忠诚。直接承认自己错了，这难道不是最明智的做法吗？

那段时间，有人推荐我到雅典学院去。我接受了建议并立即前去报到了。我既没有怀着多大的抱负，也没有生出多少兴趣。

只因一想到能从这里逃掉，我就露出了微笑。这样一走就什么都摆脱了。

八

可是我又见到了阿莉莎……那是在三年后的一天，就在夏季快要结束的时候。十个月以前，阿莉莎来信告诉我舅舅因病去世了。当时我正在巴勒斯坦旅行，立刻给她回了一封长信，但是她没再给我回信……

后来，忘了是找了个什么借口，我去了勒阿弗尔。我很自然地走到了封格斯马尔山庄。我知道在那里能见到阿莉莎，但又怕她不是一个人。我事先没通知说自己会上门造访，可是又不愿意把自己弄得像个普通客人。于是我前行的脚步迟疑下来：我是进去呢，还是别见面了，直接走掉呢？……对，自然是不见面更好。我只在林荫路上随便走走，在长椅上坐一会就好了。也许那里她偶尔还会去坐上一坐……我还在考虑要不要留下一个记号，可以让她知道我来过然后又走掉了……我就这样一边思忖，一边慢慢走着。既然已下定决心不会再与她见面，内心深处那种强烈的悲哀就化作了一丝淡淡的忧郁。我已经走上了那条林荫路。因为怕与人撞见，我走在侧面的人行道上，那条路沿着山庄大院围墙外斜坡的方向。我知道站在斜坡上面一处位置刚好能看到花园里面。我登上去远望，看到一个我不认识的花匠正在花径上锄草，再一转眼的工夫他就从我的视野里消失不见了。一道新的栅栏围绕着院子。狗听见我打此经过，汪汪叫起来。我又走了一些路，林荫路走到了尽头。我再向右一转，又看见了花园的围墙。我想走到毛榉树林那边，那条路和我刚刚离开的林荫路平行。在我经过菜园小门的一刻，我忽然蹦出一个念头：我要从小门走到花园里去。

小门关着，但我用肩头稍微一顶，里面的门闩就要被撞开了……这时我忽然听到有脚步声传来，我躲进了墙面的一道凹缝里。

我看不见从花园里走出来的人是谁，但从声音上我能判断出是阿莉莎。她往前走了三步，低声呼唤着：

“是你吗，杰罗姆？……”

我那颗极速跳动的心戛然而止了，喉咙里一阵哽咽，竟吐不出一个字来。于是，她提高声音又问了一遍：

“杰罗姆！是你吗？”

听到她这样呼唤着我的名字，我的心情激动不已。我不禁两腿发软，跪在地上。仍是没有应声。阿莉莎又往前走了几步，转过墙角。我立刻感觉到她就在我跟前，就在我跟前。而我却用胳膊遮住脸，仿佛害怕马上见到她似的。她俯下身子，看了我好一会儿。我在她那纤细的手上落下一连串的吻。

“你为什么要躲起来呢？”她问我，用十分自然又随和的语气，就好像我们并非阔别三年，而只是经历了短短几日的小别一般。

“你怎么知道是我的？”

“我正在等你呢。”

“你在等我？”我问道，惊讶到只能把她的原话用问句的形式重复一遍……

“我们去长椅那坐着吧。是的，我就知道我还能见你一面。最近这三天以来，每天傍晚我都会来这里等着，就像今晚这样呼唤你……你为什么不回应我呢？”

“要不是你过来撞见我，我不会和你见面就会离开的。”我说着，极力稳定心神，控制着刚才几乎失控的激动心情。我接着说：“我路过勒阿弗尔，就想到这条林荫路上随便走走，再打花园周围路过，去泥灰石场的长椅上坐坐。我想你也会经常过来坐着，仅此而已。然后就……”

“你看看我这三天晚上都来这里读了些什么。”她打断我，递给我一包信。我认出那些正是我从意大利写给她的信。这时候我方抬起眼睛看她。她的样子变了好多，瘦弱且苍白，让我看了很心痛。她挽着我的手臂，紧紧地依偎着我，仿佛在害怕什么或是感到浑身发冷一样。她还戴着重孝，除了扎着一条黑色带花边的发带以外，什么头饰都没戴，衬得她的脸色愈发苍白。她脸上挂着笑容，却好像随时要倒下的样子。我感到很担心，问她现在是不是独自一人住在封格斯马尔。她说不是的，罗贝尔和她一起住。八月份那会儿，朱丽叶、爱德华和他们的三个孩子也曾陪她住过一段时间……我们走到长椅前坐了下来。有好一会儿，我们一直在向对方询问日常生活的境况。她问到了我的工作，我带着很不情愿的情绪回答了一番，就是要让她感到我对我的工作没什么兴趣。我想让她失望，正如她让我失望一样。但是她却没有丝毫表示。我也不知道自己是不是达到了目的。我对她满腹埋怨，又充满了爱意，尽量用冷淡的语气同她说话，可又恨自己是这般不争气。我心情激动，说话的声音都在颤抖。

太阳西沉，被云彩遮住了，却又在即将没入地平线时露了出来。它几乎正对着我们。空旷的田野上反射着颤动的霞光。我们脚下狭窄的小山谷登时云霞蒸腾，雾气氤氲。然后太阳消失了。我双眼中尽是灿烂的霞光。没有说一句话，沐浴在金色的光辉之中，我只觉得一切怨恨都已消失不见，心中唯余一片爱意。阿莉莎之前一直歪着身子依偎着我，这时坐起身来，从胸衣内侧取出一个精心包裹的小纸包。看样子她是想把它交给我，中途却又停下动作，好像在犹豫什么。见我惊讶地看着她，她说：

“听我说，杰罗姆，这是我的紫晶十字架。三天来我一直带在身上，因为我早就想把它给你了。”

“你把这给我干什么?”我的语气相当生硬。

“送给你的女儿,算是我给你留下的一点纪念。”

“什么女儿啊?”我没有理解她的话,莫名其妙地看着她。

“请你心平气和地听我说。不,不要这样看着我,别看着我。本来我能跟你说这些话就已经很不容易了。但是这话我非得跟你说出来不可。你听我说,杰罗姆,总有一天你要结婚吧?……不,不要回答我,不要打断我的话,我求你了。我只是想让你记住,我曾经那样地爱过你……我早就是这样想的了……有三年了……将来有一天,你把这个你喜欢的小十字架给你女儿戴上,作为对我的纪念,天!但是不要让她知道这是谁的……要是可能的话,你给她起名的时候……也许可以用我的名字……”

她声音呜咽,说不下去了。

我的语调近乎带着敌意,大声喊道:“你怎么不亲自交给她呢?”

她还想说些什么。她的双唇翕动,就像一个哭泣的孩子,但是她并没哭出来。她的目光异常明亮,衬托得整张脸庞如天使般非比寻常,光彩夺目。

“阿莉莎!我还能娶谁呢?你心里明白,我爱的只能是你……”忽然之间,我猛地把她揉进怀里,动作疯狂而几近粗暴,吻重重地落在她的唇瓣上。有那么一会儿,她就那样顺从地让我搂着,目光不再清亮。然后她合上双眼,开口说话了,那是一种在我听来优美无比的声音,准确地敲击在我耳畔:

“可怜一下我们两个人吧,我的朋友!哦!别把我们的爱情毁了。”

或许她还说了一句:不要胆怯!也可能是我自己说的,我也不知道。但是我突然跪在她面前,情真意切地抱住她,说:

“既然你这么爱我,为什么要一直拒绝我呢?你看!我先是等到朱丽叶结了婚,我明白你是在等着她先幸福。现在她幸福了，这是你亲口告诉我的。有好长一段时间我以为你想继续在父亲身边生活，可是现在就只剩下我们两个人了。”

“哦！过去的事就让它过去吧，我们不要为以前的事情后悔，”她喃喃地说着，“现在这一页我已经翻过去了。”

“现在还来得及，阿莉莎。”

“不，我的朋友，来不及了。自从那天我们因为彼此相爱，在对方身上看到了比爱情更美好的东西开始，就已经来不及了。我的朋友，为了你，我把自己的梦想定得那么高，再说什么俗世间的快乐，都会让我觉得失落。我经常会想，我们两个生活在一起会是什么情景，若是……我们的爱情不再完美，我就会无法忍受……”

“那么你是否想过，我们没有对方的生活会是什么样的？”

“没有！从来没有。”

“现在，你看到了吧！没有你的这三年，我一直在痛苦地徘徊……”

夜色渐深。

“我冷。”她说，站起身来，用披巾把身子紧紧地裹了起来，让我不能再挽着她的手臂。“你还记得《圣经》的那段话吗，当时我们因为担心不能明白其中的意思而感到不安，那句话说的是：‘他们没有得到许诺给他们的东西，因为上帝给我们备下了更美好的东西’……”

“你还在相信这些话吗？”

“我不能不信。”

我们肩并肩走着，谁也没有出声。过了一会，她才开口说：

“杰罗姆，你想像一下吧，更美好的东西！”她的泪水突然夺眶而出，嘴里还在念叨着：“更美好的！”

我们又走到菜园小门那里，早些时候我就是看着她从那里出来的。她转过身来，面向我。

“再见吧!”她说,“不,不要再往前走了。别了,我的爱。更美好的东西……从现在开始,就要出现了。”

她的目光凝在我的身上,眼睛里含着无法描述的爱。她伸直双臂,把两手放在我的肩头,既是拉着我,同时又在抗拒我……

门重新关上了。刚一听见她插上门闩的声音,我靠着门板,颓然滑坐在地上,怀着痛不欲生的心情在黑夜中哭泣了好久。

可若是我强行拉她回来,把门撞开,或是直接闯进这栋不会拒绝接纳我的房子里呢?不行的,即使是在今天,在回顾这段时光时……我也觉得我不会那么做。现在不理解我的人,那时也不会理解我。

我的焦虑上升到了极限。几天之后我实在忍耐不住,提笔给朱丽叶写了一封信。我跟她说我去过封格斯马尔了,见到的阿莉莎又消瘦又苍白。我说我看到她那副样子有多么不安,我恳求她关注阿莉莎的身体状况并给我传递消息。从她本人那里我是等不到什么了。

自这封信寄出还不到一个月,我便收到这样一封回信:

亲爱的杰罗姆:

我要告诉你一个非常沉痛的消息:我们可怜的阿莉莎已经不在人世了……唉!你在来信中所表现出的忧虑完全是有道理的。几个月以来,她身体一天比一天虚弱,却说不上到底是哪里出了问题。不过,在我的一再恳求之下,她还是去看了勒阿弗尔的A医生,医生写信和我说,她没有什么大病。可是,就在你去看望她之后的第三天,她突然离开了封格斯马尔。这还是在我收到罗贝尔的信以后得知的。她很少给我写信,要不是罗贝尔,我根本不知道她不辞而别,我也不会因为没有收到她的来信而着慌。我狠狠地责备了罗贝尔一顿。他就那样放她去巴黎了，都没陪在她身边。说起来你可能都不会相信，从那时起，我们一直都不知道她的下落。你完全可以想见我有多么着急。我见不到她，也无法写信给她。几天后，罗贝尔去了巴黎，但是他什么蛛丝马迹都没打探出来。他那人散漫惯了，以致我们在怀疑他有没有用心找。我们心神不宁，为了不再遭受这种折磨，不得不向警察局报了案。爱德华也出去找了，他做得不错，终于找到了阿莉莎栖息的那家小疗养院。可惜太晚了！我收到了疗养院院长的一封信，通知我她的死讯，同时也收到了爱德华的电报，说他没能见上她最后一面。她临终那天把我们的地址写在一只信封上，好让人通知我们。在另一个信封里，她把给勒阿弗尔公证人信函的副本放在里面，信中写下了她的遗嘱。我想信中有一段文字与你有关，不久我会让你知道的。爱德华和罗贝尔参加了前天举行的葬礼。在护送灵柩的队伍里面，除了他们俩，还有几名同在疗养院的病人——她们执意要参加葬礼，并且一直伴随她的遗体走到墓地。可惜我没能前往，我正怀着第五个孩子，而且随时有可能生产。

我亲爱的杰罗姆，我知道她去世的消息势必会让你极其悲痛，我给你写这封信时也是心如刀割。两天了，我必须卧床，写字感到很吃力，但是我不愿意让任何人代笔，就连爱德华和罗贝尔也不可以。对于那个唯独我们两个人才了解的亲人，只能由我来向你谈起。现在，我差不多已经成了一个老主妇了，往事炽烈的火焰已经被厚厚的灰烬掩盖。现在我可以重新怀有再见到你的希望了。如果哪一天你来到尼姆附近，不管是办事还是旅行让你来到这里，请到埃格维弗来吧。爱德华会很高兴认识你的，我们俩也能聊聊阿莉莎。再见，我亲爱的杰罗姆。我非常伤心地拥抱你。

几天后我听说，阿莉莎把封格斯马尔山庄留给了她的弟弟。但是她要求将她房间里的所有物品和她指定的几件家具全部送给朱丽叶。不久我就会收到属于我的那份密函。密函是由她亲手封存的，上面写着我的名字。我还听说她要求人们给她戴上那个紫晶十字架，正是最后一次见面时我拒绝接受的那一个——这个故事是爱德华给我讲的，他说她实现了这一桩遗愿。

公证人给我寄来的密封袋里装的是阿莉莎的日记。我把其中不少篇章抄录在此——只是抄录，不加评论。我在阅读这些日记时，心中那种难以尽述的纷乱感触和强烈震撼，你们是不难想像的。

阿莉莎的日记

埃格维弗

前天从勒阿弗尔出发，昨天到达尼姆。这是我的第一次旅行！既不用操心家务，也不必下厨做饭，我不免有点儿闲得慌。今天是188X年5月24日，正是我二十五岁生日。我开始写日记了——虽然谈不上有多大兴趣，但总算找到了一些事来做。也许，这可能是我有生以来第一次感到孤单。我来到这片完全不同的、近乎陌生的土地，我对它了解不多。它要给我讲的故事，一定和诺曼底给我讲的故事相似，那也是我在封格斯马尔百听不厌的故事——因为无论在世界的哪个角落，上帝都是不会有差别的——但是，这片南方的土地在说着一种我没有学过的语言，我听了感到很惊奇。

5月24日

朱丽叶在我身边的一张躺椅上打盹。我们所在的地方是一座露天开放式走廊，它的存在使这座意大利风格的住宅充满了魅力，它与连接花园的铺沙庭院处在同一个平面上……朱丽叶不用离开躺椅，就能看见起伏的草坪一直延伸至水塘边。水塘里有五颜六色的野鸭拍着翅膀嬉水，还有一对天鹅在水中游弋。据说这儿的水源是一条小溪，就算到了夏季也不会枯竭。小溪穿过园子，穿过长势越来越野的灌木丛，被困在干渴植被和葡萄园之间，很快就完全窒息了。

……昨天我陪着朱丽叶，爱德华·泰西埃尔则陪父亲参观了花园、农场、酒窖和葡萄园——这样一来，今天清早我就独自在花园里进行了第一次散步。这里有许多新奇的花草树木。我不认识它们，但很想知道它们的名字。我从每一种植物上面折下一小根枝条，以便在午餐时请教别人。我认出了其中的一种，那是杰罗姆在博尔盖萨别墅或多里亚-庞菲利欣赏到的青橡树……跟我们诺尔省的树种虽是远亲，外观却很不一样。这些树郁郁葱葱的枝叶在园子尽头营造出一片神秘的狭小空地，树影下是软绵绵的草坪，引来仙女为之歌唱。我对大自然的情感，在封格斯马尔是严格遵照基督教义的，来到这里以后却不由自主地带上了一丝神话色彩。这让我大为吃惊，同时也有点恐慌。可是我越来越压抑的这种恐惧还是宗教式的。我在念叨着这几个字：这是树林[①]。这

① 原文为拉丁文。

里的空气格外清透，四周安静至极。我想到了俄耳甫斯[1]，想到阿尔米达[2]。忽然响起了一声鸟啼，只有一声，离我那么近，那么纯净又凄然，我感到好像整个大自然都等待着这声啼叫。我的心剧烈跳动，倚在一棵树上呆愣了半晌，这才回到房间里去。这个时候别人都还没有起床。

5月26日

一直没有收到杰罗姆的消息。即使他把信寄到了勒阿弗尔，这会儿也该转过来了……我的不安心情只能向这本日记倾诉。三天来，无论是昨天的博城之行，还是每天的祈祷，都无法让我有片刻的时间不去想这件事。今天，我也写不出别的什么东西，我来到埃格维弗之后产生的莫名其妙的忧伤，也许并没有别的缘故——这种深藏在我内心深处的忧郁，现在我觉得它由来已久了，只是过去被我自命骄傲的乐观情绪掩盖了。

5月27日

我为什么要骗自己呢？我是通过推理才为朱丽叶的幸

① 俄耳甫斯，希腊神话中的诗人和歌手，父亲是太阳神兼音乐之神阿波罗，母亲是司管文艺的缪斯女神卡利俄帕。他弹的七弦琴来自阿波罗的馈赠，传说俄耳甫斯的琴声极为醉人。他有一段悲惨的爱情故事，故事说的是他为了找回已故的妻子一路追到冥界，并用琴声打动了冥王冥后，却在即将成功的最后关头，因妻子的不知情而发生误解，违背了不能在走出地府前回头看望妻子的誓言而功亏一篑。俄耳甫斯死后，他的七弦琴点缀星空，成为天琴座。

② 阿尔米达，法国作家吉诺的五幕悲剧《阿尔米达》中的主人公。剧情来自十六世纪意大利诗人塔索的长诗《被解放的耶路撒冷》，叙述的是一位有通神法术的美丽公主阿尔米达，与十字军将领林纳尔多互争胜负，不料却对敌人发生了爱情的故事。阿尔米达最后失去了爱情，伤心之下，在宫中引火自焚。

福感到高兴的。为了她的这份幸福，我曾经奉上多少祝福和希望，甚至不惜为之牺牲我自己的幸福。可是今天我却痛苦地看到，这幸福的获得是多么地容易，和当初我和她的想像是多么地不同！这事情多复杂啊！是的……我能看得出，朱丽叶找到她的幸福了。她并不是在我的牺牲中找到的。她不需要我作出牺牲。这触动了我的难过之情，我有一种可怕的自私心情故态复萌了。

而今，在我感到杰罗姆的沉默给我带来了多大的不安之后，我应该扪心自问：我真的心甘情愿作出了牺牲吗？当上帝不再需要我牺牲自己的时候，我就感觉到了委屈。难道原本我就不可能作出牺牲吗？

5月28日

对我的忧伤做出这样的剖析是多么危险啊！我已经把太多的心思倾注在这本日记上了。我以为自己已经克服了取悦和卖弄的心理，难道在这里又露出苗头了吗？不会的，但愿这本日记不要变成我美化心灵的镜子，打扮好了之后便去照上一照！我写日记的初衷是为了打发忧愁，而不是像我开头所想的那样，是为了解闷。忧伤是一种“罪的情境”，我早就已经把它忘怀了。我恨它，我要我的灵魂不再为之“纠结”。这本日记应该让我的心灵重新获得快乐。

忧愁是一种复杂的情感。以前我从未刻意分析过我的幸福。

我在封格斯马尔也很孤单，比在这里还要孤单……可我为什么不觉得呢？在杰罗姆从意大利给我写信的时候，我就承认他没有我也能生活。只要我在思想上追随着他，把他的快乐当成我自己的快乐就足够了。可是现在，我情不自禁地想呼唤他。没有他，我看到的所有新鲜事物都让我心烦……

6月10日

这本日记刚写了没多久就中断了，因为小莉丝出生了。我在朱丽叶身边守护着，天天熬夜。我想向杰罗姆说明一切，一点没有兴趣写在这本日记里。我要避免许多女人的一大令人无法容忍的通病：把日记写得絮絮叨叨。我要把这本日记当成自我完善的工具。

接下来是好多页的读书笔记和摘抄，等等。然后，又是她在封格斯马尔的日记：

7月16日

朱丽叶是幸福的。她这样说，看上去也是如此。我没有权利，也没有理由去怀疑……但是，我在她身边的时候，这种不满足、不舒服的感觉，又是从哪儿来的呢？——也许是因为感到这种幸福太实际，来得太容易，完全是"因人而异"的，使心灵感到了束缚，产生了窒息的感觉……

我现在不禁想要叩问自己，我所期望的到底是什么，是幸福本身，还是走向幸福的过程？主啊！不要让我得到那种很容易就能达成的幸福！教导我如何推迟幸福，直到我来到您的身边。

接下来撕掉了许多页，一定是叙述我们在勒阿弗尔那次痛苦的见面的部分。接着日记就来到了第二年。日记上没有注明日期，但肯定是在我住在封格斯马尔的那段时间内写的。

有时听他说话，我就像是在注视自己的思想。在他解释我的情况的时候，我发现了我自己。没有他，我行吗？只有和他在一起，我才存在着……

我有时也不确定，我在他身上获得的那种感情，就是人们所说的爱情吗？一般来说，人们描绘的爱情和我的爱情相差太远。我愿意什么都不说，爱他却又不知道自己爱着他，我尤其愿意爱着他而他却不知道。

我的生活中没有了他，无论经历什么事都不会让我感到快乐了。我的全部美德仅仅是为了取悦于他而存在的。可在他身边的时候，我却又觉得无法坚持自己的美德。

我喜欢弹钢琴练习曲，因为这样我会觉得自己每天都有进步。也许这也是我在读一部外文书时快乐的秘密。倒不是说我推崇外语胜过我们自己的语言，也不是说我欣赏的本国作家在语言造诣上不如外国作家，而是在不断的推敲之中，我克服了意义上的困难，看得越来越透，不知不觉中产生了一种自豪感。这使我在精神的愉悦之上又增添了难以言说的心灵满足。

如果不是处在可以更加圆满的上升途中，哪怕再多的幸福在我看来都是不足取的。我想像中的天堂之乐，并非站在上帝身边，而是在向上帝永无止境地不断靠拢的过程中……如果不怕咬文嚼字的话，我要说，任何不在“发展中”的快乐，我都会不屑一顾。

今天早晨，我们两个人坐在林荫路的长椅上。我们谁都没有说话，也没有说话的必要……突然，他问我是否相信有来世。

“当然相信啊，杰罗姆，”我立刻大声回答，“这对我来说不仅是一种希望，而是一种确信……”

突然我感觉到，我的全部信仰都倾注在这声呼喊里了。

“我很想听听，”他加上这么一句……稍停了片刻，才接着说，“要是没有信仰的话，你的生活会有什么不一样吗？”

“我怎么会知道呢？”我回答，然后又说，“就说你自己吧，我的朋友，你在最虔诚的信念的推动下，生活态度不可能有什么两样。如果有不一样的话，我也不会爱你了。”

不，杰罗姆，我们的美德并不是为了未来得到补偿，我们的爱情也并非为了寻求任何回报。付出就得有回报的想法，这对于天生高尚的心灵来说无异于一种伤害。美德并不是高尚灵魂的装点。不是的，它是一种表现形式。

父亲身体又不太好了，但愿不是什么大病。可是一连三天了，他只能靠喝牛奶度日。

昨天晚上，杰罗姆上楼回房间之后，爸爸和我留了下来。不过其间他有一会出去了。我一个人坐到长沙发上，准确地说是躺了下来。我不知道为什么会这么做，这在我而言是几乎从来没有过的情况。灯罩收拢了光线，把我的眼睛和上半身笼在暗影里。我机械地盯着自己的脚尖，它们从长裙下面稍微露出一点，一缕灯光照在上面。这时，爸爸回来了，他在门口驻足片刻，笑容里带着忧伤，用奇怪的神情望着我。我隐约感到有点儿不好意思，急忙坐直了身子。他朝我招了招手。

“过来，来我身边坐坐。”他对我说。尽管时间已经很晚了，他还是和我谈起了我母亲。这是自打他们分开后从来没有过的事。他对我讲起他当初是如何把她娶回家来，如何爱着她，而在那段时间里，母亲对他来说又意味着什么。

“爸爸，”最后我问道，“请您告诉我，您为什么会在今天晚上跟我说这些，是什么让您非要选择在今天晚上对我说这些呢？”

“因为，我刚刚回到客厅时看见你躺在长沙发上，有一瞬间我真以为又见到了你母亲。”

我着重把这件事提出来，是因为今天晚上……杰罗姆站在那里，从我座椅靠背后面俯下身来。他的目光越过我的肩头，看向我手里捧着的书。我看不见他，但是能感觉到他的气息，他身体的热气和颤动。我假装继续看书，可是我看不懂书里的内容了，就连句子都不成行了。我的心中升起一种莫名的骚动，心乱如麻。我趁自己还能控制的时候，匆忙站起身来离开客厅。我出去呆了好一阵子，所幸他什么也没有觉察到……但是过了一会儿，客厅里只剩下我一人了，我躺在了沙发上，爸爸觉得那时的我有母亲的影子，而我正好也想到了她。

昨天夜里我心事重重，睡得很不安稳。往事涌上心头，带着挥之不去的悔恨。主啊，教会我远离一切邪恶吧。

可怜的杰罗姆！他要是知道，有时他只需做出一个手势，有时我就是在等待这么一个手势……

在我还个小姑娘的时候，就已经在思忖着要为他而变得更漂亮一点儿了。现在想来，我自始至终也只是为了他才“追求完美”的。然而这种完美，却又只能在没有他的情况下才会达到。啊，上帝啊！您的教诲中，正是这一条让我最为困惑。

能够把美德和爱情合二为一的灵魂，该有多么幸福啊！有时我在怀疑：除了爱，除了越来越深的爱，永无止境的爱，是不是还有别的美德……可是在有些日子里，唉！我眼中的美德只是在抵制爱情而已。怎么！我怎么敢把我内心最自然的倾向称之为美德呢！这诱人的诡辩！巧妙的诱惑！幸福的幻景！

今天上午，我在拉布吕耶尔①的作品中读到这样一段话：

“在人生的路上，有时会遇到很多遭到禁止的迷人的乐趣。那时我们会希望至少它能够得到解禁，这也是人之常情。然而这样巨大的魅力，只有在另一种魅力面前才会相形见绌，那就是明白如何为了美德而放弃前者。”

为什么我要用想像制造出一种禁忌呢？难道还有比爱情更强大、更诱人的魅力在吸引我吗？啊！要是能借助爱情的力量，让相爱中的两个人的灵魂同时超越爱情，那该多好！

唉！现在我才弄清楚了：在上帝和他之间，只有我这么一个障碍。事情也许正如他跟我说的那样，先是他对我的爱情引导着他走向上帝，到如今，这种爱反而成了他继续前行的阻碍。他对我恋恋不舍，爱我胜过一切，我成了他的偶像，阻碍了他在美德的路上走得更远。我们两个之间必须有一个先达到目的地。而我的心太卑怯了，已经没有了克服爱情的希望。上帝啊，请允许我并赋予我力量，让我教会他不再爱我吧。我宁愿牺牲自己的功德，将他无限美好的功德奉献给您……如果说今天我的灵魂要因为失去他而哭泣，那么这不正是为了以后能在您身边和他相遇吗……

我的上帝啊！还有谁的灵魂更能配得上您？他生来拥有远大的前景，岂能只有爱我这一种追求？他要是因为爱我

---

① 拉布吕耶尔（1645—1696），法国人，生活在路易十四时期的散文家，其代表作品《品格论》是法国文学史上一部划时代的散文名著，对后世影响甚大。

而不思进取了，那我还会如此爱他吗？多少可能走向崇高的东西，因为幸福而变得碌碌无为啊……

星期日

“上帝给我们备下了更美好的东西。”

5月3日　星期一

幸福就在这里，就在身边，他若是想得到……只要一伸手，就能抓住……

今天早晨跟他谈话时，我作出了牺牲。

星期一晚

他明天走……

亲爱的杰罗姆，我无限深情地并永远爱着你。但是我却永远不能对你说出这句话了。我强迫让自己的眼睛、嘴巴和心灵接受的束缚是那么严格，离开你对我来说倒是一种解脱，一种苦涩的满足。

我努力让自己理智地行事，可是一到行动的关头，监督我行动的理智却又离我而去了。或者说，在我眼中变得荒诞了。于是我不能再相信理智了……

是理智在促使我逃避他吗？我不再相信……可我还是在逃避，怀着忧伤的心情，不明白自己为什么还要逃避。主啊！就让杰罗姆和我，我们两个携手一同走向您。我们彼此依靠，如同两个朝圣者走在路上，有时一个会对另一个说：“兄弟，你要是累了，就靠在我身上吧。”另一个则回答：“我只要感到你在我身边就足够了……”但是不行啊！主啊，您为我们指明的道路是一条很狭窄的路——狭窄到容不下两个人并肩而行。

7月4日

我已有六个星期多的时间没有翻开这本日记了。上个月，我重读了其中几页，发现了一种既荒唐的又有罪的念头：我要写得好看一些……我在写给他看……

我写日记，本来是为了帮我摆脱他，现在却变得好像是在继续给他写信。

我觉得写得好看(我知道在这里我指的是什么)的那几页，我统统将它们撕毁了。所有谈到他的部分也该被撕掉，我甚至应该把整部日记撕掉……可我做不到。

撕掉那几页已经让我颇为骄傲了……如果我不是心事重重的话，我都会觉得好笑。

我真的感到自己做了件了不起的事，我撕掉的是件多么重大的东西！

7月6日

我不得不清理我的书架……

我从书架上拿走了一本又一本书。我这么做是为了逃避他，可却又总是遇见他。就连在我自己发现的篇章里，我似乎也能听见他的声音在为我朗读。我只对他感兴趣的东西感兴趣，我的思想也依赖着他的方式思想，以致我自己都分不清楚了，就像从前我就喜欢让两者混淆不清一样。

有时，我故意乱写一气，想要从他的节奏中挣脱出来。可是这样的斗争正好表明我忘不掉他。我下决心在一段时间以内，只看《圣经》(也许还看看《效法基督》[①])。在这本日记里，我也只写下每天在那里面读到的有印象的章节。

从七月一日起，照着"每日食粮"的样子，我每天附上一个章节。我这里只抄录附有评论的几段。

7 月 20 日

"将你的所有全部变卖，分给穷人。"我理解的意思是：我这颗只想给杰罗姆的心，也应该分给穷人。这同时不是在教他这样做吗？……主啊，给我勇气吧。

7 月 24 日

我已经不读《永慰吾心》了。这种古语言很有趣，令我分心，阅读过程中总是尝到近似异教徒的喜悦，违背了我要从中获得教诲的初衷。

我又捧起了《效法基督》，但不是拉丁文版本。我能力有限，看那个太费劲了。我喜欢我读的那个译本，甚至连署名都没有——事实上是新教徒的版本，不过小标题上却写着："适合一切基督教团体。"

"啊！如果你知道当你在美德的路上前进，你会获得多大的安宁，会给别人多大的快乐，那么你必然会更加充满热忱。"

8 月 10 日

上帝啊，当我向您发出呼唤的时候，心中怀着孩童般的

① 《仿效基督》：十五世纪拉丁文宗教读物。

激情，用的是天使般的圣洁的声音……

这一切，我知道不是来自杰罗姆，而是来自您。

可是为什么在您与我之间，他的形象四处可见呢？

8 月 14 日

花了两个多月的时间，我才算完成这项工作……主啊！帮帮我吧！

8 月 20 日

我深深地感到了这一点，从忧伤的情绪清楚地感觉到，我心里并没有完成这项牺牲。上帝啊，让我认识到，他给我带来的这种欢乐，完全是您赐予的吧。

8 月 28 日

我所达到的道德境界是多么平庸，多么微不足道啊！难道我对自己要求太高了吗？——我再也不要这样痛苦了。

不知出于什么样的怯懦心理，我总是乞求上帝给我力量！现在，我的一切祈求都带着哀怨。

8 月 29 日

“瞧旷野里的百合花……”

这是多么朴实的一句话啊，今天早晨我陷入了哀伤。我出门来到田野上，心里和眼里都盈满了泪水，不停地重复着这几个词。我遥望着空旷的平原，看见农民们正弯腰扶犁，干着农活儿……“旷野里的百合花……”但是，上帝啊，它们在哪儿呢？

9月16日晚10时

我又见到他了。他就在这座房子里，在同一个屋顶下。我能看见灯光从他的窗子里面射出来，照在草坪上。在我写这几行文字的时候他还没睡，也许他还在想我。他没有变，他是这么说的，给我的感觉也是如此。为了打消他对我的爱，我能向他表达我要做一个什么样的人吗？……

9月24日

啊！这是多么残忍的谈话，谈话期间我竟能装作无动于衷、态度冷淡，而我的心却已经昏过去了……直到目前为止，我都在选择逃避他。今天早晨，我感到上帝给了我足够的力量去斗争，何况一味地逃避斗争也是怯懦的行为。我胜利了吗？杰罗姆不再那么爱我了吗？……唉！这是我既期待又畏惧的事情……我从来没有像现在这样爱他。

主啊，如果非要毁掉我才能把他从我身边拯救出来，那就让我毁灭吧！……

"请您进入我的心，进入我的灵魂，带走我的痛苦，继续在我身上忍受您尚未承担的苦难。"

我们谈到了帕斯卡尔……我故意对他说了些什么？多么荒唐可笑的话啊！我嘴里说着那些话，心里却在痛苦着。今天晚上我后悔了，好像我对神灵说了大不敬的话。我又拿起了厚重的《思想集》，书打开后自动翻到了致德·罗阿奈兹小姐的信那一章：

"当我们自愿跟着拖着我们往前走的人，就不会感到那是一种束缚，当我们开始反抗并试图走开时，就会变得非常痛苦了。"

这些话一下子就打动了我，使我失去了往下读的勇气。

我翻到了书另一处，发现一段文字写得极为动人，是我以前不曾读过的，于是我把它抄了下来。

第一本日记到此结束。第二本肯定被销毁了，因为阿莉莎留下来的文字，记录的都是三年后在封格斯马尔的事情。那是九月份的事，在我们最后一次见面前不久。

最后这本日记的开头是这样的：

9 月 17 日

上帝啊，您知道我需要通过他才能爱您。

9 月 20 日

上帝啊，把他给我吧，我会把心交给您。

上帝啊，让我再见他一面吧。

上帝啊，我保证把我的心奉献给您，您把我的爱情所求的东西赐给我，我就把剩下的生命全献给您。

上帝啊，饶恕我这可鄙的祈求。但是，我无法不念叨他的名字，也无法忘记我内心的痛苦。

上帝啊，我向您呼救，不要把我丢在惶恐中不理不睬。

9 月 21 日

“你们将以我的名义，向天父请求的一切……”

主啊！我不敢以您的名义……

但是，即使我不再祈求，难道因为这样，您就不会了解我的心中的妄念了吗？

9 月 27 日

从今天早晨开始，我的心如止水。经过了昨晚整整一夜的思索和祈祷，我忽然感到有一种和平与光明包围着我，浸润了我的心灵，犹如我童年时期想像中的圣灵。我立刻躺了下来，惟恐这欢快仅仅是一种暂时性的兴奋。不久，我便入睡了，在梦里依然是喜悦的。今天早晨醒来时，身心仍是愉悦的。现在我确信他要来了。

9 月 30 日

杰罗姆！我的朋友，我还把你称为兄弟，但是我对你的爱已远远超过手足之情……我多少次在山毛榉树林里呼唤你的名字……每天黄昏时分，我走过菜园的那扇小门，走到已经暗下来的林荫路上……你也许会突然回应我，出现在我的目光下，出现在石坡后面。或者，我的目光越过石坡，远远地看见你，你正坐在长椅上面等我。那样的话，我的心不会为之狂跳……反而是没有见到你才让我感到奇怪。

10 月 1 日

还是什么都没有。太阳已经下山了，沉入那清透无比的天边。我还在等着。我知道要不了多久，我就又会和他并排坐在那张长椅上……我已经听见他说话了。我是那么喜欢听见他叫我的名字……他会来的！我要把我的手放在他的手心里，我要让我的头靠在他的肩膀上，我要让我的气息围绕在他的身边。昨天，我把他的几封信带了来，打算重新看上一遍，可是我没有看信，而是满脑子都在想他。我还随身带着那枚他喜爱的紫晶十字架，记得有一年夏天，在我不想让他离开的每个晚上，我都会戴上它。

我想把这枚十字架还给他。很久以前我有过这样一个梦境:他结婚了,第一个女儿名叫小阿莉莎。我作为她的教母,把这件珍贵的首饰交给了她……为什么我从来不敢跟他提这件事呢?

10月2日

今天我的心情轻松欢快,就像一只小鸟在空中筑了巢。今天他肯定会来,我有这种预感,我知道。我要向每个人大声地宣告,我要在日记里写下来。我不想再掩饰自己的快乐了,就连平时对我漠不关心的罗贝尔都注意到了我的喜悦,他提的问题让我心慌意乱,我不知该如何回答。我要怎样才能等到今天晚上呢?……

不知道是怎么回事,我好像带上了一副透镜,它把爱情的光芒全部集中在我心头的一点上,引起了灼热的燃烧,到处都是他那放大了的形象。

啊!这样的等待,把我弄得多疲惫啊!

主啊!请让那扇幸福的大门,为我打开片刻吧。

10月3日

所有的光芒都熄灭了!他就像一道影子,从我的怀抱里溜走了。原来他就在这里!他就在这里!我还能感觉到他在。我的嘴唇在徒劳地呼唤他,我的双手在黑夜里茫然地寻找他……

我无法静下心来祈祷,亦无法安然入睡。我又走了出来,来到夜色中的花园里,无论留在自己房间里,还是呆在那栋房子里,我都感到害怕。我非常痛心,一直走到我把他留下的那扇小门前,重新把门打开,疯了般的怀着希望,希望他回来了。我呼喊着，在黑暗里摸索。我回到房中给他写信。我没法接受自己的心就这样死去。

到底发生了什么！我对他说了什么？我对他做了什么？我何必总要在他面前夸大自己的美德呢？我这份美德已经被我的整颗心完全否定了，它还有多大价值呢？我嘴上遵守着上帝的教诲，暗中却早已违背了自己的誓言……我心里纵然有千言万语，却一句也没能说出来。杰罗姆！杰罗姆，我痛苦的朋友，我在你身边时心如刀割，离开你以后又痛不欲生。刚才我对你说了那么多，你只听取其中爱的诉说吧。

我把我的信撕了，然后又写了起来……黎明到来了，灰蒙蒙的，浸了泪，和我的思想一样凄恻……我听见山庄那头一阵响动，万物从沉睡中醒来了……“现在起来吧，是时候了……”

我是不会寄出这封信的。

10月5日

嫉妒的上帝啊，您既然已剥夺了我的一切，就把我的心也拿去吧。它不再有任何期待，它已经失去了所有的热情，对什么都不感兴趣了。请再帮帮忙，帮我战胜这剩下的可怜的一点剩余吧。这栋房子、这座花园，都在激发着我的爱情，我已经无法忍受了。我要逃到另一个地方去，一个只能见到您的地方去。

您来帮我把我的所有财富分给您的穷人。不过，请让我把封格斯马尔山庄留给罗贝尔，因为我实在不忍心卖掉它。遗嘱我已经拟好了，但我对大部分需要履行的手续还不甚明了。昨天，我没能和公证人说清楚。我怕他一旦猜出了我的决定，就会跑去通知朱丽叶或者罗贝尔……等我回到巴黎之后再做这些吧。

10月10日

我到了这里，感到精疲力竭，以至于开始的两天不得不卧床休息。他们不顾我的反对请来了大夫。大夫认为我必须做手术。抗议又有什么用呢？我没费多少力气就让他相信我特别害怕手术，想等“体力恢复一点”以后再说。

我隐瞒了自己的姓名和住址。但我向疗养院办公室交了一大笔钱，这些钱足以让他们二话不说把我收留下来，只要上帝觉得有必要，让我在这里住上多久都行。

我很喜欢这个房间。屋里非常整洁，没有必要在墙上挂上什么装饰品。我还觉得挺奇怪，我现在的心情几乎可以用快乐来形容，这说明我对生活已经不再抱有更多期望了。现在我心里只有上帝了，我的整颗心只有被上帝占据，才会变得美妙非常……

除了《圣经》以外，我身上没带别的书。但是今天，在我读它的时候，帕斯卡尔的这一句失声痛哭在我心中引起了更加响亮的共鸣：

“并不是来自上帝的一切，都能满足我的愿望。”天啊！我这颗莽撞的心，期望的竟然是人间的欢乐……主啊，您让我陷入如此绝望的境地，就是要让我这样大喊出声吗？

10月12日

快让天国降临吧！快让天国降临在我心上。惟愿神来主宰我，主宰我的全身心。我再也不想用这颗心和您计较了。

我的身体如同老人一样衰弱，灵魂却又保持着一种奇异的稚气。我还是当年那个小女孩，房间必须收拾得井井有条，脱下的衣物必须叠好放在床头。不这样做的话，我睡不着觉……

我也准备着，就这样离开人间。

10月13日

这本日记我又读了一遍，然后就把它销毁。“高尚的心灵不该让自己的烦恼散布开来。”我想这个美丽的句子是出自克洛蒂尔德·德·沃[1]之口。

我正要把这本日记付之一炬，却有一声警告制止了我。我觉得这日记已经不属于我一个人了，日记完全是为杰罗姆写的，我没有权力不让他读到。我的种种担心和种种疑虑，在今天看来是那么可笑，我已不再重视它们了。我相信杰罗姆看后也不会产生内心的困扰。我的上帝啊，让他从中发现一颗心的哀鸣吧：这颗心对美德的渴望达到了何等疯狂的程度，要把他推上她自己都难以企及的高度。

“我的上帝，引导我登上这座我达不到的顶峰。”

10月15日

“欢乐啊，欢乐，欢乐的眼泪……”[2]

没错，这超越人间的欢乐，让我摆脱了一切的痛苦，感觉到了光芒万丈的欢乐。那个我无法企及的峰顶，我知道它的

---

① 克洛蒂尔德(475—545)，法国王后，曾劝说丈夫克洛维一世皈依天主教。

② 引自帕斯卡尔的《遗言》。

名字叫做“幸福”……我也明白，如果不去追求这种幸福，我便是虚度此生……可是，主啊！您曾许诺说，放弃俗念的灵魂会拥有这幸福。您在《圣经》中说过，“在主的怀抱中死去的人，从此刻起，便是幸福。”从此刻起，便是幸福，难道我一定得等到死吗？正是在这个时刻，我的信仰动摇了。主啊！我用尽全部力气向您呼喊。我在黑夜之中，我在等待着曙光的降临。我向您呼喊，不到死亡的一刻不能罢休。您来解除我心中的渴望吧。我对那种幸福有着当下的渴望……或者我应该让自己相信已经得到了？也许就像失去耐心的鸟儿，天不亮就啼叫起来。它不是要宣告，而是要召唤黎明的来临。难道我也没等到天亮就开始放声歌唱了吗？

10 月 16 日

杰罗姆，我愿意让你知道什么是至高无上的快乐。

今天早晨，我大吐了一阵，吐到腰都快断了。然后我感到极度的虚弱，有一阵子真想死掉。但是我没有。首先我感到周身一阵平静，接着心中浮现一种惶恐不安的情绪，使我的肉体和灵魂都禁不住颤抖起来。我就像得到突如其来的顿悟，一下子参透了自己的一生。我似乎第一次注意到我房间那光秃的四壁是如此惨不忍睹。我害怕了。现在为了安慰自己，我还在写日记。主啊！但愿我能坚持到死，不要说出一句渎神的话。

我还能起床。我跪下来，像个孩子那样……

我想立刻死去，要快。别让我认清我是孤单一人。

去年我又见到了朱丽叶。距离我收到她的那封信，也就是通知我阿莉莎死讯的那一封，一晃十多年过去了。有一次我到普罗旺斯一带旅行，趁机在尼姆稍作停留。泰西埃尔家的房子位于闹市区的弗舍尔大街，住宅的外观相当华丽。虽然来之前我已经写过信了，可是在踏进门槛的一瞬间，心情还是很激动。

一名女仆把我带进客厅。没过多久，朱丽叶就出来见我了。我以为自己看见了普朗蒂埃姨妈。一样的走路姿势、一样的丰润体型和一样气喘吁吁的热情招呼。她一口气问了好多关于我的情况。她连珠炮似的发问，也不等我回答。她问到了我的工作，我在巴黎的家，问我平时都干些什么，在和什么朋友往来，这次到南方做什么来了。她还问我，为什么我没再去埃格维弗。她认为爱德华见到我会非常高兴的……然后，她又和我说了所有人的情况。她谈到她的丈夫、几个孩子、她的弟弟、最近的收成，还有不景气的生意……我听说罗贝尔卖掉了封格斯马尔山庄，搬到了埃格维弗，现在已经是爱德华的合伙人了。这样一来，爱德华可以在外面跑生意、谈合作，而他则留在葡萄园里负责改良品种和扩大种植规模。我不安的目光在搜索着一切能让我找到回忆的东西。我在客厅里认出了几件封格斯马尔的家具。但是，那些依然能拨动我心弦的往事，朱丽叶似乎全都忘了，或者她是故意避而不谈。

楼梯上有两个男孩在玩耍，看上去有十二三岁的样子。朱丽叶把他们叫过来给我认识。大女儿莉丝跟着父亲去埃格维弗了。还有一个十岁的男孩散步回来了，这个孩子就是朱丽叶写信通知我那个沉痛消息时提到的即将出生的那个。最后一次生产不太顺利，朱丽叶的身体在产后好长时间内都没能恢复过来。直到去年，她才似乎回心转意了，又生下一个女孩。从她的语气能听出，那是她最疼爱的孩子。

“她睡在我的房间里，就在隔壁，”她说，“去看看她吧。”

她在引领我往那边走的路上又说：“杰罗姆，我没敢在信里和你说……你愿意当这小姑娘的教父吗?”

“要是你喜欢的话,我当然愿意了,”我有点意外,同时俯下身子看向摇篮,“我的小教女叫什么名字?”

“阿莉莎……”朱丽叶低声回答,“这孩子长得有点像她,你不觉得吗?”

我紧握着朱丽叶的手,没回答。小阿莉莎被母亲抱了起来,睁开眼睛。我把她接到自己的怀里。

“你要是成家了,会是个多好的爸爸啊!”朱丽叶说,勉强一笑,“你不结婚,还在等什么呢?”

“我在等自己把很多事情忘掉。”我看见她脸红了。

“你想快点忘掉吗?”

“我希望永远不忘记。”

“你跟我来。”她突然说道。她领我走进一个小房间,里面已经很暗了,一扇门连着她的卧室,另一扇门通往客厅。她说:“每当我得闲的时候,就会躲到这里来。这里是整所房子里最安静的地方。在这里,我几乎感觉不到自己受到生活的骚扰。”

这个房间和其他的不一样。它的窗外不是闹市,而是长满树木的院子。

“我们坐会儿吧,”她说着,倒在一张扶椅上,“如果我没理解错的话,你是想永远保持对阿莉莎的忠诚。”

我没有立即回答。半晌,我说:“或者,不如说我是在忠诚于她对我的看法……不,不要把这当成我的品德。我觉得我没办法不这样做。要是我娶了别的女人,我只能假装爱她。”

“哦!”她应道,不以为然。然后她转过脸,看向地面,好像在寻找什么丢失了的东西。她又问:“那么,你真的相信一种无望的爱情,能被人久久地铭记在心里吗?”

“是的,朱丽叶。”

“生活的风每天吹过，不会把它吹灭？……”

暮色犹如灰色的潮水，渐渐涌上来，淹没了每一样物件。而这些物件在黑暗之中仿佛又复活了，悄声诉说着各自的往事。我又看见了阿莉莎的房间。朱丽叶把姐姐的家具全都集中在这里了。现在，她的脸孔又转向我。我看不清她的样貌，也不知道她的眼睛是不是闭着。在我眼里，她很美。我们两个人都默然无语。

“好啦！”她终于说道，“该醒醒了……”

我见她站起身来，往前踏了一步，像脱力了似的又倒在了旁边的椅子里。她的双手轻抚在脸上。我觉得她哭了。

一名女仆走进屋来，端来了一盏灯。

田园交响曲

第一册

189X 年 2 月 10 日

大雪一连下了三天三夜，把道路封了个严严实实。十五年来我每月都要前往 R 村主持两次弥撒，这回却是去不成了。今天上午，就连拉布雷维村的小教堂里也只来了三十几名信徒。

既然因为天气的缘故赋闲在家，我何不就此追溯一下往事，讲一讲当初收养吉特吕德姑娘的因由呢。

我计划在这本书里描绘出一颗虔诚灵魂的成长过程。我带她走出了黑夜，以对上帝的崇拜和热爱为名。感谢主，将此使命授临于我。

那是在两年半之前。有一天我正从拉绍德封回来，一个素不相识的女孩找上了我。她看上去很匆忙，要把我带到七公里外的一个地方，说是去看望一位快死了的可怜的老太太。当时马车还没来得及卸套，我抄上一盏灯，就同那女孩上了车。我估计天黑前是赶不回来了。

本来我对这一带是非常熟悉的，但是马车一越过拉索德莱庄园，在女孩的指引之下，我走上了一条陌生的路。车又往前行驶了两公里。直到路左边出现了一片隐秘的小湖，我才认出这里——少年时我曾经来这儿滑过几次冰。附近没人叫我去做过圣事，我已经有十五年没有涉足这里了。我说不准小湖的确切位置，此时蓦地见它沐浴在黄昏的彩霞之中，仿佛只在梦中见过一般。

湖水分出一道细流，汇聚成溪，一直蜿蜒到森林边际。马车先是沿着小溪行驶，接着又绕过一片沼泽地。我敢肯定，这地方我从没来过。

太阳落山了，暮色四合，我们又前行了好一段路。这时，带路的女孩遥指前面的山坡。沿着她手指的方向，我看见远处有一个小茅屋，要不是屋顶有一缕若有若无的炊烟缭绕，看上去真像一座废宅。细烟在夕阳影子的渲染下变得蓝盈盈的，升到半空里又被落日的红霞染成金色。我把马拴在茅屋近旁一棵果树的树干上，尾随女孩走进屋里。房间里漆黑一片，老太太已经咽气了。

那肃杀的景象和凝重的气氛叫我不寒而栗。床边跪着一个年轻的女子。我原以为带路的女孩是老太太的孙女，其实她只是女仆。她点燃了一支冒着黑烟的蜡烛，然后就站定在床脚，一动不动了。

在来时漫长的路途中，我总想同她说点什么，可是一路上却没怎么见她开口。

跪着的女子站起来了。她也和我最开始猜想的不一样，她并不是死者的亲戚，只是一个关系不错的邻居。女仆看主人快不行了，跑去把她叫了来。她听说之后，主动要求过来守灵。据她说，老太太死前没受苦。我们一起商量着如何料理死者的后事。在这种荒僻的地方，通常一切都由我来决定。我得承认自己有些为难，尽管这房子破败不堪，但若交给邻人和女仆接手，还是有点不妥的。其实，要说这破破烂烂的小茅屋里藏着什么金银财宝也不大可能……我该怎么办呢？我还是询问了一下死者有没有继承人。

女邻居端起蜡烛，照亮了房间的一角。我这才看见壁炉边上蜷缩着一个模糊的人影。那人像是睡着了，浓密的头发把整张面孔都遮了起来。

“这姑娘眼睛是瞎的，听说是老太太的侄女。女用人说的。恐怕这一家子就只剩下她一个了。得把她送进孤儿院吧，要不真不知道她往后怎么过。”

就这样当着人家的面，给对方的人生妄下决定，这在我听来非常讨人嫌。我担心这样直白的话语会让盲女伤心。

“不要吵醒她。”我轻轻地说道，至少让那女邻居把声音放低些。

“哟！我看她没在睡觉，她是个白痴，不会说话。别人说的什么她也听不懂。从我上午来到这屋里起，一直到现在，她一动都没动。最开始我还以为她耳朵聋了，女用人又说我说的不对，那老太婆才是个聋子。从来没人跟她说话，她也不跟别人说话，早就是这样了。除了吃饭喝水从来不张嘴。”

“这姑娘多大年纪了？”

“我想该有十五了吧！其实我知道的不见得比你多……”

一开始我并没有收养这个可怜孤女的意思。在祈祷之后——确切地说，在我和女邻居、女仆跪在床前祈祷的一瞬间——我突然领悟到，这是上帝把一项责任降临在我面前，我不该怯懦地逃避它。于是当我站起身时，已经决定当晚就要把她带走。至于今天之后该如何安顿她，把她托付给谁，我还没来得及细想。我又停留了片刻，目光凝聚在那过世老太太的脸上。她仿佛还在熟睡之中，爬满了皱纹的嘴瘪进去，就像守财奴的钱袋被线绳收紧了袋口，绝不会掉出一个子儿来。我把自己的打算告诉了女邻居。

“明天收殓的时候，她最好别在这儿。”她只回了这么一句。

事情就这么定下来了。

这世间诸多事情，如果不是周围的人总是在想尽办法横加阻挠，实施起来其实非常简单。我们自从童年时期开始，有多少事是因为别人的阻碍而无法实现的？我们不能做自己喜欢的事，正是因为从四面八方发出反对的声音：这件事是不能做的……

盲女就像一具无意识的躯体，任由别人把她带走。她的五官长得清秀端正，就是没有一丝表情。临走前我从草堆上拿了一条被子。草堆再往上就是楼梯了，她平时想必就睡在这里。

女邻居看上去很殷勤，她帮我用被子把盲女裹严实了。外面天气晴朗，而晴朗的夜晚总是带着点凉意的。我把马车的车灯点上，赶着车子出发了。这具失去了灵魂的躯体靠在我身上，蜷缩成小小的一团，要不是在黑暗之中隐约有一丝体温传递过来，我真的无法感觉到这是一个生命。一路上我都在想：她睡了吗？那会是何等黑暗的梦境……她是梦是醒又有什么不同呢？主啊！这颗灵魂被禁锢在麻木的躯壳里，无疑是在等待着您的圣洁之光！您是否允许我用我的爱心把她的黑夜驱散？

我这人比较实在，不会对我到家后即将面临的难题避而不谈。我妻子这个人，可以说是集美德之大成。便是我们难免会经历些艰苦日子，我也从未有一刻对她那善良的心地产生过怀疑。不过，她善良归善良，却不喜欢先斩后奏的行为。她是个做事讲求秩序的人，凡事拿捏精确，不会做得太过，也不会做得不足。她就连做善事也有节制，好像爱心是一种会枯竭的财富似的。在我们夫妻之间，这是惟一可能引起争执的地方。

那天晚上，她看见我带了个女孩回家，一开口就暴露了她的直接想法：

“你又揽了个什么事儿？”

每次都是这样。在我们之间需要解释一番的时候，我先让站在一旁的几个孩子出去，他们大眼瞪小眼，满脸写满了问号和惊叹号。唉！这种态度，跟我的期待差得太远了！只有我那可爱的小女儿夏洛特，她意识到车里要走出来一个新东西，一个活生生的东西，蹦蹦跳跳地鼓起掌来。其他几个稍大的孩子平时服从母亲管教，立刻喊住小妹妹，让她放规矩点。

这一次情况有点混乱。我的妻子和孩子们不知道我把一个盲女带回家来，当他们看见我小心地扶着她走路时，都感到非常不解。我自己也被弄得手忙脚乱。一路上我一直拉着这个可怜的残疾姑娘的手，只要稍一放开，她立刻就会发出奇怪的呻吟声。那声音听着都不像人的声音，更像是小狗的哀鸣。她已经习惯了自己的那方小天地，这是头一回走出来。我见她双膝发软，没法站直，便给她拿来一把椅子。她却滚落到地板上，就像不会坐着一样。我把她带到壁炉旁，她靠着炉台蜷作一团，滑下去，又回到了我在老太太家第一次见到她时的姿势。直到这一刻她才稍稍平静下来。在马车上她就是这样，整个身子瘫倒在车座下面，蜷缩着靠在我脚边。我妻子上来帮忙了。要知道，她最不假思索的行为总是最善良的。只是她的理智不断反抗，而且总能战胜感性。

“这个东西，你打算拿她怎么办?”等我们把盲女安顿好了，我妻子问道。

我一听她用“东西”这个词，心头不禁打了个寒战，怒火难以控制地往上蹿。不过我还处在长时间的沉思中，没有发作。大家重新围成一圈坐了下来。我面向他们，把一只手放在盲女的额头上，郑重地宣布：

“我带回了这个迷途的羔羊。”

但是，我妻子阿梅莉认为，《福音书》的教诲中不会存在任何没有理性或是超越理性的内容。见她又要开始争论，我示意两个大孩子——雅克和萨拉离开。他们俩从小看惯了父母争执，一副无所谓的样子（我甚至嫌他们太过冷漠），带着两个更小的孩子走开了。我妻子还是默不作声。看到那个不速之客，她还是怒火中烧。

“你有什么话，就当着她的面讲吧，”我说道，“这可怜的孩子听不懂的。”

于是，阿梅莉开始抗议了。她说跟我还能有什么好谈的呢？——这往往是她旷日持久的唠叨的开场白。她说我总是编造一些不切实际、于理不合的借口。而她呢，除了顺从我异想天开的想法之外根本没有别的选择。前面我已经写到了，我还没想好怎么安置这个女孩。我还没有考虑过，或者说只有非常模糊的想法，想到过要把她留在家里的可能性。倒是阿梅莉提醒了我，她问我是不是嫌“家里人还不够多”。然后她又责怪我向来一意孤行，从来不理会周围人的反对意见。对她来说，五个孩子已经够多了，自从克洛德（恰巧在这个时候，克洛德在摇篮里叫嚷起来，就好像听到了自己的名字一样）出生以后，她已经感觉濒临极限，筋疲力尽了。

刚听她说完头几句话，我立刻浮想起基督的几条训诫。我正准备说出来，话到嘴边又憋了回去。我认为把《圣经》当作自己行为的挡箭牌是不太得体的。可是当她提到疲惫这种情况，我就无话可说了。我无法不承认，每当我善心大发就会变得冲动起来，结果是不止一次地把重担压在她的身上。她这番责备确实有她的道理，也让我明白了自己应尽的责任。于是我非常委婉地求她多考虑一下，换做是她的话会不会像我这样做。眼看一个无依无靠的孤女身处于危难之中，她怎么能袖手旁观呢。我还说，收养这个残疾女孩会给家里添上不少麻烦，我不能为她分担些什么，心里感到非常遗憾。我努力使她平静下来，请求她不要把怨恨发泄在这无辜的孩子身上。然后我提示她说，萨拉长大了，以后可以帮家里做些力所能及的事，雅克也用不着她多操心了。总之，上帝让我说出了这些话，让我说服她接受这一切，而且我也有这样的信心：今天这事，要不是我突然把自己的想法强加到她的意志之上，假如我多给她一些时间考虑的话，她本来会自愿接受的。

我相信自己已经成功了，亲爱的阿梅莉已经充满善意地朝着那姑娘走了过去。但是当她走到近前，举着灯去观察女孩，发现她浑身脏得无法形容时，阿梅莉又勃发大怒了，怒气甚至比刚才还要猛烈。

“天啊，怎么会有这么脏的人！”她叫了起来。“你快去刷一刷，刷一刷你自己。不，不要在这里！到外面去掸吧。啊！我的上帝！这么多虱子，会长到孩子们身上去的。我最讨厌这些东西了。”

确实，可怜的女孩满身都是虱子。一想到在马车上我有那么长时间同她挨在一起，不由得也是一阵厌恶。我出去把全身仔细清理了一遍，过了两分钟之后重新回到屋子里。我看见我的妻子正瘫坐在椅子里，双手捂着脸，低声哭泣。

“真没想到给你带来这么大的麻烦，你一向是那么坚强，”我温柔地对她说，“今天已经太晚了，也没什么别的办法了。我来看守炉火，就让这孩子睡这儿吧。等明儿一早，我给她剪剪头发，好好洗个澡，等你不讨厌她的时候再说吧。”我还恳求阿梅莉不要对孩子们说起这件事。

晚饭时间到了，我递给我的被保护人一个餐盘。家里的老厨娘一边侍候我们，一边用带着敌意的目光看着盲女吃饭贪婪的样子。餐桌上很安静。我本来很想给几个孩子讲一讲我这次外出遇到的意外，让他们感受一下穷困的意义，借此打动他们，好让他们对这位上帝指示我收留下来的可怜人产生一丝怜悯之情。可是我又怕再把阿梅莉的怒气招惹起来。空气中好像有一道无形的禁令，让我们闭口不谈。事实上，我们每个人都在想这件事。

一个小时之后，大家都睡下了。阿梅莉把我一个人留在客厅里。我看见房门打开了一条小缝，我的小女儿夏洛特光着脚丫，身上只穿着睡衣，蹑手蹑脚地走了进来。我一阵感动。她扑到我的身上，搂住我的脖子，小声说道："我还没有好好跟你说声晚安呢。"

她非常好奇，睡前忍不住过来看看。她用小小的食指指向一边安睡的盲女，小声问道："为什么我不能亲亲她呢？"

"明天再亲吧。现在她睡了，咱们别打扰她。"我一边说，一边把她送到门口。

我又走回来坐下，打开书本开始阅读，并准备着下一次布道的内容。我就这样一直工作到天亮。

我想（根据我记得的事情来看），几乎可以肯定地说，夏洛特的感情要比她的哥哥姐姐们丰富得多。但是他们中的每一个在她这个年龄都曾经给过我类似的错觉。比如大儿子雅克，如今的他是那么含蓄疏离……大人以为他们性格温和，其实他们的甜言蜜语都不过是虚假的表象罢了。

2月27日

夜里又下了一场大雪。孩子们高兴极了，他们说用不了多久大家就要从窗户出去了。果不其然，今天一早，大雪就封住了大门，人们只有从洗衣间才能进出。我在昨天就已经得到消息，村子里储备了足够的食品。可以肯定的是，我们要与世隔绝一段时间了。这不是第一个被大雪封住的冬天，但在我的记忆中，还从来没有见过这么厚的雪。我还是趁此机会把昨天刚开了个头的故事继续讲下去吧。

我说过，当我把这个残疾的姑娘领回家的时候，我并没有想过她会在我家中占据一个什么样的位置。我知道我妻子一定会反对，我也清楚我们有房间多少，有财力几何。但是由于天性使然，又我行我素惯了，加上一贯遵循道德原则，所以我丝毫没有顾忌这样的一时冲动会为家庭增加多少额外的开销（我一直觉得，计较这些事是违背《福音书》精神的）。不过，信赖上帝是一回事，把责任推到别人身上又是另外一回事。

没过多久我就发现，我放到阿梅莉肩上的这份重担是如此沉重，让我不禁开始感到愧疚了。

在给女孩剪头发的时候，我还尽量提供了一些帮助。我能看出阿梅莉已经不胜其烦了。给女孩洗澡的工作则只能留给我妻子一个人去做，我心里清楚自己逃避了最繁重最讨厌的活儿。

从那时起，阿梅莉再也没有发出过半点怨言。经过这一夜她应该已经考虑过，决定安心接受这个任务，在照料女孩的过程中甚至还找到了些许乐趣。在给吉特吕德梳洗完毕后，我看见她脸上露出了笑容。盲女的头发被剃光了。我在她的头上涂了油膏，为她戴上一顶白色软帽。阿梅莉拿出了萨拉的几件旧外套和干净内衣，把她那身又脏又丑的破衣裳给扔进火炉里烧掉了。这个孤女不知道自己叫什么，我也无从知晓。夏洛特给她起了个名字叫做吉特吕德，这立刻得到大家的一致称赞。她看上去比萨拉年纪小一点，穿上萨拉一年前的衣服正合身。

在这里我必须承认，刚开始的几天里我感到非常失望。我对教育吉特吕德是抱有极大期待的，但现实情况摆在面前，迫使我放弃了那不切实际的希望。她的脸冷漠木然，带着迟钝的表情，或者不如说根本没有表情，把我的满腔热情彻底浇灭了。她整天呆在炉火旁边，时刻处在警戒状态，一听见我的声音，尤其当有人走近她时，她的脸色就立刻紧绷起来。只要她的脸出现表情，那必然是敌意的。如果有人想要与她交流，她就像个动物一样哼哼，甚至嚎叫起来。这种怒气冲冲的态度，一到吃饭的时候就会停下来。我亲自为她端来饭菜，她就像野兽一样扑上来大吃大嚼，样子难看极了。因为付出感情总是渴望得到回报，面对着这颗冥顽不灵、充满了抗拒的心灵，我也产生了厌恶之情。真的，说实话，在最开始的十天里我几乎对她感到绝望了。我甚至不再关心她，后悔自己不该一时冲动把她领回家来。还有一个情况让我觉得丢脸：我的这些想法瞒不过阿梅莉，她见我这样反倒有点得意。当她发现吉特吕德的存在经常会让我难堪，甚至已经成了我的心理包袱时，她照顾起这孩子来反而更加殷勤了。

正在我处在两难境地之时，我接待了我的朋友——马尔丹医生。马尔丹住在特拉维谷村，外出巡诊顺路来看我。我跟他说到了吉特吕德的情况。他对这个女孩的问题很感兴趣，同时也很惊讶。他的疑惑在于，如果女孩仅仅是双目失明，怎么会如此愚昧不灵？于是，我向他解释了一番：她本身是个盲人，而从前抚养她长大的老太太又是个聋子，从来不跟她说话，可怜的孩子一直无人过问。马尔丹大夫劝我说，既然是这样，我就不该放弃希望，现在只是还没找到好的办法而已。

“你这是还没有弄清地基是否牢固，就想盖房子，”马尔丹说，“你想想看，她头脑里还是一片混沌，连起码的概念都没形成。一开始你可以先把味觉、触觉等几种感官分出来，就像贴标签那样，给它们搭配上一个声音、一个单词。你反复地念给她听，想办法让她跟着你重复。

“千万不要急于求成，每天定时教她，每次的时间不要太长……”

他向我详细说明了这种方法之后，又补充说：

“实际上，这种方法一点也不神叨，这可不是我的发明，别人早已经用过了。你不记得了吗？当初我们一起学哲学课的时候，教授说到孔狄亚克[①]和他的活雕像，就提到过一个类似的病例……”他沉吟半晌，又说，“也可能是后来我在一本心理杂志上读到的……不管怎么说吧，反正给我留下了挺深的印象。我甚至连那位病患的名字都记得。那女孩比吉特吕德还要惨呢，她不但双目失明，还是个聋哑人，后来不知被英国哪个郡的一位医生收养了。那是上个世纪中叶的事。女孩的名字叫劳拉·布里奇曼。医生用日记的形式记录了她的进步过程，至少记录了刚开始时教她学习时付出的努力。你也可以这样做，写下一部日记。那个医生让孩子依次触摸两个小物体：一根别针和一支笔，然后让她在印有盲文的纸上触摸这两个词：别针，笔。一连几个星期，他毫无收获。那具躯体里头仿佛没有灵魂存在。但是医生并没有失去信心。他是这样说的：‘我就像一个俯在井口的人，井黑不见底，我拼命抖动一根绳子，希望到最后井底下会有一只手把它抓住。’因为他一刻也不曾怀疑井底下有人，那人迟早会抓住绳子。终于有一天，他看见劳拉木然的脸上绽放出一丝笑容。我相信在那一刻，医生的眼里一定会涌出感激和爱的泪水，他一定会跪下来感谢上帝。劳拉一下子明白了医生对她的希望：她得救啦！从那天起，她更加专心地学习，进步也很快，不久就能自学了。后来她还当上了一所盲人学校的校长。如果不是劳拉，也会有其他人做到的……近来又有不少事例出现。报刊杂志长篇大论地登载这些事，都觉得不可思议。他们质疑这种人居然还能得到幸福，在我看来实在有点没见识。事实上，每个生来与外界隔绝的人，他的内心都是有幸福存在的，一旦他们具备了表达能力，就会说出他们的幸福。记者们听了自然亢奋不已，借此教育那些‘享有’健全

① 孔狄亚克（1714—1780），法国神父，哲学家，感觉论者，著有《感觉论》。

五官的人不要再怨天尤人……”

说到这里，我和马尔丹争论起来。我反对他的悲观主义论调，绝不赞成他声称的“感官说到底只能给人徒增烦恼”。

“我可不是这个意思，”他分辩说，“我只是想说，人的灵魂更容易、也更愿意去想像美好、悠闲与和谐，而不是放荡和罪恶。正是放荡和罪恶把这个世界搞得乌烟瘴气、破败不堪，也正是我们的感官在向我们提供放荡和罪恶的讯息。因此我更愿意把维吉尔的‘自知其善，其乐无穷’改成‘不知其恶，其乐无穷’。这就是在告诫我们：世人若不知道有恶，那该多么幸福啊！”

接着马尔丹还和我说起狄更斯的一篇小说。他认为小说的写作灵感直接来自劳拉·布里奇曼的案例，还答应不久之后把书给我寄过来。四天之后，我果然收到了《炉边蟋蟀》一书。我饶有兴趣地把它读完了。这个故事有点长，但是有些章节十分动人。故事的主人公是个失明的女孩，她的父亲——一个穷苦的玩具商人——想尽一切办法让她感觉到自己生活在舒适、富足、幸福的环境中，即使这只是一个幻象。狄更斯文学造诣是如此之高，让人把虚幻解读成了虔诚。但是，感谢上帝！我对吉特吕德可不会这样做。

马尔丹来看我的第二天，我就开始实践他说的方法。我做得非常用心。我现在很后悔当初没有听从他的建议，把吉特吕德最开始的几步用日记记录下来。我牵着她走在那条黑暗的路上，自己也在摸索着。开头的几周需要常人难以想像的耐心。对我来说，这种启蒙教育不但需要大量的时间，还会引来谴责。说来真叫我难过，那些谴责的声音竟然来自阿梅莉。不过，我说到这件事的时候，心中并未怀着半点不满或是怨怼之情——我郑重地起誓。要是她以后看了我的这些记录就会明白。（基督不是在迷途羔羊的比喻[1]之后，立刻教导我们要宽恕别人的侮辱吗？）进一步说，就算在我对她的责备感到最难过的时候，也不曾因为她不同意我在吉特吕德身上花费的时间太多而对她有所不满。我主要是怪她不相信我的努力能有回报。不错，这种缺乏信心的态度让我难过，但是并没有让我就此失去信心。多少次我听见她在唠叨："要是真有效果也就罢了……"她认定我一定会白费工夫。所以，在她眼里，我与其为此耗费时间，还不如去做点别的。每次我帮助吉特吕德练习的时候，她总是找借口来打断我——有什么人等着我去会面，有什么事急需我去办……还说我把办正经事的时间都用在这女孩的身上了。到了后来，我认为这是她身为母亲的嫉妒心在作祟，我不止一次听到她说："你对自己的孩子都没这么用心过。"这话倒是真的，我虽然非常爱自己的孩子，但从来没想过他们需要我来操这份心。

我经常看到有些人自诩为最虔信的基督徒，但是却最难接受有关迷途羔羊的比喻。他们始终不能理解，对于牧人来说，一只走失的羊为何会比整个羊群还要宝贵。请看这些文字："一个人若有一百只羊，走失一只，你作何想？他岂不是要将九十九只羊丢在山上，去寻找那只迷途的羊吗？"这些文字闪耀着德爱的光芒，那些所谓的基督徒要是敢实话实说，他们肯定会愤然断言这句话是极不公平的。

吉特吕德脸上露出的第一抹微笑给了我多大的安慰啊！我付出了那么多的辛苦，从这微笑中得到了百倍的补偿。因为"如果牧人找到了这只羊，我实话告诉你们，它给牧羊人带来的快乐，要超过其余九十九只从未迷失的羊。"一天早晨，吉特吕德似乎突

---

① 迷途羔羊的比喻，事见《圣经·新约·马太福音》第十八章。耶稣用牧人寻回迷途的羔羊打比方，勉励弟子去拯救迷途的人。

然开窍了，对我连日来努力教给她的东西做出了反应。当我看见她那雕像般的脸庞上绽开了笑容，我的心顿时被喜悦填得满满的。这种快乐的感觉是我任何一个孩子的笑容都从未带给我的。

那天是三月五日。我把这个日期记下来，就像记下一个诞生的日子。那不只是一个笑容，而是就此换了一副长相。她的脸突然有了生机，像是豁然开朗了，就像阿尔卑斯山顶上的那道霞光。它映照着雪峰的微动，带着最神秘的色彩，从黑暗中喷薄而出。我还联想到贝塞斯达水池[①]，天使从天而降，搅乱一池死水。看见吉特吕德的脸上突然有了天使般的表情，我狂喜不已，认为此时此刻降临到她身上的，不仅有智慧，还有爱。于是我的心情久久无法平复，怀着感恩的心情在她美丽的额头上落下一吻。我想，这是献给上帝的一吻。

这种教育形式开头最难，只要一见成效，后面的进步就堪称神速了。今天我要是仔细回想一下我和她一起经历过的道路，有时我觉得吉特吕德好像在往前飞跃，并不在乎我采用的是什么方法了。我还记得我把重点放在事物的表象而不是种类上，比如冷热、甜苦、软硬、轻重……接着是动作，如远近、举起、交叉、倒下、打结、分散、聚合等等。没过多久我就放弃了这些方法，干脆直接和她交谈，不管她能不能跟上我的思路。我在慢慢地诱导她，鼓励她向我提问，什么样的问题都可以。我不在的时候，她的思想并没有停止活动。因为每次再见到她时我都会有新的惊奇，感到横亘在她和我之间的黑夜之墙变得更薄了。我在想，事情可不就应该是这样吗？春回大地，温暖的春风总是要战胜寒冷的冬天。我曾经多少次赞叹积雪融化的情景，表面上看似依然如故，下面

---

① 《圣经·约翰福音》第五章记载，耶路撒冷有一个水池，天使按时降临搅动池水，水动之后，第一个下去的人无论有什么样的病，都可以痊愈。

却早已消融殆尽了。因为这个，每年冬天阿梅莉总要产生错觉，她对我说：雪总是一个样子。看上去还厚着呢，下面却已经化了。突然间会一处处接连崩坍下去，露出底下的生命来。

我怕吉特吕德终日守着炉火，会像个老年人那样，身体变得虚弱。我开始让她到户外去走走。可她只有扶着我的胳膊才敢出去散步。她只要一走出屋子就感到莫名的恐慌。早在她尚无表达能力之前我就看得出来，她从来没有到过户外。我在那茅舍初见她时，除了给她一点吃食保持她不死之外——我都不敢用“活”这个字眼——根本没人过问她的生活。她从未离开过自己那片昏暗的小天地，活动范围只限于小屋的四壁之间。每当夏天来临，屋门大敞着，外面就是光明的天地。即便是这个时候，她也只是偶尔大着胆子到门口呆上一会儿。后来她告诉我，听见鸟儿的歌唱，她还以为那纯粹是光的作用，就像她感觉到的双手和脸颊的热度也是来自光的温暖一样。何况她也没在这个问题上纠结。在她看来，空气变暖和就像水被炉火烧开一样理所当然。事实上，她对什么都不关心，也从来不去留意什么。她完全处于麻木状态，直到我开始照顾她为止。我还记得，当我说那些轻盈的歌声竟是由别的生命发出的，她听到以后万分激动，觉得那些小生命活着的最大理由莫过于感受和抒发大自然中的欢乐——那四处洋溢着的、各种各样的欢乐。（从那一天起，她时常会说，她像鸟儿一样快乐。）可是，每每想到自己不能欣赏鸟儿歌唱的美丽样子，她就又变得伤感起来了。

“世界真的像鸟儿歌唱的那么美吗？”她问，“为什么别人不和我说得再明白点儿呢？为什么您不和我说清楚呢？是不是因为我看不见，您怕我难过？您错了。鸟儿的歌唱，我都听在心里，我能听懂它们在说什么。”

“我的吉特吕德，看得见的人，倒不如你听得真切。”我这样对她说，希望能够安慰到她。

“为什么别的动物不歌唱呢？”她又问。有时候她的问题会超出我的意料，让我答不上来，显得有些狼狈。她总是迫使我去思考那些原先我未经考虑就直接接受了的事情。于是，我生平第一次意识到，越是接近大地的动物越沉重，也越悲苦。我努力想让她明白这一点，向她谈起松鼠和松鼠的游戏。

她又问我：是不是只有鸟儿才会飞。

“蝴蝶也会飞。”我回答。

“蝴蝶会唱歌吗？”

“它们有另一种表达快乐的方式，”我说，“它们用鲜艳的颜色把快乐写在翅膀上……”于是，我对她描述了蝴蝶是多么的五彩缤纷。

2 月 28 日

为了教吉特吕德，我不得不学起了盲文。但是没过多久，她读起盲文来就比我快多了。我辨认那些字很吃力，总想用眼睛看，不习惯用手摸。不过，现在我有了帮手，不只是我一个人教她了。刚开始我很高兴，因为我在乡间有很多事情要做。这一带的居民又住得极为分散，我去访问穷人、给人看病往往要走很长一段路。正在这时，雅克在洛桑进修完神学院的功课，圣诞节回家来度假。他滑冰的时候不知怎么摔了一跤，把胳膊给摔骨折了。我马上把马尔丹先生请了来。雅克的伤势并不严重，在没有外科医生的帮助下，马尔丹轻轻松松地就帮他把骨头复位了。

雅克需要在家里静养一段时间。在这以前，雅克从没正眼看过吉特吕德。现在他突然变得主动起来，兴趣盎然地要代替我教她读书。在他为期三周的养伤时间里，一直都在帮我做这件事。可正是在这短短的三周里，吉特吕德有了很大的进步。她的头脑昨天还处在懵懂状态，刚一迈出最初的几步，几乎还没有学会走路，就开始大步奔跑起来。她没费多少工夫就能够组织思想、表情达意，还能根据所学把看到的东西形象地表达出来。她的表述非常敏捷，用词也十分准确，我为此而赞叹不已。她有自己的形象思维，总能超出我们的意料。她能利用自己触摸过和感受过的东西去解释那些不曾直接接触的东西，就像在用遥感器测量物体之间的距离。

教育的最初几个阶段，我认为没有必要在这里一一赘述了，这在所有针对盲人的教育中都是大同小异的。我想，对于每个导师来说，都会遇到色彩这道难关。（说到这里，我要指出的是，《圣经》里没有一处谈到颜色。）我不知道别人是如何处理的，我先是和她说，光线穿过三棱镜能分离出七种颜色，那便是彩虹的颜色。但是这样一来，色彩和光线的概念在她头脑里就变得混淆不清了。我意识到单凭想像力，她实在难以把色度和色调区分开来，后者我猜是画家的说法。对她来说，最难理解的是每种色彩还有深浅浓淡之分，不同色彩混在一起还能调配出无穷多的色彩。她对这件事非常好奇，经常会来到这个话题上。

这时，恰好我有机会带她去纳沙泰尔听了一场音乐会。我可以借助每种乐器在交响曲中的作用来探讨色彩的问题。我让吉特吕德注意区分铜管乐器、弦乐器和木管乐器的不同音色，留意每件乐器能以高低不同的强度发出从低到高的所有音阶，从而组成乐曲的整个音域。我让她也这样去想像大自然中的色彩：红和橙色就像是圆号和长号，黄和绿相当于小提琴、大提琴和低音提琴，玫瑰色和蓝色则可以用长笛、单簧管和双簧管来比喻。她听了非常开心，心中的疑惑终于不见了。

“那该有多美啊！”她不停地念叨着。

接着，她突然又问：“那白色是什么样的呢？我想不出白色像什么……”

我立刻意识到，我的比喻是多么经不起推敲。

“白色，”我还是尽量解释道，“白色是高音的极致，是所有音调交融在一起。同样道理，黑色是低音的极致。”这种解释，别说是她了，就连我自己也不甚满意。同时她也使我注意到，不管是木管乐器、铜管乐器还是弦乐器，演奏到高音和低音时还是有所不同，可以分辨出来。曾经有多少回，我就这样被问得无话可说，只好保持沉默，心中惶惶然地搜寻着可以应付她的比喻。

“有了！”我终于对她说，“你就把白色想像成最纯洁的东西，没有任何色彩，只有光而已。而黑色刚好相反，黑色是所有颜色堆在一块，直到完全看不到光为止……”

我在此提到这段对话，只是为了举个例子，用来说明我经常碰到这类难题。吉特吕德有一个优点，她从来都不会不懂装懂。不像有些人，脑子里满是不准确或者错误的东西，随便说点什么都漏洞百出。她只要对一个概念没弄清楚，就会觉得不安和苦恼。

我上面说的这个故事，后来给我带来了好多麻烦。光线和热量的概念在她的头脑里紧密相连，这就为区分它们增加了不小的难度，我费了好大的劲才成功。

就这样，在对她不断的教学过程中，我获得了这样的感悟：视觉世界和听觉世界是那样的不同，在这两个世界之间不可能存有完美的比喻。

2月29日

我光顾着比喻，还不曾提及吉特吕德听完纳沙泰尔音乐会后的喜悦心情。那天的曲目恰巧是《田园交响曲》。我之所以说“恰巧”，是因为在所有我想让她听到的曲目之中，没有哪部作品比这一个更理想了。在我们离开音乐厅之后的好长一段时间里，吉特吕德还深深地沉醉其中，深思出窍。

“你们看到的一切，真的和这一样美吗？”她终于问出声来。

“亲爱的，和什么一样美？”

“就像《溪畔景色》那样。”

我没有立即作答。我在想，这种用语言难以描绘的和谐乐章，它所表现的并不是现实世界，而是理想的国度。在那里没有痛苦，亦没有罪恶。直到现在，我还不曾鼓起勇气跟吉特吕德说到痛苦、罪恶和死亡。

“眼睛看得到世界的人，看不到自己的幸福。”最后，我如是回答。

“我的眼睛看不见东西，”她立刻大声说道，“但是我听得到幸福。”

她一边走，一边紧紧地偎依着我，像个小孩子一样把自己挂在我的胳膊上。

“牧师，您能感觉到我有多幸福吗？不，不，我这么说并不是为了讨您喜欢。您看看我，看我说的是不是真话。您从我的脸上不是就能看出来吗？而我，从声音中就能听出来。您记得吗，有一天，阿姨（她这样称呼我妻子）怪您什么事也不知道帮她做。事后我问您，您说您没哭，我马上就喊了出来：‘牧师，您说谎！’哦！我立刻就从您的声音里感觉到了。您没对我说真话。我不用摸您的脸就知道您哭过了。”

然后她又大声重复了一遍：“是的，我都不用去摸您的脸。”这话使我脸红了，我们还在城里走着，路人纷纷回头打量我们。可她还是接着往下说：

“所以嘛，您不应该故意说谎话骗我。首先，欺骗一个瞎子是多么怯懦的行为啊……而且您也骗不到我的，”她笑了，又问，“告诉我，牧师，您没有不幸福吧？”

我捉住她的手，将它放在我的唇边。虽则无言，却像是在承认我的一部分幸福来自于她。随后我回答说：“是的，吉特吕德，我没有不幸福。我怎么会不幸福呢？”

“可是，您为什么会哭呢？”

“有时候我会哭。”

“自从我说到的那次以后，您还哭过没有？”

“没有，后来我没哭过。”

“您是不想再哭了吗？”

“不想，吉特吕德。”

“那么您说……那次以后，您有没有想过再对我说谎？”

“没有，亲爱的孩子。”

“您能向我保证，永远不会再对我说谎吗？”

“我保证。”

“那好！现在就请您告诉我，我长得漂不漂亮？”

听到这个突如其来的问题，我一下就愣住了。要知道，直到那天之前，我一直不愿意去注意吉特吕德那无可否认的美丽。再说了，我认为让她知道这件事是没有必要的。

“你为什么想知道这个呢？”我没回答，反问她。

“这是我的一桩心事，”她回答说，“我很想知道我是不是……您是怎么说的……在交响曲中会不会不太和谐。牧师，这件事，我除了问您以外，还能问谁呢？”

“牧师不会去关心人的相貌美或不美。”我还在回避这个问题。

“为什么会这样？”

“因为他们看重的是灵魂的美。”

“您这么说，不就是想让我明白我长得丑呗。”她说着，撒娇地嘟起小嘴。看到她这个模样，我忍不住大声说：

“吉特吕德，要知道你长得很美。”

她不说话了，神态变得十分严肃。她保持着这种表情，直到回到家里。

我们刚一进家门，阿梅莉就想方设法地让我明白，她不赞成我这样安排一天的时间。她本来早点跟我谈的，可她放任我和吉特吕德出门了。事前不吭声，然后保留事后责备的权利。而且，即便是责备的话她也不直接说出来，而是采取缄默的方式来表达她的不满。她既然已经知道我带吉特吕德去听音乐会了，我们回来后，问一问我们听了些什么，这不是很自然的事吗？哪怕是让这孩子感受到别人对她的一点点关心，难道不会让她更快乐吗？更何况，阿梅莉也不是完全不出声，她在装模作样地说些旁的事情。等到晚上孩子们都睡下了，我把她拉到一边，严厉地问她：

“我带吉特吕德去听音乐会，你生气了？”

“你对家里人都没像对她这样呢。”

看来，这还是一样的怨怼，一样的拒绝领悟。要知道，应该为之庆祝的是远道而归的浪子，而不是那些时常相伴左右的孩子。还让我感到难过的是，她根本没想过吉特吕德是个身体有疾患的孩子。除了这点照顾之外，她还能得到什么呢。平时我俗务缠身，很少有可以自由支配的时间。而且阿梅莉明知道我们的孩子要么有功课要做，要么有事脱不开身。她自己对音乐也不感兴趣，就算是音乐送上门来，她也不会去听上一听。她的责备是多么不公道啊。

阿梅莉居然当着吉特吕德的面对我说出这些话，这让我加倍地难过。当时我虽然把她拉到了一边，但她故意提高嗓门，非要让吉特吕德听见不可。除却伤心，我感到更多的是愤怒。过了一会，待阿梅莉走开之后，我来到吉特吕德面前，拉起她纤弱的小手，贴在我的脸上：

“你摸摸！这回我没哭。”

“不，这回轮到我哭了。”她说着，勉强朝我笑了笑。我蓦地发现，那张向我抬起的美丽小脸上满是泪水。

3月8日

我惟一能做的让阿梅莉喜欢的事，就是不去做她不喜欢的事。她能接受的表达爱的方式是完全消极的。她无法意识到，我的生活被她限制到何等狭窄的境地。唉！要是她让我做一件难办的事，那该多好啊！哪怕是为她赴汤蹈火，我也甘之如饴！但是她讨厌一切不循规蹈矩的做法。在她看来，生活的进步无非在于日子一天一天周而复始，无数的今天累加到昨天上。她不愿意、甚至无法接受我的身上出现新的品德，也不赞同我在已有的品德基础上有所完善。如果看到有人想努力冲破樊篱，在基督教义中读出一点别的意味，她即使不直接说出自己的不赞成，也会怀着极度不安的心情。

阿梅莉托付给我一件事情，让我在去纳沙泰尔时顺便去缝纫用品商店结一下账，再给她带一盒线团回来。我承认把这事给忘了个一干二净。但事后我比她还生自己的气呢，尤其我临走时还信誓旦旦地向她保证绝不会忘。我也明白“小事办不好，大事也不牢靠”的道理，就怕她因为我的一次疏忽得出这样的结论。在这件事上我活该挨说，我也心甘情愿听她骂上几句。可是，心中的怨恨往往比明确的指责还要严厉：啊！如果我能够只看见实际的痛苦，不用去倾听人们思想中幽灵和魔鬼的声音，那么生活该多么美好，苦难也会变得更容易承受……我随手写下这段话，这可以作为一场布道的主题了(《马太福音》第十二章第二十九节：“无须不安”)。我在这里要记述的是吉特吕德心智的发展过程。

我还是回到正题上来吧。

我希望可以一步一步记录下全过程，而且前面已经说了很多的细节。但是因为我时间有限，无法把每个阶段都细细道来，今天也就很难把整个过程准确地串联起来。我沿着故事的思路，首先讲到了吉特吕德的思考，以及我与她之间的谈话——这都是近来的事。读到此处，人们必然会感到奇怪，为何在这么短的时间里，她就能那样准确地表达自己，还能进行颇为聪明的推理呢。她的进步确实神速。我提供给她的知识内容，只要在她智力可接受的范围内，她都能够吸收消化，转化成她自己的东西。她让我惊叹。她经常超越我的思想，走在我的前面，每次谈话都让我觉得她进步非凡，与前次判若两人。

才短短几个月的时间，她的智力一点都不像曾经沉睡过那么多年的样子。她在智慧方面已经超过大多数同龄少女。少女们总是容易受到外面世界的干扰，把注意力转移到一些无聊的琐事上面。除此之外，我觉得她的实际年龄应该要比我们估计的大一些。似乎她还把双目失明这一不利因素转化成了有利因素，以至于让我产生了怀疑——在很多方面，眼疾对她来说会不会是一种优势？在辅导她学习的过程中，我不禁把她和夏洛特相比较。夏洛特会因为空中飞过一只小苍蝇而开小差，每当此时我便会想："要是她的眼睛也看不见，听我讲话肯定会更专心的！"

不消说，吉特吕德有很强烈的阅读欲望。但我为了尽量跟得上她的思想，倒宁愿她少读一些，至少不要在我面前读得太多——这主要是指《圣经》。这对于一个基督徒来说有点反常，我以后会解释的。在谈及这个重大问题之前，我想先说一件有关音乐的小事。在我的印象里，这件事是在纳沙泰尔音乐会不久后发生的。

是的，那场音乐会的时间，我想应该是在雅克回家过暑假的三个星期前。在那段时间里,我不止一次带吉特吕德去过我们的乡村小教堂。我让她坐在小风琴前。这架风琴平时由德·拉·M小姐演奏,目前吉特吕德就住在她家里。而在当时,路易丝·德·拉·M还没开始给她上音乐课。我虽然喜欢音乐,却不是内行。当我和她肩并肩坐到键盘前面的时候,我知道自己没有能力教她什么。

“不,让我自己来吧,”她摸了几下琴键,对我说,“我想自己试一试。”

我最好不要留在她身边,毕竟在小教堂里与她共处一室不大妥当。一来要对这个神圣的地方表现出敬意,二来也怕引起流言蜚语。尽管我平时是不去理会外面的传言的,但这不单是我一个人的事,还关乎她的声誉。我每次出门走访都会把她带上,让她一个人在教堂里呆上几个小时,等我回来时再去接她。直到傍晚时分,她还在耐心地学琴,聚精会神地寻找着每一个动人的和声。她时常会为了一个和谐的音节的出现而欣喜不已,久久地出神。

八月初的一天,距今半年多之前,我去慰问了一位穷困的寡妇。我赶到时,她却正好不在家里,我只好回到教堂去接吉特吕德。她必然没有料到我会那么早回去。我看见雅克坐在她身边,感到十分惊讶。我的脚步声本来就很轻,又被琴声掩盖住了,因此他们俩没听见我走进去。我生来不喜窥探的行为,但事关吉特吕德,我无法不放在心上。如此一来,我便轻手轻脚地踩着台阶,一直走上讲坛——那里是绝佳的观察位置。事实上,我躲在那里看了好一阵子,也没有听见他们说什么不坦荡的话。可是,雅克挨着她的身子坐着,好几次手把手地教她按下琴键。她以前对我说不需要别人的指导,现在却接受了雅克,这不是很容易叫人产生怀疑吗?我心里有多么惊讶和难过,都不愿对自己承认。我正要上前打断他们，突然看见雅克掏出了怀表。

“我该走了，”他说，“爸爸快回来了。”

这时，我看见他捧起吉特吕德的手吻了一下。她并没拒绝。雅克走了，又过了一会儿，我才轻轻走下台阶，打开教堂的门，故意弄出声响，让她以为我刚进来。

“嗨，吉特吕德！准备好回家了吗？琴练得好吗？”

“哦，好极了，”她的声调十分自然，“今天我进步很大。”

我心中酸楚无比，但是谁也没有提起刚才的事。

我急着想和雅克单独谈谈。平日里吃过晚饭以后，我妻子、吉特吕德和孩子们早早就回房了，我和雅克留下来看书，通常会看到很晚。我在等待着这一刻的来临。但是在同他谈话之前，我感到非常不安，心中纷乱一团，不知该如何引出这个话题，或者说根本也不想提起它。最后还是雅克率先打破了沉默，他决定每次放假都回家来过。可就在前几天，他还告诉我们他有一个去阿尔卑斯山区旅行的计划，并得到了我和妻子的赞成。我还知道他选了谁作旅伴——我的朋友T先生正等着他呢。所以我能清楚地感觉到，他突然改变计划不会和我白天撞见的场面没有关系。最开始的时候我怒火冲天，但我怕如果自己贸然发作起来，我的儿子今后可能永远不会再对我说心里话了。要知道说出去的话就像泼出去的水，是很难有收回的余地的。我极力压制火气，尽量放缓语气：

“我还以为T在等你呢。”

“哦！”他说，“他也不是非得和我去，找个人代替我不是难事。我在家就能休息得很好，和去山区没什么两样。在家中度过这些时间要比在山里好多啦，真的。”

“这么说，你在家里找到事情做了？”我问道。

他听出我话里有话，还带着点讽刺的意味，他却搞不明白个中缘由。他看着我的眼睛，神态自若地说：“您知道，我一直喜欢书，远胜过喜欢登山杖。”

“是的，我的朋友，”我反过来看着他的眼睛，“但是，你不认为教人弹琴比看书更有吸引力吗？”

毫无疑问，他脸红了。他把手搭在前额上，好像要避开灯光。但是他马上又恢复了镇静，语气是那样的坚定，而我本来是不想听到如此坚定的声音的。

“不要太怪我，爸爸。我不是故意向您隐瞒的，我正要向您坦白，只是晚了一步而已。”

他好像在照本宣科地朗诵句子，一字一句从容不迫，好像事不关己一样。他表现出的这种异常冷静自持的态度实实在在地把我激怒了。他看出我有打断他的意图，向我打出手势，似乎在告诉我：不，您先让我把话说完，之后您再说。我没有理会，一把抓住他的胳臂摇晃起来：

“我不会坐视不管的！你会扰乱吉特吕德纯洁的灵魂！”我怒气冲冲地大声喊道，“啊！我宁愿再也不要见到你。我不需要你的坦白！你是欺负人家有残疾，天真单纯，不谙世事。我万万想不到，你居然干出这么卑鄙无耻的事情！还能若无其事地在我面前侃侃而谈！……你听好了：我是吉特吕德的保护人，我一天也不能容忍你再跟她说话，也不许你再碰她、再去看她。”

“可是，爸爸，”他接着说道，语气依然平静，让我怒不可遏，“请您相信我，我会像您一样尊重吉特吕德。您要是以为这里面有什么见不得人的事，那就大错特错了。我的行为光明正大，包括我的目标和内心都是一片坦诚。跟您实话实说吧，我爱上吉特吕德了。我也敬重她，敬重的程度和爱是一样的。我同您的想法一致，扰乱她的灵魂，利用她的天真单纯和双目失明，这确实是卑鄙可耻的行为。”然后他又说他想成为她的生命支柱、朋友和丈夫，还说他在确定要娶她之前，本来没打算跟我说起这事。而且他想先找我谈谈，吉特吕德本人对此还一无所知呢。“这就是我要向您坦白的事，”他又加上一句，“请您相信，我没有别的要向您坦白的了。”

听完这番话，我懵了，太阳穴突突直跳。我原来一心想着要怎么谴责他，却没想到他把我发怒的理由一条一条地驳回了。我的心情更加慌乱不安，他讲完了，可我甚至都找不出话来应对。

“先去睡吧。”我沉默半晌，最后说了这么一句。我站起身来，把手搁在他肩头上：“关于这件事，明天我再告诉你我的想法。”

“至少您得让我知道，您不生我的气了。”

“夜里我得好好想想。”

第二天，当我又见到雅克的时候，就像与他初次见面一般。我一下子觉得我的儿子不再是个孩子了，他已经长大成人了。如果我还把他当成小孩子来看，自然会觉得被我撞见的那种感情是令人发指的。我整晚都在天人交战，试图说服自己这一切是极其自然、极其正常的。可是，我的不满情绪为何会越来越强烈呢？那却是我以后才逐渐搞明白的。眼下，我必须和雅克说出我的决定。此时此刻，一种本能——一种跟良知一样确信无疑的本能——在提醒着我，我必须不惜一切代价阻止这场婚姻。

我把雅克带到花园深处。到了那里，我一上来就问道：

“你向吉特吕德表明过态度吗？”

“没有，”他回答说，“也许她已经感觉到我的爱意了，但我从来没明说过。”

“那好！你要答应我，先不要跟她说这事。”

“爸爸，我答应会听您的话。可是您能不能告诉我这样做的理由呢？”

我犹豫不决，不知道是不是应该把我脑海中浮现的第一条理由先拿出来说说。说实话，在这件事上，真正指导我的行为的根源，不是理智而是良知。

“吉特吕德年纪还太小，”我终于说出来了，“你想想看，她还没领圣体呢。你也知道，她跟普通的孩子不一样。唉！她已经被耽误太久了。像她那么单纯的人，对人充满了信任，第一次听到表白的话，肯定很容易就同意了。正是出于这种考虑，你千万不要对她说这些。去征服一个缺乏自我保护能力的人，这无疑是一种卑怯的行为。我知道你不是那种人。你的感情就像你说的那样，的确没有可以指责的地方，我认为惟一有罪的地方在于，它来得太早了一点。吉特吕德还不懂得谨慎行事，我们应该多替她考虑才行。这是一件有关良心的事。”

雅克这人有一个优点，遇事只需对他说一句：“我要你做事之前先问问自己的良心”，就准能把他劝服。早在他的儿童时期我就屡试不爽。可是，此时我瞧着他，心里却在想，他的身材高挑灵活，额头漂亮光洁，目光光明磊落，脸庞稚气未脱却又笼罩着庄重的神色，头上虽然没戴帽子，那浅灰色的长发在双鬓处微微卷曲，遮住半只耳朵……他这副模样，吉特吕德要是看得见，怎能不产生赞美之情？

“我还有件事要对你说，”我一边说，一边从我们落座的长椅上站起身来，“你之前说过后天就动身去旅行，我请你不要推迟日期。你应该在外面呆满一个月，请你不要缩短旅程，哪怕只有一天。就这样说定了好吗？”

“好吧，爸爸，我听您的。”

我看得出来，他的脸色十分苍白，就连嘴唇也失去了血色。但是我却自以为一切都在我的预料之中，他这么快就屈服，足见他心中的爱不够强烈。因此我感到一种说不出来的轻快。而且他的乖顺也让我颇为动容。

“你还是从前那个我一直爱着的孩子。”我温和地说道，同时把他拉到身边，吻了吻他的额头。他略微往后退缩了一下，我并没放在心上。

3月10日

我家的房子太小，大家不得不挤在一起生活。这种情况为我的工作带来很多不便。虽然我在二楼有一间专门用来会客的小房间，可以在接待访客的时候避开他人，但每当我想跟家里人单独谈话的时候，那里的气氛就难免显得过于严肃了。在小会客间里的谈话就是这个样子。孩子们戏称那里为圣地，平时是不准随便出入的。今天早晨雅克去了纳沙泰尔，要在城里买几双旅游鞋。因为天气不错，阳光也很好，孩子们吃过午饭后就和吉特吕德一起出去了。大家领着她，她也领着大家，说不上到底是谁领着谁。（我在这里高兴地指出，夏洛特格外关心她，对她关怀备至。）到了喝下午茶的时候，客厅里自然就只剩下我和阿梅莉了。这正是我希望的，我早就想和她谈谈了。平时我很难有机会和她单独在一起，此时反而打起了退堂鼓。想到即将谈论的事情是如此重要，我不免心里发慌，好像要表露的是我自己的心迹，而不是雅克的。开口之前我还在想，两个彼此相爱的人生活在一起竟会走到如此陌生的境地，好像彼此之间隔了一道无形的墙似的。在这种情况下，与对方说话就像用探测锤叩击墙面，时刻对墙壁的坚固程度保持警觉，稍不当心还会增加墙的厚度，这听起来是多么地凄凉……

“昨天晚上，还有今天早晨雅克和我谈话了。”在她倒茶之际，我开口说道。我的声音有点颤抖，和昨晚雅克的坚定完全不同。“他说他爱上了吉特吕德。”

“他跟你说了，这很好。”她看都不看我，也没有停下手中的家务活，就好像我说了一件非常自然的事，或者就像我什么事也没说似的。

“他说要娶她，他下了决心……”

“这事早就能预料到的。”阿梅莉嘀咕了一句，还耸了耸肩。

“这么说，你早就觉察到了？”我有点神经兮兮的。

“我早就看在眼里了，只不过你们男人对这种事比较粗心罢了。”

再就这一点辩论下去也没什么意思。何况，她这回答可能也有几分道理，我只好表达一下抗议：

“要是这样的话，你应该早点提醒我一下啊。”

她抿起嘴角，拉扯出一丝微笑。她的这种表情往往伴随着不情愿和情绪的保留。她偏着头，摇晃了几下，说道：“呵！你注意不到的事情都得我来提醒么！”

这话明显带着点含沙射影的意思，她到底在暗示什么呢？我不知道，也不想知道，干脆直接跳过：“反正我想听听你对这事的看法。”

她叹了口气，然后说：“你是知道的，亲爱的，我自始至终就不同意收留这孩子。”

她又旧事重提了，我勉强压制着火气。

“现在已经不是收留不收留吉特吕德的事。”我话音未落，阿梅莉又插言道：

“我一直都在想，她不会带来好事。”

我很想和她站在一条战线上，于是顺着这句话说开去：

“这么说，你也认为这桩婚事不是好事了。真好，我要的就是你这句话，真高兴我们想到一块去了。”我还告诉她，雅克还算听话，接受了我的理由，因此她不必为此事挂心了。我们已经定下了雅克明天的旅行，他得在外面呆上整整一个月。

“我不愿意让他回来之后再见到吉特吕德，”我又说，“我想过了，最好把吉特吕德托付给德·拉·M小姐，我还可以去她家里看她。这事儿我不需要隐瞒什么，我对她是有责任的。不久前我还向这位新房东探了探口风，德·拉·M小姐表示乐意帮忙。这样一来，你眼不见心不烦，也能松口气了。路易丝·德·拉·M负责照看吉特吕德，她对这样的安排很满意，已经高高兴兴地给她上起音乐课了。”

阿梅莉似乎打定主意沉默到底，我只好又说：“我想最好还是把这件事告诉德·拉·M小姐，免得雅克背着我们去找吉特吕德，你说呢？”

我这样问着，试图引阿梅莉说点什么。然而，阿梅莉就是不肯出声，就像发过什么不许张嘴说话的誓言一样。我受不了她的缄默，开始没话找话说：

“再说了，雅克经过这趟旅行也许早就忘记了爱情。人在他这个年纪上面，懂得自己想要什么吗？”

“哼！就是上了年纪的人，也不见得能摸透自己的心思吧。”她终于怪里怪气地蹦出一句话。

她这种故作神秘、旁敲侧击的语气点燃了我的火气。我这人性格直率，最不习惯故弄玄虚。于是我朝她转过身去，请她把话说清楚。

“没什么，我的朋友，”她语带忧伤，“我只不过在想，就在刚才，你还希望有人提醒你去留意身边的事呢。”

“那又怎么样？”

“怎么样？我想说的是，提醒别人不是一件容易的事。”

我说过我讨厌这种神秘兮兮的态度，原则上也懒得去琢磨什么弦外之音。

“你要真想让我听个明白，就该把话说得清楚些。”我又说，但马上为自己粗暴的语气感到后悔。因为在那一瞬间，我看见她的嘴唇哆嗦了一下。她扭过头去，站起身在房间里走了几步，步子磕磕绊绊，举手投足间满是犹豫。

“阿梅莉，你倒是说句话啊，”我扬声说道，“现在一切都回到原状了，你还在烦恼什么呢？”

我能感觉到我的目光让她难受了。我转过身去，手肘撑着桌面，抱住头说：“对不起，刚才我说话太粗鲁了。”

这时，我听见她走了过来。她的手指轻轻放在我的额头上，声音温柔却带着哭腔：

“我可怜的朋友！”

随后她离开了房间。

阿梅莉的话，当时在我看来是神秘兮兮的，不久以后我就明白过来了。我当时理解到什么地步，就一五一十地记述到什么程度。那天我只弄懂了一件事：该是吉特吕德离开我家的时候了。

3月12日

我给自己制定了一项义务：每天为吉特吕德留出一点时间。具体多少根据每天工作安排而定，忙时少点，闲时多点，从几分钟到几小时不等。在和阿梅莉谈话的第二天，我刚好有大段的清闲时间，加上那天天气宜人，我带上吉特吕德穿过树林，一直走到汝拉山脉的山口。每逢风和日丽之时，人们驻足在这山口，任目光穿过层层的枝叶藤蔓，越过广袤的原野，视野的尽头便是那薄雾笼罩的阿尔卑斯山的雪顶。当我们走到平时歇脚的地点时，夕阳已在我们身侧斜斜褪去。生长着浓密矮草的坡地从我们的脚下一直延展到远处的牧场，奶牛正在那里吃草。在我们的山区，牛脖子上都挂着铃铛。

“铃声在描绘这里的风景。”听见铃铛叮咚作响，吉特吕德这样说。

就像每次外出散步一样，她要我为她讲述我们驻足处的风景。

“你知道这里的，”我对她说，“这是你熟悉的树林边缘，从这能看见阿尔卑斯山。”

“今天的阿尔卑斯山，看得清楚吗？”

“山色很美，一览无遗。”

“您说过，山色每天都在变化。”

“今天的山色，该怎么打比方呢，就像一个口干舌燥的夏天的正午。黄昏过去，暮色四合，阿尔卑斯山就要融化在夜晚的空气里了。”

“我希望您能跟我说说，我们眼前的草地上，有没有百合花？”

“没有，吉特吕德，高山上是不会生长百合花的，有的话也是稀有品种。”

“人们不是说野地里有百合花吗？”

“野地里是没有百合花的。”

“就是在纳沙泰尔的田野里也没有吗？”

“野地里没有百合花。”

“那么，主为什么对我们说‘瞧那野地里的百合花’呢？”

“主既然是这么说的，那么在他那个时代自然是有过的。后来人类耕种土地，百合花就在这里绝迹了。”

“我还记得您时常对我说，人间最需要的是爱和信任。您不认为，假如人们多一点信任，就能重新看见野地里的百合花吗？我向您保证，当我听到这句话时，我看见了野地里的百合花。请让我来给您描绘一下它们，好吗？它们看上去就像火焰色的小钟，天蓝色的大钟，洋溢着爱的芬芳，在傍晚的风中摇曳。为什么您要说我们面前没有它们呢？我感觉到了！我看见草地上满是野百合花。”

“这花不会比你看到的更美，我的吉特吕德。”

“您要说，也不会不及我看到的美。”

“正如你看到的那般美丽。”

“‘我要如实告诉您，就是在所罗门极尽荣华之时，他光环笼罩的穿戴，也不及这样一朵花的绚丽。’”她引用了基督的比喻。耳畔缠绕的她那婉转优美的声音，我感觉宛如初次聆听此句。“在他极尽荣华之时”，她若有所思地重复道，沉默不语，于是我接着说道：

“吉特吕德，我和你说过，用眼睛看世界的人并不懂得如何去看。”我听见祷文从内心深处升起：“上帝啊，我要感谢您，您向聪明人掩饰的事，却呈现给愚钝之人！”

“您要是知道，”她兴高采烈地大声说，“您要是知道，对我而言这一切有多么容易就能想像出来。您要我描述一下周围的景物吗？……在我们身后、头顶和四周，满是高耸的冷杉。它们发出树脂的香味，树干是枣红色的，深色的树枝在风中弯下腰来，发出阵阵呜咽。在我们脚下，草地就像一部打开的大书，色彩斑斓，斜斜地平摊在山坡上。云影飘过，它一下子变得蓝幽幽的；阳光来了，它又变得金灿灿的。花朵就是书中的文字，在书页上次第绽放，鲜活生动，字字分明。有龙胆花、银莲花、毛茛花，还有美丽的所罗门的百合花。奶牛用铃声读出这些文字，既然您说人不懂得如何去看，那就由天使来看这部书吧。在书的下方，我看见一条宽阔的河流，河水泛着奶白色的柔光，雾气蒸腾，遮蔽了神秘的山谷。那是一条特别宽阔的河流，没有彼岸，一直与我们远远眺望的美丽阿尔卑斯山相连……那正是雅克要去的地方。告诉我：他真的是明天动身吗？”

“他是明天出发的。是他告诉你的吗？”

“他没说，我自己想到了。他要走很久吗？”

“一个月……吉特吕德，我想问你……他去教堂找你的事，你为什么不告诉我呢？”

“他去找过我两次。哦！我不想瞒着您！可我怕您难过。”

“你不告诉我才让我难过呢。”

她的手在寻找我的手。

“他这样走了，会伤心的。”

“告诉我，吉特吕德，……他对你说过他爱你吗？”

“他没对我说过。但是，他不说我也感觉得到。他并不像您这么爱我。”

“吉特吕德，看到他走了，你伤心吗？”

“我想，他走了，这样还好些。我无法回应他的爱，”她说，“我爱的是您，牧师，您明明知道……哦！您为什么把手抽回去了？要是您还没结婚的话，我就不会对您说这些了。谁也不会娶一个瞎眼姑娘的。那么，我们为什么不能相爱呢？牧师，您说，您认为这种爱是罪恶吗？”

“爱从来都是无罪的。”

“我感到的只有善。我不想让雅克痛苦，也不愿意让任何人痛苦……我只想让别人幸福。”

“雅克想向你求婚。”

“您能让我同他谈谈吗，在他走之前？我要让他明白，他应该放弃对我的爱情。牧师，您明白的，对吗，我不能嫁给任何人。您让我和他谈谈，好吗？”

“今天晚上谈吧。”

“不，明天，在他临走的时候……”

太阳在绚烂的晚霞中落山了。空气温和而舒适。我们站起来，一边说着话，一边沿着黄昏的小路往回走。

第二册

4月25日

我不得不搁笔一段时间。

积雪终于融化了，结束了村子与外面世界漫长的隔绝。道路一通，我就加紧处理了这段时间因为大雪而延误的事务。直到昨天，我才稍微得了些空闲。

昨晚，我把已经写下的文字重又阅读了一遍……

直到今天，我才敢为我内心深处久久无法直面的感情正名。就连我自己也说不清之前怎么会游离了那么长时间。阿梅莉说过的话，我转述过的那些，我当时怎么会觉得是故弄玄虚呢。在听到吉特吕德天真烂漫的表白之后，我怎么还在怀疑自己是不是爱着她呢。这一切只是因为，我彼时绝不同意在婚姻之外可以发生别样的爱情，也不肯承认自己在对吉特吕德的满腔热情中掺杂半点禁忌的邪念。

那一刻她的表白那么天真，那么坦率，让我的一颗心安定下来。我在想，她还是个孩子。若真是男女之情，她怎能不害羞脸红呢。我深信自己爱着她，就像怜惜一个身有残疾的孩子。我照顾她，就像照看一位病人。我刻意把这场命运的席卷当作一种道德的义务，一种为人的责任。对，确实是这样。就在她对我表白的当天晚上，我的心情十分轻松愉快，以致误解了自己。我还把那段对话写了下来，此举更是加深了误解。因为我相信这样的爱情是应该受到谴责的，而受到谴责的心一定是沉重的。当时我的心情并不沉重，也就不相信那是爱情了。

我的文字，不仅重现当时的对话，还复活了当时的心情。说实话，直到昨天夜里重读这些文字时，我才恍然大悟……

雅克去旅行了，我们的生活又恢复了往常的平静。

他这一走，直到假期的最后几天才会回来。我曾允许吉特吕德和他谈一谈，结果他要么有意躲开她，要么只有我的在场的时候才同她说话。按照早先议定的办法，吉特吕德寄宿在路易丝小姐家里。我每天去看望她，可我害怕再提起那份爱情，言语之间故意回避会引起我们激动的事情。我完全在以一位牧师的身份和她讲话，通常是当着路易丝的面，谈话的内容主要围绕她的宗教教育情况，以及在复活节那天领圣体的事宜。

复活节那天，我授予了她圣体。

那是半个月前的事了。雅克有一周的假期是在家里度过的。令我惊讶的是，他没有陪我站到圣坛旁边。我还要十分遗憾地说，阿梅莉也不曾出席那场仪式。我们结婚这许多年来，这还是头一回。他们母子二人就像事先串通好了一样，故意缺席这场隆重的仪式，给我的喜悦蒙上一层阴霾。我庆幸吉特吕德不用看见这一切，就让我一个人承受压力好了。我太了解阿梅莉了，自然看得出她这么做是在用行动谴责我。她从来不曾开诚布公地反驳我，她只会用回避的方式表示抗议。

我感到深刻的不安。这种怨恨——我是说我不想看到的那种恨——可能会压抑阿梅莉的灵魂，导致它偏离神圣的利益。回家以后，我诚心诚意地为她祈祷。

事实上，雅克的缺席另有原因。不久后我在同他的一次谈话中才了解到真正的原因。

5月3日

为了指导吉特吕德的宗教学习，我以新的目光重读了一遍《福音书》。我越看越清楚，构成基督教信仰的许多概念并非来自基督的原话，而是出自圣保罗的诠释。

这正是近来我和雅克争论不休的话题。他性情冷漠呆板，心灵也就无法为思想提供充分的养料，因此变成了一个循规蹈矩的教条主义者。他指责我在基督教义中专挑“迎合自己观点的内容”来说事。其实我并没有挑选基督的某句话，我只是在基督和圣保罗之间选择了前者而已。他拒绝把基督和圣保罗分开来看，担心如此做会造成他们之间的对立。他也不承认人们能从二者的教诲中得到不同的启示。在我看来，圣保罗代人立言，基督则代上帝立言。他非常不以为然。他越是辩解，我越是能感觉到这样一点：对于基督一字一句中蕴含的独特韵味，他丝毫也领悟不到。

我通读了《福音书》，没有找到戒律、恐吓和禁令……这些都是圣保罗的一家之言，从未在基督的训诫中出现过。正是这一点让雅克感到尴尬。像他这种性格的人，一旦感到失去了监护者、法则和戒条，就等于失去了方向，变得手足无措起来。与此同时，他们自己放弃了自由，也无法容忍别人去享受自由，总想用强制的手段夺取别人出于一片好心给他们的东西。

“可是，爸爸，”他说，“我也希望人们幸福。”

“不，我的朋友，你只是希望他们驯服。”

“驯服中存在着幸福。”

我不想咬文嚼字，亦懒得反驳。但我心里明白，幸福有因有果，把幸福的结果作为幸福本身来追求，那样只会破坏幸福。我也很清楚，如果一颗充满爱的灵魂能心甘情愿地在驯服中得到喜悦，那么再也没有什么比无爱的驯服更让人远离幸福了。

然而，雅克还在辩驳个不停。看到这年纪轻轻的脑袋瓜里装满了僵硬的教条，我倍感痛心。要不是这样，我怕是还要赞美他推理的精湛和逻辑的严谨呢。我经常觉得我比他还要年轻，而且每天都在变得更年轻。我一再对自己重复这句话:“你们若不能变成孩童的样子,就休想进入天国。”

把《福音书》看作通往幸福的一种途径,就是背叛基督,就是贬低和亵渎《福音书》吗?对于基督徒来说,快乐本就是一种自然状态。可是却因为我们的多疑和冷酷而遭遇阻碍。每个人都可以快乐,尽管快乐的程度不一样。人们也理应追求快乐。从这方面来说,吉特吕德单凭一个微笑教给我的东西就远远超过我教给她的。

基督的这句圣训在我眼前灵光一闪:“你们若是目盲,就无罪恶可言了。”所谓罪恶,是把灵魂引入黑暗的东西,即反对快乐的东西。吉特吕德浑身洋溢着完满的幸福,就是因为她原本不知何为罪恶。在她心里,只有光明,只有爱。

5月8日

昨天,马尔丹从拉绍德封过来了。他用验眼仪仔细检查了吉特吕德的眼睛。他对我说,他和洛桑的眼科专家鲁医生提到过吉特吕德,会把这次的检查结果告知鲁医生。医生们一致同意为吉特吕德的眼睛动手术。不过我们商量好,在做出决定之前不向她提起手术的事。马尔丹在和鲁医生诊断后会通知我。先在吉特吕德心中燃起希望,然后又浇灭它,这又何必呢。何况,她现在这样何尝不是幸福的……

5月10日

复活节那天,雅克和吉特吕德又见面了,当时我也在场。雅克又见到了吉特吕德,和她说了话,但只是一些无关紧要的闲聊。他看上去并没像我所担心的那样激动,我又一次让自己相信了,如果他的爱足够炽烈，又怎会如此轻易就被浇灭。就算去年他临行前，吉特吕德曾明确向他表明这样的爱是没有未来的，也不该说没就没了吧。我还注意到，他现在对吉特吕德以“您”相称了，这样当然更好。我没要求他这样做，我自然很高兴见他自己能弄明白这个道理。不可否认，他这孩子还是不错的。

可我还免不了心存猜忌，雅克不可能没有经过任何思想斗争就变得这样顺从了。令人忧虑的是，一旦他认为这种强加到自己心灵上的约束是正确的，他同时就会希望将这份约束强加到旁人身上。在上次和他讨论问题的时候，我就察觉到这一点，还在前面的笔记中记述下来。拉罗什富科[①]不是说过思想时常会受到感情的欺骗吗？我了解雅克的脾气。不用说，我当然不想马上让他知道这一点，因为我知道他越辩论越钻牛角尖。不过，就在当天晚上，我正好在圣保罗的书中（我只能以彼之道，还施彼身了）找到了反驳他的话。我在他房间里留下一张字条，写下以下这段话：“吃的人不可轻看不吃的人；不吃的人不可论断吃的人；因为上帝已经收纳他了。”（《罗马书》第十四章第二节[②]）

我本来还可以再抄上下面的这句话：“我凭着主耶稣确知深信，凡物本来没有不洁净的；惟独人以为不洁净的，在他就不洁净了。”但是我没敢写下来，怕雅克揣测我对对吉特吕德存有心思。虽然这里谈论的是食物，但《圣经》中的多少段落不是都能衍生出两三种解释吗？（比如：“假如你一只眼……”[③]；增饼故事；迦南婚

---

① 拉罗什富科（1613—1680），法国哲学家，著有《回忆录》和《箴言录》。

② 原文有误，应为第三节。“他”，指在食物上没有禁忌的人。保罗的意思是，那些有禁忌的信徒，不要论断那些在没有禁忌的状态下被上帝接纳的人。上帝既然已经赦免他的罪，接纳他为儿女，他生活的其他方面都已体现圣灵的同在，这样的批评就是不合适的了。

③ 《马可福音》第九章第四十七节，“倘使你一只眼叫你跌倒，就去掉它。”

姻奇迹[1],等等。)我在这里并非强词夺理,这句话确实有着深远的涵义。起约束作用的不该是法律,而是爱德。圣保罗在后面赶紧大叫起来:“你若因为食物让兄弟烦忧,你就不是按照爱人的道理做事。”正因为缺少爱,魔鬼才会攻击我们。主啊!把我心中不是爱的一切思想都除去吧……我真不该向雅克挑衅。第二天,我在我的书桌上发现了那张字条,雅克在背后抄录了同一章的另一句话:“基督已经替他死,你不可因你的食物叫他败坏。”(《罗马书》第十四章第十五节。)

我把这一章又从头到尾读了一遍。这将引起一场无休止的争论。我怎么能用这些混乱的唇枪舌剑,用这些乌云遮蔽吉特吕德明媚的天空呢?我教导她并使她相信,这世上惟一的罪,莫过于侵犯别人的幸福,或者伤害我们自己的幸福。

唉!有些人就是对幸福无知无觉,他们死板、愚蠢……我想到了我可怜的阿梅莉。我不断劝说她,推动她,想把她拖上幸福之路。是的,我想把每个人都送到上帝面前。可是她总是不停地躲闪退缩,不肯敞开胸怀,就像拒绝阳光的花朵。她对眼前的一切都怀着不安的心情,看见什么都觉得难受。

“又能怎么办呢,我的朋友,”有一天她答道,“我生来心明眼亮的,又不是个瞎子。”

天!她的嘲讽让我多么痛苦啊,我要强咽下多少苦恼,才不至于心烦意乱!我觉得她心里非常明白这样影射吉特吕德的残疾多让我伤心。而且,她还让我看到了吉特吕德最值得称赞的优点,那就是无止境的宽厚善良——我从没听她对任何人有过半句怨言。不过,我也真正做到了让她远离那些可能伤害到她的事。

---

① 均为耶稣显圣的故事,他用几个饼和几条鱼,让数千人吃饱了还有剩余,他在婚宴上变水为酒。

幸福的人是爱的光源，向周围辐射幸福的能量，而阿梅莉则令周围的一切变得黯淡沮丧。阿米埃尔[①]如是说：他的灵魂放射的是黑色的光。我探访贫苦，慰问病患，在外奔波一天后，晚上回到家里，时常会不堪劳累，一心渴望休息和关爱。可是回到家里见到的都是愁云惨淡、相互责难和不停的争执。相比之下，我倒情愿到外面去忍受凄风苦雨。我们家的老用人罗莎莉做事固执己见，阿梅莉总想让她屈服。我知道老用人不见得事事全错，而女主人也不见得总是对的。我也知道夏洛特和加斯帕尔淘气得不行，但如果阿梅莉不对他们大喊大叫，哪怕声音小一点，效果难道不会更好吗？嘱咐、警告和斥责太多了，最后就像海滩上的卵石一样被磨平了棱角。孩子们早听得耳朵生茧，我也被吵得烦恼不已。我还知道，小克洛德正在长牙（至少他每次哭闹时，他母亲是这样解释的），他一哭，母亲和萨拉就赶紧跑过去，不停地哄他，这不正是在鼓励大哭大闹的行为吗？要是哪次趁我不在家时让他哭个够，几次下来他就不会总是哭闹了，对此我确信不疑。可我知道，如果真那样，她们准会更加起劲地哄他的。

萨拉太像她母亲了，因为这个我真想把她送到寄宿学校去。她不像当年与我订婚时的那个阿梅莉，只是如今已被生活的过度操劳磨砺后的版本。老实说，以前阿梅莉那宛如天使般的情状，现在早已了无踪迹。从前的她对我总是微笑相向，与我的梦想融为一体，走在我的前面，引导着我步入光明……也许那只是爱情蒙住了我的双眼吧……我在萨拉身上只看到俗念，她像她母亲一样为俗务所扰，脸上五官僵硬，很少有什么表情，内心深处没有一丝能够点燃她激情的火焰。她对诗歌不感兴趣，也不爱读书。有时我碰见她们母女说话，我都没有听到过我有兴趣参与的话题。

---

① 阿米埃尔（1821—1881），瑞士作家。

我在她们身边倍感孤独，还不如回书房去。我的确也逐渐养成了经常呆在书房的习惯。

自去年秋天以来，趁天黑得早，我每次探访回来，只要可以，也就是说时间尚早的话，我就会去路易丝·德·拉·M家喝茶。有一点我还没提到，去年十一月以后，路易丝·德·拉·M和吉特吕德收留了三个盲女。这些盲女都是马尔丹介绍来的。吉特吕德教她们识字和做各种小手工活儿，几个女孩已经能完成得相当不错了。

每次走到那名为“谷仓”的温暖氛围中，我都会感到莫大的安慰。有时一连两三天没机会去，我就感到心中若有所失。德·拉·M小姐完全有能力收养吉特吕德和那三个女孩，无需为她们的生计操心。她的三名女用人忠心不二地帮她打理了一切繁重的活儿，是不是可以说财富和时间得到了合理的安排呢。路易丝·德·拉·M一生悉心照顾穷人，她拥有一颗虔诚的灵魂，仿佛生来就是为了把自己献给这个世界。她为爱而活。在她嵌有镂空花边的软帽下，已经露出斑白的头发，但那帽檐下的笑容却无比天真，举止无比温婉，声音无比优美。吉特吕德受到她的影响，学到了她的言谈举止和语音语调，不论声音还是思想，都与她极为相像。我经常拿这个开玩笑，但她俩谁都没有觉察到这一点。我要是能多有一点时间呆在她们身边，那该有多好啊！我看着她俩坐在一起，吉特吕德有时把额头靠在她朋友的肩膀上，有时把手放在她的手心里，她们倾听我朗诵拉马丁或雨果的诗句。那一刻我能看到诗句在这两颗清澈的心灵里点燃的光芒！就连那其他三个女孩对诗也不是无动于衷。这些孩子，在充满爱的和平氛围中迅速成长，取得了很大的进步。路易丝曾经和我说起过她有教女孩们跳舞的打算，为此我起初只是付之一笑。而现在，当我看到她们那优美多姿的动作时，是多么地赞叹不已啊！但是路易丝小姐却使我相信，即使她们看不见自己的动作，却能感受到舞蹈中身体的和谐。吉特吕德也跳起舞来，她的舞姿优雅美丽，完全陶醉在欢乐之中。有时，路易丝·德·拉·M也加入孩子们的游戏，吉特吕德则坐在钢琴前面演奏。她的琴艺进步惊人，现在每个礼拜天都去教堂弹琴，即兴演奏几首小曲子，作为圣歌开始的前奏。

每个礼拜天，她会来我家吃午餐。虽然我的孩子们和她的情趣相差得越来越远了，却还是很高兴与她见面。阿梅莉也没有表露出太不耐烦的样子。一餐饭下来倒也和平。然后全家人陪吉特吕德回到“谷仓”，晚些时候就在那里用点心。这成了孩子们的一个节目。他们在那里受到路易丝的宠爱，不仅吃饱了点心，还带了些回来。就算是阿梅莉看见这些也无法不为之动容，她终于展开愁眉，人也跟着年轻了而不少。我想，从今往后，若是在枯燥乏味的生活中少了这些调剂，她也会感到不适应的。

5月18日

随着晴朗美好的日子的到来，我又能带吉特吕德出去了。我已经很久没有这种机会了（因为最近又下了几场大雪，道路几天前还难以通行），我们也很久没有独处了。

我们走得很快。寒风把她的两腮吹得通红，金色的发丝不停地拂过脸颊。我们沿着一条泥路的边缘行走。我采了几枝开花的灯芯草，插在她的软帽底下，又跟她的头发编在一起，这样一来它们就不会被风吹走了。

我们一路上几乎没怎么说话。隔了那么久没有单独相处，我们都处在惊奇之中。这时吉特吕德那没有目光的脸庞转向了我，不期然地问道：

“您觉得，雅克还爱我吗？”

“他早已下决心放弃你了。”我立即回答。

“可是，您觉得他知道您爱着我吗？”她又问。

自从我记下去年的那次关于爱情的谈话，至今已经十二个月了。在这期间我们两人对此事只字未提，想想真是有点奇怪。我说过，我们从未单独在一起，还是这样好。吉特吕德的话让我心跳加速，不得不放慢脚步。

“可是，吉特吕德，大家都知道我爱你啊！”我大声说。

她没有被敷衍过去，说：“不，不，您没有回答我的问题。”接着她又垂头沉默了半晌，说：“阿梅莉阿姨知道，我也明白这很伤她的心。”

“就算没有这件事她也是伤心的，”我表示异议，但有点心虚，“她天生就不是个开心的人。”

“哦！您总是努力让我安心，”她说这话时有点不耐烦，“可我用不着别人来安慰。有很多事情您不让我知道。我心里清楚，您是怕我不安，怕我难过。有些事我不知道，结果有时候……”

她声音越来越细，最后停下来不说了，仿佛力气都被抽干了。我接过她的话头问：

“有时候怎么了？”

“结果有时候，”她语调有些悲切，“我从您这得来的全部幸福，都来自我的无知无觉。”

“但是，吉特吕德……”

“不要打断我，让我说下去。我不想要这样的幸福。您要明白，我并不……我并不在意幸福与否。我宁愿看清真相。有很多事，当然是悲伤的事情，我看不见，但是您没有权利对我隐瞒。我在冬天的那几个月里想了很多。我怕整个世界并不像您让我相信的那么美好，牧师，我甚至会担心相差得太多。”

“是的，人们时常会丑化世界。”我心里发慌，强加分辩。她的思想带着股猛烈的势头，这让我害怕。可若是想要扭转这种败势，我却又是希望渺茫。她好像早就在等着我这样回答，就像等到了链条断裂的关键一刻，她立即说了下去：

“正是如此，”她喊了起来，“我想知道，我有没有在罪恶的上面增加更多罪恶。”

有好一阵子，我们在沉默之中快步地朝前走着。我感觉我本来可以对她说些什么，可没等说出来我就能预见到这与她的想法会发生冲突。我担心一石激起千层浪，由此波及我和她的命运。我想起马尔丹对我说过，她的视力可能通过治疗得到恢复。我感到极度的恐慌。

“我早就想问您了，”她终于又开了口，“可是又不知道该怎么说……”

无疑她要鼓起全部勇气来问，我也要鼓起全部勇气来听。然而，我怎么可能预见到这个令她苦恼不已问题呢——

“盲人生的孩子，也一定是盲人吗？”

这场对话，不知道是她承受的压力更大，还是我更大。但话说到这一步，我们必须进行下去。

“不，吉特吕德，”我回答说，“除非极特殊的情况，盲人生的孩子，没有理由会是盲人。”

她如释重负。我本想反问她为什么要问这个问题，但我没这个勇气，于是笨拙地说了一句：

“但是，吉特吕德，要生孩子必须先结婚啊。”

“别对我这么说，牧师。我知道事实不是这样。”

“我跟你说的都是正理，”我分辩道，“不过，人类和上帝的法律禁止的，从自然规律上来说也许是可行的。”

“您经常对我说，上帝的法则就是爱的法则。”

“这里所说的爱，不是一般人所说的爱，而是慈爱。”

“这么说，您对我的爱是慈爱?”

“你知道不是的，我的吉特吕德。”

“那么也就是说，您承认我们的爱超越上帝的法则啦?”

“你说的是什么意思?”

“哦！您完全明白，用不着我解释。”

回避毫无意义，我想。我的论证不能自圆其说，我的一颗心也在节节败退。我气急败坏地大声说：

“吉特吕德……你认为你的爱有罪吗?”

她纠正说：“是我们的爱……我想我应该这样认为。”

“那又怎么样呢?”

我忽然发觉，我的声音里带着恳求的语气，而她却接着把话说完：

“但是我已经无法停止爱您了。”

这一切都是昨天发生的。要不要把这些写下来，起初我还在犹豫……我记不清那次散步是如何结束的。我紧挽着她的胳臂，脚步匆匆，样子近乎逃跑。在路上，我的灵魂已经脱离了肉体，哪怕只是一颗小小的石子，也会将我们绊倒在地。

5月19日

今天上午，马尔丹又来了。吉特吕德已经具备了动手术的条件。鲁医生肯定了这一点，并要求把她交给他一段时间。我自然不能反对这件事，但是我怯懦了，我需要一段时间考虑。我要求此事从缓，让她有个思想准备……我的心本该欢呼雀跃，此时却沉甸甸地压在胸口，带着一种莫名的恐慌。一想到要让吉特吕德知道她有望见到光明，我便感到一阵怅然若失。

5月19日夜

我又见到了吉特吕德。我没有向她提起这件事。今天晚上在“谷仓”，我趁客厅无人，径直上楼溜进了她的房间。房间里只有我们两个人。

我久久地拥她在怀，她没有一点反抗的动作。她向我仰起头，我们的嘴唇触碰在一起……

5月21日

主啊！黑夜如此深沉优美，您造物如斯，是为了我们吗？是为了我吗？月光穿门过户，空气温存，若仔细聆听那无边的苍穹，只余一片静谧。我默默出神，心融化在天地万物之间，一种崇敬之情油然而生，就连祈祷也变得语无伦次。

爱若有边际，也不会是由您决定的——我的上帝，那是人决定的。啊！不管世人如何看待我的爱，在您的眼里它依然是神圣的。

我努力让自己超脱，不去考虑罪的概念。可是，罪若无可饶恕，我亦不会抛弃我主。不，若说爱上吉特吕德是一种罪过，我完全无法接受。只要我的心还在，我对她的爱就不会消失。为什么会这样？如果我不爱她，也无法放弃怜惜她。不再爱，就是背叛。她需要我的爱。

主啊！我不明白……我只明白您。请引导我吧。有时我觉得她会重见光明，而我却在黑暗中越走越远，眼前一片漆黑。

吉特吕德昨天住进了洛桑医院，大约二十天后才能出院。我在等她回来。我的心忐忑不安。马尔丹会把她送回来的。吉特吕德要我答应她，住院期间不会前去探望。

5月22日

马尔丹来信了：手术成功。感谢上帝！

5月24日

直到那时为止，她爱我，可是她看不见我。她就要看见我了，一想到这里我就坐立不安。她会认出我来吗？生平第一次，我焦虑地对着镜子，惴惴不安地端详自己。要是我感觉到她的目光不像她的心那样宽容和多情，我该怎么办？主啊，有时候我觉得，我需要通过她的爱来爱您。

5月27日

工作上的事情纷至沓来，每件事都占据了我的全部精神。这是值得赞许的，因为繁忙的工作让这几天变得不那么难熬。可是她的形象从来没有离开过我的脑海。

吉特吕德应该是明天回来。在这一整整一周里，阿梅莉都把她性格里最好的一面展示在我面前。她好像故意要让我忘掉医院里的姑娘，并和孩子们一起为庆贺她的归来而做准备。

5月28日

加斯帕尔和夏洛特去林子里和草地上采花，把能找到的花都采来了。老罗莎莉做了一个特别大的蛋糕，萨拉则用金纸在蛋糕上点缀着不知什么花样儿。我们都在等待她中午回来。

为了消磨这段等待的时光，我坐下来写下了这段日记。现在十一点钟了，我不时地抬起头来往路上张望，看有没有马尔丹车子的影子。我强迫自己不要走出去迎接他们。为了顾全阿梅莉的面子，我最好还是不要单独迎上去。可我的心却冲了出去……啊！他们回来了！

5 月 28 日晚

我陷入了多么恐怖的黑夜！可怜可怜我吧，主啊，可怜可怜我吧！我宁愿放弃对她的爱，可是主啊，不要让她死去！

我的担心完全是有道理的！她做了什么？她这是要做什么啊？阿梅莉和萨拉告诉我，她们一直把她送到“谷仓”门口，德·拉·M在那里等着她。可她还要出门去……到底发生了什么？

我努力理清自己的思绪。他们跟我说的情况我无法理解，或者说简直是自相矛盾。我的脑袋里乱作一团……德·拉·M小姐的园丁把她送回“谷仓”时，她已不省人事。园丁说他看见她沿着河边行走，走过花园里的小桥，然后弯下身子，接着就不见人影了。但是最开始他还没反应过来，未曾想她会掉进河水里，就没急着跑过去。直到她被水流冲到小水闸附近才被园丁打捞起来。事后不久，我去看她。当时她还没有醒转过来，或者又陷入了昏迷状态。因为药物抢救的原因，她还是醒来过一阵子。谢天谢地，好在马尔丹还没有离开。他也不能解释为何她会呈现这种麻木无觉的状态。人们问她问题她不回答，就像什么都听不见一样，要不就是铁了心不肯开口说话。因为她的呼吸非常短促，马尔丹怕她肺部充血，给她用了芥子膏和吸罐，并承诺明天会再过来。最大的失误在于最开始大家都只顾着抢救，没有及时把她身上的湿衣服脱掉。衣服被冰冷刺骨的河水浸透，在她身上裹了太久。只有德·拉·M小姐能从她口中得到几句话。据说她是想采摘河岸盛开的勿忘我，因为距离的估算错误，要不就是把漂浮的花瓣误当做实在的土地，突然一脚踩空，导致了落水事件……我要是能相信这话该多好！如果能相信这件事纯属意外，我的灵魂就会卸下多么沉重的负担！用餐时间还是那么欢快，只是她脸上总保持着一种奇怪的笑容，叫我心内不安。那是一种勉强的笑容，我从来没在她的脸上见过。我努力让自己相信这是她眼睛复明之后的新笑容。那笑容宛如一行清泪，从眼睛里滑落，滴在脸颊上。相比之下，其他人的笑容显得那样俗气，都无法入我的眼。她没有加入大家的嬉笑！看起来她应该是发现了什么秘密。要是她单独和我在一起的话她一定会告诉我的。她几乎没说话，但这并不奇怪。因为和大家在一起时，尤其在周围一片欢声笑语的时候，她通常是不爱出声的。

主啊，我求您。请准许我和她说说话吧。我需要弄明白这一切。若非这样，让我以后如何度过此生呢？……可是，要是她执意结束生命的话，会不会正是因为知道了呢？她知道了什么？我的朋友，你到底知道了什么可怕的事情？我又对你隐瞒了什么可怕的事情，使你看到之后非要自寻短见不可呢？

我在她床前守候了两个小时，目光一刻没有离开她的额头、她苍白的面颊和秀美的眼睛。她的双目紧闭，好像为了不愿流出忧伤。她那海藻般湿漉漉的头发散落在枕头上。我看着她，同时听着她那不均匀的、艰难的呼吸声。

5月29日

今天上午，我正要去“谷仓”，路易丝小姐忽然差人来叫我。吉特吕德昨天度过了一个安稳的夜晚，终于摆脱了麻木的状态。她看见我走进房间，还对我微笑了一下，示意我坐到她床前。我不敢问她什么，她一定也怕我发问，抢先和我说起话来，像是为了避免流露真情。

“我想在河面上采的那种蓝色的小花，您管它叫什么来着？蓝得就像天空一样。您比我手脚灵活，能为我采一束来吗？就放在我床前……”

她故作轻松的语气叫我难过。毫无疑问，她也感觉到了，她又用认真的语气补充道：

“今天上午我太乏了，没法和您聊天。您去为我采那种花，好吗？您等会再来看我吧。”

但是，当一小时之后，我带着为她采来的勿忘我再次登门时，却听路易丝小姐说，吉特吕德又歇下了，天黑之前不能见我。

晚上，我又见到她了。她的床上堆着几个靠垫，她倚在上面，几乎无法保持坐着的姿态。她刚刚梳好的发辫盘在头顶，里面插着我给她采来的勿忘我。

她肯定在发烧，气喘吁吁的。我向她伸出手，她用滚烫的手攥住我的手。我就站在她的身边。

“牧师，我要向您坦白一件事，因为我恐怕熬不过今晚了。今天早上我对您说了谎……其实我并不是想采花……如果现在我对您坦白我想自杀，您会原谅我吗?”

我握住她纤细虚弱的手，跪在她床前。她把手从我手中抽出来，轻轻抚摸我的额头。我把面孔埋进被子里，不让她看见我的眼泪，不让她听见我的哭泣。

“您是不是觉得这样做很不对呢?”她的声音很温柔。见我不回答，她又说：“我的朋友，我的朋友。您看，我在您的心里，我在您的生活里，霸占了太多的空间。当我回到您的身边时，我立刻就看出来了。至少，我取代了另一个女人的位置，而她正在为此而伤心。我的罪过是没有早些感觉到这一点。虽然我早就看明白了，还是放任您这样爱着我。可是，当我突然看见她的面容，看见那张可怜的脸上满是悲伤，我想到那悲伤是我一手造成的，就忍受不下去了……不，不要，您也不要责备自己。还是让我离开吧，让我把快乐还给她。”

她的手不再抚摸我的额头了。我抓住她的手，在上面连连亲吻，并落下眼泪。可她却把手抽回去，又变得不安起来。

“这不是我原本想说的话，不是的，我要说的不是这些。”她反复说着，额头渗出汗珠。然后她垂下眼睛，闭目安静了一会儿，好像在集中思想，又像是想要回到最初的失明状态。接着，她睁开眼睛，又开始讲话了。她的声音最开始是低缓颓废的，后来声调逐渐升高，越说越激动，最后变得有些刺耳了。

“您给了我光明，当我睁开眼睛，我看见了一个比我梦中还要美丽的世界。是的，我从未想过阳光是这样的明亮，空气是这样的剔透，天空是这样的辽阔。不过，我也没有想到，人的额头是这样的棱角分明。当我走进您的家门，您知道我最先看到的是什么吗……啊！我还是应该告诉您的：我最先看到的，是我们的错误，我们的罪。不，不要再争辩了。您还记得基督的话吗：‘你们若是盲人，就没有罪了。’但是，现在的我能够看见了……请站起身来吧，牧师，请坐到我身边来。请您听我说，不要打断我。在住院的那段时间里，我阅读了，准确地说，是请人为我读了《圣经》中您从未给我读过、我还不曾听闻的段落。我记得圣保罗有一句话，我反复念诵了一整天：‘从前没有戒律，我活着；后来戒律来了，罪活了，我却死了’。”

她说话的声音激动高昂，后面几乎在喊了。我倍觉尴尬，真怕被旁人听见。接着她又闭上眼睛，重复着最后那句话，好像是在说给自己听：

“‘罪活了，我却死了。’”

我感到一阵不寒而栗，心里冰凉一片，满是恐惧。我想引开她的思路，问道：“是谁给你念这几句话的？”

“是雅克，”她回答说，同时睁开眼睛看着我，“他当修士了，您知道吧？”

这太过分了，我正想求她别说了，可是她已经继续说道：

“我的朋友，我的话会给您带来痛苦，可是我们之间再也容不下一丝谎言了。当我看见雅克的那一刻起，我恍然大悟，我爱的不是您，而是他。他跟您长得一模一样，我是说，他有着我想像中您的面容……啊！为什么您让我拒绝他呢？我本来是可以嫁给他的……”

“吉特吕德，现在也可以啊！”我绝望地大声喊道。

“他已经成为神职人员了，”她悲愤地说，然后开始啜泣，身子不停地颤抖，“啊！我真想向他忏悔……”她神志恍惚，近乎哀鸣，“您看见了，我只求一死。我好渴，求求您，去找个人过来吧。我快要喘不过气来了。请您离开吧。唉！我本想和您谈谈，希望这样一来，我的心情会轻松些。请离开我吧。我们分开吧。我看到您会受不了的……”

于是我离开了，叫路易丝小姐来替我照看她。吉特吕德激动过度，我非常担心她，但是我又不得不承认，我的存在只会加重她的病情。我请求路易丝小姐在情况恶化的时候尽快派人通知我。

5月30日

唉！再见面时，她已经安息了。整个晚上她都处于谵妄状态，天亮时咽下了最后一口气。按照吉特吕德的临终请求，路易丝小姐给雅克发了封电报。他在她去世几小时之后赶到了。他狠狠地指责我没有及时为她请到一位神父。然而，我不知道吉特吕德在洛桑住院时改了宗。她显然是受到他的怂恿改信了天主教，我又怎么可能想得到去请神父呢。他当场向我宣布说他和吉特吕德都改宗了。这两个人一起离开了我，仿佛在世时被我拆散，计划逃离我，然后再到上帝那里去结合。不过我深深相信，雅克之所以改宗，理智的成分要超过爱情。

“我的父亲，”他对我说，“由我来向您发出指责也许是不恰当的。但是，正是您的错误做法，给我指明了道路。”

雅克走了。我跪在阿梅莉身边，求她为我祈祷，因为我的确需要帮助。她只是念诵了祷文，但是每念一段就要停顿好一段时间。我们默默地祈祷。

我多想痛哭一场。然而我觉得，我的一颗心比沙漠还要荒凉。